中缅当代文学互译丛书

如愿

Ruyuan

【缅甸】德钦妙丹 著

姜永仁 韩德英 译

漓江出版社

图书在版编目（CIP）数据

如愿 /（缅）德钦妙丹著；姜永仁，韩德英译．—桂林：漓江出版社，2021.6
ISBN 978-7-5407-8999-2

Ⅰ．①如… Ⅱ．①德… ②姜… ③韩… Ⅲ．①长篇小说—缅甸—现代 Ⅳ．① I337.45

中国版本图书馆 CIP 数据核字（2020）第 269461 号

如　愿　RUYUAN

【缅甸】德钦妙丹　著　　姜永仁　韩德英　译

出 版 人　刘迪才
责任编辑　李　慧
装帧设计　刘瑞锋［广大迅风艺术］
责任校对　王林秀
责任监印　杨　东

出版发行　漓江出版社有限公司
社　　址　广西桂林市南环路 22 号
邮　　编　541002
发行电话　010-65699511　0773-2583322
传　　真　010-85891290　0773-2582200
邮购热线　0773-2582200
网　　址　www.lijiangbooks.com
微信公众号　lijiangpress

印　　制　广西民族印刷包装集团有限公司
开　　本　880 mm × 1230 mm　1/32
印　　张　9.375
字　　数　175 千字
版　　次　2021 年 6 月第 1 版
印　　次　2021 年 6 月第 1 次印刷
书　　号　ISBN 978-7-5407-8999-2
定　　价　45.00 元

内容提要

《如愿》(原名《最快乐的一天》)是一部反映缅甸农民生活的现实主义作品。

小说通过对憨厚、纯朴、勤劳、勇敢的伟大伯一生的描写，成功地塑造了一位为民族独立、为创造美好生活而斗争的缅甸农民的光辉形象，热情歌颂了缅甸农民不畏强暴、不怕牺牲、坚持斗争的英雄气概。

主人公伟大伯一家的悲欢离合，无情地揭露和鞭笞了英国殖民者、日本法西斯、封建地主的狡猾和残忍，批判了资产阶级好逸恶劳、贪图享受的丑恶思想，同时，热情地讴歌了劳动人民朴实的优良品德和忠贞不渝的纯洁爱情。

小说内容生动，情节曲折，文笔流畅，文风清新，耐人寻味。

目　录

前言

缅甸长篇小说《如愿》，原名《最快乐的一天》，是缅甸进步作家德钦妙丹的代表作，出版于1962年10月，深受缅甸人民的喜爱，是一部真实记录缅甸社会和广大缅甸农民生活的现实主义杰作。小说不仅内容生动、情节曲折，而且充满了生活气息。阅读这部小说，不仅能使人得到文学的享受，而且能增加对“胞波”缅甸人民的了解。小说通过对老农伟大伯历尽艰难坎坷的一生的描写，成功地塑造了缅甸农民的代表伟大伯的光辉形象，向人们展示了缅甸农民的苦与乐、憧憬与夙愿，以及他们为了实现愿望而进行的不屈不挠的斗争。

缅甸是一个文明古国。1044年，缅族首领阿奴律陀王统一了缅甸，建立了蒲甘王朝。而后，又经历了东吁王朝和贡榜王朝两次大的统一。贡榜王朝是缅甸封建王朝的鼎盛时期，也是封建统治制度的成熟时期。但是在1824年、1852年、1885年，英国殖民主义者先后3次发动侵略战争，把缅甸变为英国的殖民地，从此，改变了缅甸封建社会发展的轨迹，缅甸从一个自给自足的封建国家沦为殖民地国家，缅甸人民在英国殖民主义者的铁蹄下，过着牛马不如的生活。长篇小说《如愿》以缅甸英国统治时期、日本法西斯统治时期和独立初期的历史为背景，记述了缅甸农民可歌可泣的反帝、反殖、反法西斯、反官僚主义和地主阶级的斗争，以及用科学知识建设新农村和实现伟大梦想的实践。整个作品贯穿了缅甸社会进步与反动、美与丑、善与恶的斗争，充分反映了缅甸当时的社会现实，时间跨度长，情节跌宕起伏，故事引人入胜，是一部栩栩如生的从农民的视角书写缅甸反抗英国殖民统治，反抗日本法西斯，反抗地主阶级剥削与压迫的历史画卷。

缅甸是一个地道的农业国，风景如画，民风古朴，稻香扑鼻。长篇小说《如愿》是一部反映缅甸农村题材的优秀文学作品，小说主人公伟大伯为了生存而进行的斗争，是缅甸农民生活的真实写照。伟大伯的一生从十六七岁起，就驾着双牛，一手扶着耕犁，一手挥舞着藤牛鞭，嘴里高声唱着歌曲，在充满生机的稻田里日出而作，日落而息，辛勤劳作，乐在其中。土地是伟大伯的命根子，是伟大伯的王国，稻田是伟大伯的乐园。朴实、憨厚、勤劳、勇敢、容易满足和随遇而安等缅甸农民的优秀品质集于伟大伯一身。小说淋漓尽致、栩栩如生、活灵活现地向读者展示了缅甸人与自然和谐共生的场景，尽情地赞美了缅甸农民热恋土地、热爱家园、享受劳动的欢乐和丰收后喜悦的天性，情景交融，给人以美的享受。

“洞房花烛夜，金榜题名时”，这是古时中国人最高兴的两件事。缅甸人一生中也有两件最高兴的事：“洞房花烛夜，走出牢门时。”若问伟大伯一生中最高兴的事是什么，最大的愿望是什么，他会响亮地告诉你：不是洞房花烛夜，不是走出牢门时，而是生活中没有高利贷盘剥，没有地主剥削，耕者有其田；农民们在属于自己的土地上愉快地劳作，用汗水浇灌出金黄色的稻谷，供孩子读书学文化；组织起来，用现代知识科学种田，发展农业，建设新农村。这就是伟大伯的梦想，伟大伯一生为之奋斗的夙愿！

为了如愿实现这一夙愿，伟大伯战斗了一生。作为缅甸农民的一员，他一会儿手扶着耕犁在稻田里劳作，一会儿放下镰刀和锄头，拿起枪杆子，走出稻田，奔向战场，投身到反对英国殖民主义和反对日本法西斯的斗争中。在1948年缅甸独立后，又带领农民参加土地革命斗争，历尽曲折与坎坷。小说热情地讴歌了以伟大伯为代表的缅甸农民不畏强暴、敢于反抗的性格和宁死不屈、不怕牺牲的民族精神。

为了如愿实现这一夙愿，伟大伯一生早出晚归、辛勤劳作，省吃俭用供孩子上学，希望农民有文化，用现代知识科学种田。他一生中受到的最大刺激是地主吴巴昂训斥游手好闲的儿子波尼时说的一句话:“没有文化就会变成狗，就得去种地！”因此，伟大伯希望培养好孩子，让他们个个都成为有文化的农民。但是，大儿子昂钦大学毕业后留恋城市生活，留在仰光，娶了一位漂亮的太太，当上了高级职员，在政府机关工作；大女儿宁钦毕业后，在村子里担任小学教师，她看不起农业劳动，不愿意和父亲一起下田干活，嫁给了一个军官，当上了阔气的军官太太，随军远走他乡。伟大伯只好把希望寄托在小儿子瑞温身上，特地把他送到农业学校学习农业知识，希望他学到科学知识回到农村，做一个有文化的农民，用事实回击地主吴巴昂的污蔑。

但是，围绕小儿子瑞温学成以后回不回村里种田的问题，伟大伯夫妇、瑞温的未婚妻玛妙姬同大儿子昂钦、大儿媳黛黛之间却发生了一场激烈的争夺战。

瑞温在百般引诱下迷失了方向，慢慢地淡忘了未婚妻玛妙姬，爱上了城市姑娘敏敏怡。此时，玛妙姬已经怀上了瑞温的孩子，在父亲吴巴翁和伟大伯被逮捕入狱的情况下，为了躲避横行乡里的地主儿子波尼的欺负，只好与母亲远走他乡。

在经历了一番曲折以后，伟大伯终于出狱；大儿子昂钦因为贪污入狱、失业，妻子黛黛与其离婚，他离开仰光回到家里；女儿宁钦因丈夫在一次战斗中牺牲，也不得不回到家里；瑞温终于如梦初醒，辞去了农业部的工作，回到故土。全家人经历了曲折与磨难，最后终于团聚在一起；瑞温与玛妙姬历尽艰辛，有情人终成眷属。掌握了现代文化知识的昂钦、宁钦和瑞温，决心待在农村，用学到的科学知识发展农业，改善农民生活。伟大伯一生孜孜不倦，梦寐以求的愿望终于实现，脸上绽开了灿烂的笑容！

德钦妙丹的其他著作还有长篇小说《玛牟翠》《无常》《梭班》《至高无上的人》《伊洛瓦底江》等。他不但是一位杰出的作家，还是一位著名的翻译家，他的译著有《钢铁是怎样炼成的》《地下革命》《矛盾论》《从延安到北京》等，为增进中缅两国人民的友谊以及缅甸与其他各国人民的相互了解做出了贡献。

“中缅当代文学互译出版项目”是落实2019年11月广西壮族自治区党委常委、宣传部部长范晓莉和缅甸国家宣传部部长培敏会谈精神的具体成果，是“中国—东盟文学互译出版工程”第一期重点项目，旨在深化中缅两国文化交流。该项目由自治区党委宣传部组织实施，广西出版传媒集团旗下的漓江出版社具体承担。在当前形势下，出版该部小说恰逢其时，不仅能够加强中缅两国人民的相互了解，促进民心相通，加深两国人民的友谊，同时对于我们构建人类命运共同体和加快“一带一路”建设有着积极的作用。

本书在1984年译本的基础上修改而成。由于水平有限，译作中难免存在欠缺和不妥，欢迎行家批评指正，不吝赐教。

译者

2021年4月

主要人物

伟大伯——小说主人公。佃农，农协领导人。

杜翁妙——伟大伯之妻。

昂　钦——伟大伯长子，机关职员。

宁　钦——伟大伯之女，小学教师。

瑞　温——伟大伯小儿子，农校毕业生。

吴巴翁——雇农，农民运动积极分子。

杜　纽——吴巴翁之妻。

妙　姬——吴巴翁之女，瑞温未婚妻。

黛　黛——昂钦之妻，机关职员。

敏敏怡——黛黛好友，机关职员。

吴巴昂——地主。

波　尼——地主吴巴昂之子。

Chapter 1
第一章

（一）

雨季[1]的第一场雨过后，大地变得湿润润的。转眼间，那些尚未犁过的田地里冒出了一层绿茸茸的小草。几块低洼地在滂沱大雨之下，东一片西一片地积着白汪汪的雨水。已经耕耘过的田里，平翻着土块儿，黝黑黝黑的，肥得像是要渗出油来。

远处，成群的黄牛在绿油油的草地上追逐着，油光肥壮的水牛在水渠和池塘里戏水。

雨，还在一阵阵下着。但是，农民们依旧吆喝着耕牛在潮湿的土地上忙着耕地，伟大伯就是其中的一个。伟大伯已经年近花甲。他的一生是在繁重的劳动中度过的，练就了一身好体格，至今身子骨仍然很硬朗。虽说长年日晒雨淋使伟大伯的皮肤变得黑黝黝的，皱纹也已经爬上了他的脸庞，但是他那胳膊上隆起的肌肉却还是像从前那样坚硬、结实。

今天一大早，伟大伯就扛着一张犁，赶着两头牛，和他的伙

① 缅甸一年分三季，旱季、雨季和凉季。每年3月至5月为旱季，6月至10月为雨季，11月至次年2月为凉季。

伴桐钦以及常年住在他家的侄女玛[1]埃妙的丈夫觉拉一起，来到这湿润的田里。

夹着雨的风，掠过田野，带来了一阵阵凉意。但是，伟大伯似乎没有一点儿感觉。雨哗哗地下着，雨滴不时地拍打在他的身上，他也毫不在意。在泥泞的田地里，在雨过天晴后的毒阳下，他不停地耕着地。他那宽阔而油黑的脊背，不怕冷风吹，不怕雨水淋，更不怕烈日晒。

有时，伟大伯甚至会情不自禁地和其他耕地的年轻人一样大声地唱起歌来。这习惯可不是现在才有的，自打他十六七岁时起就养成了。他一边耕地，一边唱着歌，几十年也没有扔掉这个习惯。对于在寂静的田野里，终日里与牛为伴辛勤劳动的农民们来说，敞开喉咙，放声歌唱，实在是解愁消闷，消除疲乏和劳累的最好办法。有时，他们以放声歌唱来解闷；有时，他们又以大声吆喝他们忠实的伙伴——老牛来取乐。

“京城北，一条河，拦住去路……俺只好，插短笛，坝上发呆……”

这是伟大伯小时候坐在木耙上经常唱的一支歌。现在，已经年近花甲的伟大伯唱的还是这支歌。对他来说，这支歌常唱常新，永远不俗，每次唱起来都倍感亲切。伟大伯平时喜欢唱的

① 缅甸人都有名无姓。女子谦称或平辈称玛 × ×，尊称为杜 × ×。

还有一支歌，那就是“御手高举藤鞭，御脚架到犁上边……”[①]

伟大伯不仅听说过在封建王朝时代，缅王是怎样主持开耕仪式的故事，而且还亲眼看过有关这种开耕仪式的戏剧。每次听到开耕仪式时唱的歌曲，喜悦就会跳上伟大伯的心头，使他感到莫大的鼓舞。这时，他会自言自语地安慰自己说：“连国王还鼓励我们农民呢！”农民是国家最重要的人，你看，连封建国王还亲自主持开耕仪式来鼓励我们哪！这种以务农为荣的自豪感也会同时从伟大伯的心底产生。但是，一想到农民现在贫困、落后、生活水平低下，伟大伯心里刚刚产生的喜悦和自豪感又会烟消云散，随之而来的是无限的苦恼、惆怅和灰心丧气。

封建国王主持开耕仪式的目的，无非是把农民的积极性调动起来，使农民更加卖命地为他干活。缅甸是一个以农业为主、农业人口占绝大多数的国家，农民，只有农民才能使稻谷丰收。在这样的一个国度里鼓励和安抚农民是一件极为重要的事情，对于这一点，缅甸封建王朝时期的统治者们都心如明镜。在封建王朝时代，国家建设的一项根本任务就是发展农业，所以，历代的封建国王都把开渠、筑坝、兴修水利作为建设国家的一项首要任务。

农业上的失败，就意味着国家的灭亡。国家的灭亡，就会动摇、损害乃至丧失统治国家的国王宝座。英国殖民政府为了巩

① 缅甸戏剧中反映封建国王重视农业，亲自主持开耕仪式，并下地扶犁开耕的一段演唱。

固他们的统治，就曾经优先发展缅甸的农业。

直到今天，农业依旧是缅甸的主要经济支柱。缅甸发生的历次革命斗争都是以土地革命为基础的，缅甸独立以后的历届政府在经济上所依靠的也是农业。

但是，只依靠农业的国家，在任何时候也不会实现现代化，只有工业和现代化的农业同时并举，才能变成发达的国家。封建王朝时代把发展农业作为建设国家的唯一工作，在当代，建设国家则需要把工业和农业同时发展起来。

伟大伯种了40多年的地。对他来说，土地就是他的国家；那金黄色的田野，那随风摇曳的稻子，那稻垛和谷场就是他的国家。种地是他生活的全部内容。

在伟大伯的一生中，他的大部分时间是与牛一起在土里爬，泥里滚。他种了大半辈子的地，既有欢乐的时刻，也有苦难的天日。那田野里，虽有欢乐的象脚鼓和两面鼓的鼓声，然而更多的却是令人心碎的抽泣声和啼哭声。

伟大伯生在农村、长在农村，一辈子在田里摸爬滚打。如今，他已两鬓斑白，年近花甲。可是，他还是架着木耙，挥动着赶牛鞭，一边唱着歌曲，一边在田里劳动。假如你问他：

“伟大伯，你种了几十年的地感不感到厌烦？”

这时，他一定会响亮地回答你：

“不！”

假如你再问他：

“这么说你心里总是很快活喽？”

那你也一定会听到这样的回答：

“可也不尽然。既有快乐舒畅的时候，也有心烦苦恼的时候。可以说是一阵子快活，一阵子心烦。但是，我是个农民，我爱土地，当然要种地啦！”

如果我们再问他：

“如此说来，伟大伯你最快乐的一天是哪一天呢？”

“人们不是都说还俗那天、结婚那天和出狱那天是人生最快乐的一天嘛！大伯我，也有过还俗的一天，虽说也领略过一些快活的滋味，但是，回到家里碰上一件糟心的事儿，那点快活劲儿又都给冲散了。我们那时候当和尚一般都是一年就还俗，我当然也不例外。到了七月份解夏节到来的时候，我就还俗了。到家一看，父亲种的地全叫虫子给毁了，母亲因此着急上火晕了过去。怎么能不着急呢？庄稼毁了，打不了粮食，秋天就无法偿还高利贷；还不了债，高利贷主就要没收你借债时做抵押的土地。那年头，人们可以在鼓乐声中做一些施舍等善事，但是，在那喧天的锣鼓声中却夹杂着高利贷盘剥者狡黠的笑声呀！

“结婚那天，自然是令人高兴的。但是，结了婚就意味着从此背上了拖家带口的生活重担。怎么办呢？只有去种田。种田，不论多么辛苦、劳累，当你看到自己亲手种的水稻变成了一片金黄，散发出一阵阵清香的时候，心里甭说有多高兴了！那才是大伯最快乐的一天哩！因为只有稻谷丰收，收入才能增加；收入增加了才有可能为妻子儿女买些他们喜爱的东西，才能按照自己的意愿做些施舍、布施等善事。随心所欲地花钱，这才真正地叫人感到舒心呢！”

伟大伯越讲越起劲，情绪异常激动。

“如此说来，对农民来说，看到自己的田里长出了丰硕的果实的那一天，就是他们最快乐的一天，对吗？”

假如你继续问下去，你就会看到伟大伯脸上那轻松愉快的神态消失了，代之以沉重和烦恼的神情。

“嗯，那一天倒是最快乐的一天。但是，粮食一上市，谷价就下跌，加上地主逼债，那愉快的心情也就会一下子跑到九霄云外去了。”

伟大伯不满地说。

不管怎么样，伟大伯在这宽阔的田野里，在充满着幸福与苦涩、欢乐与忧愁的生活中，已经度过了几十个春秋。如今，白发已经染灰了他的鬓角，他已经进入老年了。

“嗯，你们俩跟着我才 3 年吧？”

伟大伯端详着他的亲密伙伴——两头在泥里土里伴随着他拼命拉犁耕田的牛，自言自语地说。他想起了自己种了一辈子地，跟着他一起干活的牛也不知有多少头了。有些病死了，有些老死了。一对老的牛不能使唤了，又换上一对小牛，以新代老，不断更换。但是，他自己却一直没有离开过他的土地，他依旧在这块土地上终日里奔波劳累。

“唉！现在，我也老啦！”

伟大伯不无伤感地说道。

他也经历过从监狱里获释的那一天。在英国殖民主义统治时期，伟大伯因为参加了土地革命斗争而被英殖民当局投入监狱。获释那天，他的心里也掠过一丝欢乐。但是，他还是说不准究竟哪一天是他一生中最快乐的一天。他甚至对今生能否盼来最快乐的一天都感到失望。所以，要叫他找出他一生中所经历过的最快乐的一天，他实在感到为难。

实际上，对伟大伯来说，他的愿望彻底实现的那一天，就该是他最快乐的一天。那么，他的愿望又是什么呢？人们也许会问，已经年近60岁的伟大伯还有什么愿望没有满足？他究竟怀着哪一种类型的愿望呢？

伟大伯也曾不止一次地这样问过自己。每当这时，那一件件心酸的往事就会一幕幕浮现在他的眼前。

每天早晨，快到吃饭的时候，伟大伯便把牛从犁上卸下来，牵到喂牛的地方拴好。然后，小心地把搅拌好的稻草和香油渣拿过来喂牛。待到这一切都干好以后，他才能去吃早饭。

他的早饭，虽说看不见什么美味佳肴，却也有满满一大碗鱼酱汁，这该算是他平日最喜欢吃的一个菜了。用焯好的蕹菜叶蘸鱼酱汁，再喝上一碗清汤，这就是他的早饭，但是，他吃得却很香。他是个重体力劳动者，饭量很大，要知道只有能吃才能干呀！

“伟大伯，你这个人可真是个老顽固，儿女都那么大了，完全可以舒舒服服地过上几天好日子了，还在田里瞎折腾什么呀？”

正当伟大伯狼吞虎咽地吃饭时，一位朋友走到他的身边问道。

“我还很硬实，只要我还能干一天，我就不想让别人养活。另外，我还有个任务没有完成，我的小儿子大学还没有毕业……”

伟大伯回答。

“你的大儿子不是已经有了固定职业了吗？他不补贴你吗？”

伟大伯没有回答朋友的问话，只是缓缓地摇了摇头。

吃罢早饭，刚刚放下饭碗，伟大伯就从兜里掏出烟袋，满满地装上一锅烟，点上火，吧嗒吧嗒地抽起来。伟大伯来到地边窝棚前，靠着竹竿子坐下。他眺望着远处风景如画的田野，那令人心酸的往事不由得又一件件浮上他的心头……

（二）

伟大伯小时候，父母也是靠种田为生，家中还有几亩薄地。

伟大伯小时候曾在村头寺庙里当过小和尚，学过一点儿缅文，诵念过防灾经文。在出家的那一年时间里，他还学过一些佛教文学。还俗后，他就跟着父母在地里干活。播种、插秧、收割，样样活儿他都很能干，伟大伯从小就很勤劳，成了父母的一个好帮手。村里人也都跟他很亲，村子里不管是谁家，不管远近，只要有了事，貌[①]波伟这个可爱的青年小伙子总是跑前跑后地帮忙。凡是村里的一些公益的事情，他总是积极参加，因此，全村人都很喜欢他。

貌波伟像其他年轻人一样，开始恋爱了，他爱上了同村的插秧姑娘玛翁妙。貌波伟在爱情的道路上可说是一帆风顺，一对情人心心相印，真心相爱。玛翁妙是个纯朴的姑娘，貌波伟是个勤劳的小伙子，双方父母欣然同意了这门亲事。因

① 伟大伯的名字叫波伟。缅甸人男女均有名无姓，男人自称或对幼辈称貌××，对平辈或青年称哥××，对长辈或有地位的人称吴××。

为他们不求虚荣和外表，只要两个孩子真心相爱，他们只要看一看对方孩子是不是老实和懂事就行了。所以，貌波伟在爱情的道路上不存在任何阻力和障碍。经过双方父母的成全，貌波伟与玛翁妙按照缅甸传统的习俗，举行了婚礼，结成了终身的伴侣。

在小说、电影或戏剧中，作者大都是把一对有情人终成眷属或者经过磨难以后夫妻大团圆放在结尾。当然，把这种结局看作是故事情节的结束也未尝不可。但是，在实际生活中，人们可以发现，一对有情人的结合，或者换句话说，建立了家庭以后，仅仅是生活的开始。

如果把貌波伟从孩提时候起一直到完婚成家的经历，和他婚后随着年龄的增长人们对他的称呼也不断变化的生活经历相比较的话，应该说，伟大伯结婚以后才真正地投入了与生活斗争的旋涡。当然，从孩提时候起就要为了生存而进行斗争的儿童也不胜枚举。

貌波伟和玛翁妙情投意合，双方父母也非常乐意，因此，当貌波伟 25 岁的时候，父母就给他们办了喜事。婚后，小两口相亲相爱，日子过得自然很美满。貌波伟的父母有几亩地，还有水牛、黄牛和犁、耙等工具。他们自己种自己的地，生活还可以维持。玛翁妙的父母地无一垄，但都是老老实实的庄稼人。玛翁妙本人既聪明贤惠又结实能干，所以，也完全配得上貌波伟。聪明能干和一身好体力在农村十分吃香。在这里，人们选媳择婿总是把荣华富贵这一套虚荣抛在一边，而把聪明、诚实和好体格作为主要条件加以选择。

玛翁妙自从嫁给了貌波伟，就和貌波伟一起下地干活。她进门以后，不仅给貌波伟家里增加了劳力，也给他们全家带来了一股生气。玛翁妙既参加拔秧、插秧、收割、扬场等农活，又抽时间做好家务活，所以，深得公婆的欢心，都把她当作亲生女儿一样看待。

他们这一家，虽说自己有土地、有耕牛，但是，几乎年年春播时都得去借债。等到秋后打下粮食，再用粮食抵债，或者把粮食卖掉还钱。还债，不仅要还借的钱，还要还比借的钱高好几倍的利息。貌波伟至今还清楚地记得，父亲常常不满地说："最折磨我们的，就是这高利贷呀！"高利贷的盘剥是农民总是贫穷、总也富不起来的原因所在，这一点是貌波伟最先懂得的一个道理。高利贷是农民诸多敌人中最可怕的一个。

婚后第二年，貌波伟父母和貌波伟小两口看见用自己的双手插下的秧苗返青后长出了嫩嫩的绿叶，心里真有说不出的喜悦。是啊，葱绿的稻苗预示着丰收的前景，全家人怎么能不为此而感到欣慰呢！

但是，祸从天降。不久，那绿油油的田野变成了一片汪洋，他们的稻田完全被洪水淹没了，刚刚返青的秧苗全部被泡在水里。丰收的美景被这一股洪水冲得无影无踪。

收获的季节到来了，甭说留口粮或者卖余粮，就是来年的种子粮都没打出来。貌波伟一家旧债未还又欠新债，为了明年能及时播种，他们只好再去借钱买种子。但是，即使明年稻子长势喜人，一片金黄，获得好收成，刨去种地用的钱和留下一家人的口粮也就所剩无几了，哪里还能还清债务呢？这使貌波伟意识到：除了高利贷外，农民的敌人，水灾也是其中之一。

时间过得真快，在奔波劳累之中，貌波伟婚后的第三年转眼间来到了。就在这一年，他心爱的妻子玛翁妙给他生下个胖小子，全家人高兴极了。为了给孩子按照缅人的习惯举行命名仪式，貌波伟父母和貌波伟小两口更加卖力地种田，盼望得到一个好收成。转眼，秋天来了，地里的稻子又变成了一片金黄，棵棵秆粗穗大，真是个难得的好收成。全家人兴高采烈地忙着收割。

在英国殖民统治时期，英国资本家控制了稻谷贸易，他们随意操纵价格，使稻谷价格年年下跌。这一年，每箩[①]稻子价格从85缅元降到70缅元[②]。貌波伟一家着实指望能多收入一点钱，但却空盼一场。尽管如此，貌波伟的父母和貌波伟夫妇还是下决心给孩子举行体面的命名仪式。贫困的阴影一直可怕地笼罩着农民的生活，这使貌波伟又进一步懂得：这些操纵稻谷价格的英国资本家也是缅甸农民诸多敌人之一。

在命名仪式上，貌波伟和玛翁妙给儿子取名为昂钦。

---

① 一缅箩稻谷相当于16缅升，等于40.912公斤。后文所提均为缅箩。

② 后文所提均为缅元。

次年，妻子玛翁妙又怀了第二胎。但是，也就是在这一年，十分溺爱大孙子的貌波伟的父亲，在播种前就离开了他的妻子和子孙们，离开了他老人家世代耕种的土地，与世长辞了。

这一年，是貌波伟最痛苦的一年。父亲去世的痛苦还没有消散，父亲留下的土地又被债主抢去抵了债。父辈留下的土地只有子女有权继承，但是，高利贷者却剥夺了他们的这种权利。

就这样，貌波伟一家由自耕农变成了佃农，他们只好租种地主的地。过去，收割以后，卖了粮食有了钱，只需还清债务和利息；现在，除了还债和付利息以外，还要交付地租。这件事使得貌波伟进一步意识到：压迫农民的有许多敌人，佃租也是其中之一。

现在，哥波伟已经是两个孩子的父亲了。第二个孩子是个女儿，起名叫宁钦。哥波伟和妻子玛翁妙更加勤奋地种地，母亲在家里给他们照料孩子。他们生活过得很艰苦，常常是饥一顿饱一顿的，吃了上顿没下顿，可地里的活儿一直也没有停下。当女儿宁钦两周岁的时候，妻子又生了个儿子。

尽管终年劳碌，吃不饱肚子，生活很艰苦，但是，哥波伟却从来没有灰心。每当哥波伟从田里回来，孩子们总是笑眯眯地站在大门口迎接他。这时，哥波伟就会爱怜地抱起孩子，逐个地亲了又亲，于是，一天的疲乏和劳累就都烟消云散了。玛翁妙更是如此，哥波伟和玛翁妙，夫唱妇随，同甘共苦，虽说庄稼活儿很重，但他们互相体贴，互相关心，家里充满了乐趣。

在哥波伟家里，没有什么其他的享受，但这一点确实给他们一家人带来了无限的幸福。

在雨季还没有到来的时候，哥波伟要先放火烧掉留在田里的稻茬，然后，用车把牛粪送到地里施肥，接着就是修田埂、耙地、拔秧、耕地。等到这一切都干完以后，玛翁妙就带领插秧姑娘们一起到田里插秧。插罢秧，又要消灭田鼠、螃蟹以及防治病虫害。稻子吐穗后，还要注意嗑穗虫和其他灾害。

有一年，哥波伟辛辛苦苦种下的庄稼全让虫子给毁了。这使他又懂得：农民有许多敌人，虫灾也包括在内呀！

到了收割的季节，哥波伟和玛翁妙要冒着被农民最凶恶的敌人之一——毒蛇咬伤的危险收割水稻。然后，把稻捆堆起来，紧接着就是脱粒、扬场。从播种到收割，哥波伟和玛翁妙不停手地干着。但是，一年到头，在他们饭桌上摆着的却只是盛着虾汁汤的大碗以及用来蘸虾汁汤吃的长叶水蓑衣、四叶菜、蕹菜等蔓生植物的叶子，只有偶尔才能吃上一顿较好的饭菜。至于穿着打扮，那可就更不用提了！他们每个人只有一身替换的衣服。新一点的衣服，每人只有一套，那得要到布施时或者逢年过节才能换上，平时是舍不得穿的。娱乐活动少得可怜，一般情况下，他们没有钱也根本没有时间去看戏。只有到了有社戏时，才套上牛车，全家人一起去看热闹。要是能在集上给孩子们买上一点儿煮苞米吃，孩子们也就心满意足了。农民们的生活水平是非常低下的，但是，他们种的水稻却是国家的主要经济命脉。历代封建统治者正是在他们种的稻谷堆上建立了自己享乐的天堂。

哥波伟清楚地看到，一些人不耕田，不劳动，不像他们那样辛辛苦苦地在地里干活儿，但是却靠农业和稻谷贸易财运亨通。因此，对于伟大伯来说，虽然他已经种了40多年的地，但是，他的愿望至今尚未实现。这样说绝不是故意耸人听闻，而是千真万确的事实。

（三）

整个雨季积满了水的池塘、水坑渐渐地变得干涸了。地面上、稻田里以及村里的小路都开始干燥起来。风吹来，卷起一阵阵尘土。时令已经进入凉季。

夜晚，大雾弥漫，寒气袭人。但是，当月亮升起来的时候，那皎洁的月光给全村人带来了无限的快乐。因为刚刚收割完稻子，村中无论男女老少，心情都感到格外愉快，仿佛松了一口气。

在这样的月夜里，悠扬悦耳的笛声此起彼伏。在村里的小道上或在清洁、干燥的打谷场上，不时传来孩子们互相追逐的嬉笑声。在一些打谷场上，十三四岁到二十多岁的小伙子和姑娘们正在玩穿越防线游戏[1]，谷场上不时发出阵阵爽朗的笑声。在一些人家里，或者在一些打谷场上，人们正在一边品茶聊天，一边欣赏这迷人的凉季之初的夜景，这也可以说是在和平环境下的一种享受。

“今年的稻谷价格将会怎样？”

一伙人正在谈论着关于稻子价格的问题。

“第一次世界大战期间，稻子的卖价很好。100 斤可以卖上 90 元。那时，我们种田人的日子还算过得去。”

一位德高望重的老者正在谈着他所经历过的时代的一些情况。

另一伙人则正在谈论着听到的或从报纸上看到的一些奇闻趣事。诸如德国派飞机轰炸英国首都伦敦啦，希特勒纳粹部队突破了法国号称攻不破的马奇诺防线，并在几天之内占领了整个法国啦，德国用新发明的洲际导弹 V-2、V-1 轰炸英国啦，纳粹德国正在一个一个地占领西欧国家啦，等等。

“看来这次大战期间，稻谷价格不会像上一次那样好喽。虽说物价正在飞涨，但是稻谷的价格却一直没有什么变化。”有人抱怨地说道。

---

① 游戏时，参与者分成两组，地上画有方块阵地，一组守，一组攻。守者不得离开横线，攻者要在防者不备之时冲过去而不被抓住。防线有四道，都能穿越者获胜，否则交换攻守。

这时，哥波伟的大儿子昂钦正在月光照得如同白昼的打谷场上和同伴们兴高采烈地玩耍着。恋奶的女儿宁钦坐在母亲的大腿上娇声娇气地和母亲说着话。哥波伟一边抱着刚刚会笑的小儿子瑞温，一边逗着他玩。

哥波伟的老母亲杜帕辛，此时正在别人的家里，一面喝茶，一面十分感兴趣地听着人们谈论水稻价格和国家大事。

抱着孩子的哥波伟被一伙人的说话声吸引过去了。于是，他把孩子交给了玛翁妙，从自己家里走了出来。

“来，来，貌波伟，坐下……”

年纪大约有 50 岁的老农吴申妙一面给哥波伟让座，一面递给他一杯热气腾腾的茶水。

“听说达耶瓦底县德钦党[①]代表大会做出决定不支持英国政府打的这场战争，是吗？”其中一人问道。

“决定不支持这场战争，那对我们缅甸人又会有什么好处呢？”另一个人问道。

“英国政府正在面临着困难，我们缅甸人要抓住这个机会，争取彻底的民族独立。”

听到吴申妙的话，一位叫吴斗的人接着反问道：

“我们赤手空拳，什么武器也没有，怎么和英国人较量呀？”

“赤手空拳怎么行呢？当然得拿出个办法来！那些爱国的有

① 德钦党成立于1931年，是缅甸在独立运动中出现的第一个革命政党，其成员骨干多为学生领袖和年轻的知识分子。“德钦”意为“主人”。

远见的人正在为独立而进行斗争，他们是会有办法的。”

“只要国家不独立，我们农民就无法扬眉吐气，就过不上好日子。我们不是天生就穷，是殖民主义者把我们剥削穷了的，你懂吗？他们任意操纵水稻价格，一手控制稻谷贸易，每年把成千上万的利润送往英国。另外，印度高利贷剥削者也趁火打劫，从我们缅甸人身上榨油。他们都是英国资本家的代理人。”

人们各抒己见，把自己耳闻目睹的一切都统统讲出来。哥波伟越听越爱听，禁不住插嘴道：

“是呀，只要国家不独立，咱们农民就永远也富不起来。”

“塞耶山起义[①]就是咱们农民的起义。经济上山穷水尽，政治上又横遭压迫，人们受不了这个气，便纷纷揭竿而起，拿起武器造他们的反。”

“忍受不了，就造反，这倒是个理。可是，敌我双方力量悬殊，能成什么大气候呀？”

“哎，那时候的形势和现在根本不一样！”

“东方怎样？日本人就会这样待下去吗？日本人已经参加了罗马—柏林—东京轴心国组织，总有一天，日本人也会参战的。城里的日本牙科医生说：‘日本人参战的日子也不会太远了。’”

大家正谈得起劲，忽听玛翁妙喊道：“哥波伟，来一下呀！”

---

① 塞耶山是缅甸著名的农民起义领袖，1930年12月，在达耶瓦底县率领农民举行大规模的反英农民起义。起义军迅速扩大到3000余人，曾攻占不少县城，后被英殖民当局用武力镇压下去。

这一声喊叫，使哥波伟大为扫兴，他只好怏怏不乐地走回家中。到了家以后，正碰见甲长哥奎在家里等他。哥奎见他回来，便对他说：

“村长叫我来派车，让你现在就套车到他家里去。”

“嗐，天都黑了，这般时候，往哪儿出差呀？”

哥波伟不耐烦地说。

“听说有一个文书带了两个警察到咱们村长管辖的一个村子里来抓人，现在他们要赶回城里去。”

“什么？是来收农民哥纽的牛车和房子的那几个警察吗？”

“是的。”

“我的牛累了。早起打了一上午场，下午又赶着它去砍柴。现在，天都这么晚了，还要送人进城，这牛能受得了吗？”

“这我管不着，是村长叫我来的！”

甲长哥奎说完转身走了。

甲长走后，哥波伟和玛翁妙，你看看我，我看看你，心烦意乱，不知所措。哥波伟使劲地挠着头，毫无办法。玛翁妙望着牛圈，无可奈何地叹着气。

“真正的庄户人，谁家有田？在缅甸，只有那些游手好闲的二流子和那些印度高利贷者才拥有土地。”

邻居院里正在喝茶聊天的一伙人的说话声传入哥波伟的耳朵。哥波伟真想跑过去插嘴说：“你们再看看咱们这儿吧！到农村来捣鬼抓人的人还得由农民赶着车把他们送回去！”但是，他没有时间了，他必须赶紧去见村长说明情况。于是，他匆匆地离开了家。

到了村长家里，不管他说牛怎样累也不顶用，村长硬是让他去。这个土皇上的命令是无法驳回的，他只好返回家，套好牛车，送文书和两个警察回城。

因无法偿还债务而遭逮捕的哥纽是大家都很熟悉的人。他就住在邻村，距哥波伟的村子约有一英里①之遥。3 年前，哥纽自己的 15 英亩②土地因典当到期被印度高利贷者收走，他只好把自己的地又租回来耕种。现在，他的牛、牛车和房子又被没收了，那么，他以后恐怕连租地种都很困难了。哥波伟一边赶着牛车，一边思忖着。

哥波伟赶着牛车，在皎洁的月光下，沿着刚刚收割完毕的田野里留下的车辙，吱吱呀呀地慢悠悠地走着。他头上包着一块大头巾，身上只穿着一件汗衫。吹过田野的寒风冻得他浑身发抖，他只好从兜里掏出带来的那条单层薄毯披在身上。那个文书穿着西装和绒衣，两个警察穿着厚厚的卡其布上衣。看样子，他们都很暖和。

“牛怎么走得这样慢呀？你用鞭子打它几下不行吗？照这样走下去什么时候才能到呀？天又这么冷！”

牛车走得比较慢，文书很不满意，他不耐烦地对哥波伟

① 英制长度单位，1英里等于1609.344米。后文所提均为英里。

② 英美制面积单位，1英亩等于4046.86平方米。后文所提均为英亩。

说道。

“它们已经干了一整天活啦，累得不行啦！它们没办法，只好挣扎着拉车，怎么能用鞭子再去抽打它们呢？那样只会给它们增加痛苦，车也不见得比现在走得快些。”

哥波伟一边说着，一边瞥了一眼坐在身旁的文书。

“哼！在那儿稳稳当当地坐着，还叫冷，还让我打这两头累得痛苦不堪的牛……”这几句话，哥波伟只是在心里说，并没有说出口。

“牛有什么好可怜的！它生下来就是供人使唤的嘛！我们都要冻死了，你还是快点赶吧！”

一个警察随声附和道。

哥波伟回头狠狠地瞪了他一眼，心里骂道：“这群家伙太缺德了！”

哥波伟把帮助他种田的牛视为最亲密的朋友，或者说，他甚至把牛当作是自己的恩人。所以，不管警察怎么催促，他还是慢悠悠地赶着牛车，徐徐地向前走着。

“喂，怎么样？快点赶吧！”

文书又一次催促道。

“送你们，我都是没法子才来的。要我快赶，那没门儿！”

哥波伟气愤地说。

文书和两个警察不满地看着这个倔强的哥波伟。牛车继续慢腾腾地走着。

“嗐，我们自己过自己的日子。可是，他们一叫就得去，叫你干什么，就得干什么。这是什么命呀！”

哥波伟一边赶车，一边心里埋怨着。

突然，本来慢慢走着的两头牛疯狂地奔跑起来，车轮不停地发出嘎吱、嘎吱的响声。哥波伟从沉思中惊醒，急忙拉紧了两头牛的缰绳。

原来，与哥波伟并排坐在车前辕的警察用刀鞘猛地打了几下牛，牛就惊跑起来了。当时警察手里拿着长刀，哥波伟生气地瞪了那个警察一眼，长长地叹了一口气。除此以外，他还能做些什么呢？他们这些人的命运不就是任人使唤，听人摆布，人家叫干什么就得给人家干什么吗？

过了一会儿，他们到了城里。等文书和两个警察下了车，哥波伟把车赶到市场旁马路边的一棵大榕树下。他卸了车，准备今晚就在这里过夜。

如果连夜回去，哥波伟担心已经很疲乏的两头牛会得病。所以，他只好在城里先歇一宿，次日早上才赶回村去。

今天是交佃租的日子。哥波伟来到刚刚脱完粒的稻堆旁，望着那金灿灿的稻谷沉思着。

这稻子是他们用血汗种出来的，但是，他们自己不能享受全部的劳动所得。想到这里，哥波伟心里产生了无比的愤恨。

不一会儿，二地主来收租了。他们自己动手，用他们中意的大箩量稻谷，然后，赶着牛车走了。哥波伟和玛翁妙望着他们，心里很难过。过了一会儿，二地主又返回来拉粮，索取雨季刚到时农民们借的债款。

哥波伟他们干了一年，打下来的粮食堆积如山。但现在，这么多的粮食却被二地主们一车一车地拉走了。哥波伟眼睁睁地望着这粮山逐渐缩小下去，真是心如刀绞。

“要是我们自己有土地，那就不用租地，也就不用交地租了。”

刚才，前来收租的人全是一些体面的社会油子。现在，轮到夏季和雨季中的雇工来拿他们应得的报酬了。他们都是些衣着褴褛的人，他们那光着的脊背告诉人们他们贫困的程度。

丈夫来取工钱的时候，他们的妻子和儿女也高高兴兴地跟来了。他们当中，男人们都裸露着上身，只在腰间系着一个破旧肮脏的布纱笼，女人们则用一条脏筒裙把身上怕羞的地方遮住。他们带来的孩子，有些不穿上衣，身上只裹着一条纱笼，有些干脆一丝不挂，身上还散发着屎臭味。那些 9 岁到 10 岁的女孩，腰间系着一条分不清是什么颜色的筒裙，一直耷拉到膝盖。他们这伙人，无论男女老少，没有一个穿着上衣。

他们不是此时此地才光着上身，不穿衣服的。在全村人当中，除一些尚未结婚的姑娘以外，绝大多数人无论是在家里，还是在田里劳动，或者走在路上，都是如此。女人们在村子里走路的时候，多数人是把筒裙提到胸部，最多再披上一块布遮住肩膀。上衣，是他们藏在箱底的一件珍贵的东西，只有到了天气非常凉的时候，看戏参加盛会的时候，或者出门进城的时候，他们才舍得穿出来。

他们有的称稻谷，有的背稻谷，光着脊背的一家人聚在一起，乐呵呵的。无论是大人还是小孩，都显得很兴奋。是啊，他们辛辛苦苦劳动一年，终于得到了自己应得的报酬。哥波伟用同情的目光看着他们，这些雇工得到的稻谷数量是很少的。他们是劳动者，但是，他们得到的粮食和地主比起来真是太少了！

“唉，你们都是辛辛苦苦种田的人。你们本来应当得到更多，可你们甚至比我们还穷……”

哥波伟望着这一家家的人，自言自语地说。

剩下的稻谷就是哥波伟自己的了，卖掉这些谷子所得的钱才是属于他自己的。但是，还要从中留下种子和口粮。

三天以后，当哥波伟留下了种子和口粮，卖掉了剩下的谷子时，他手里终于有了钱。哥波伟用这仅有的一点钱为自己买了两条防雨绸纱笼和两件汗衫；给大儿子昂钦买了一件现成的衬衫和一条抽带的短裤；给女儿宁钦买了一件内衣；给小儿子瑞温买了一码细布，准备做衣裳；给妻子玛翁妙买了一件内衣、一件衬衣的料子和两条筒裙；给老母亲买了一条筒裙和一条披肩。此外，还买了两条印度巴布产的巴布毯，留家里用。哥波伟整整买了他们一家人全年用的衣物。

然后，哥波伟又给母亲和孩子们买了两块钱的中国糕点，给寺庙买了三块钱的中国糕点，给和尚买了一个搪瓷痰盂。此外，他又去买了一个茶叶盒，准备给母亲守斋时用。等到这一切都办完了以后，哥波伟又去买了一些芝麻渣，留给他的伙伴，他忠实的朋友——两头牛吃。

当哥波伟拿着这些东西踏上回家的路的时候，他的脸上露出了欣慰的笑容。

到家以后，哥波伟把买来的东西分给了母亲和孩子们。这时候，他真是最高兴不过了。他看着昂钦和宁钦香甜地吃着他买来的中国糕点，心里充满了幸福。对孩子们来说，吃糕点一年只有这么一次，实在是一件难得的事情啊！

"城里有庙会，据说从后天晚上开始，咱们全家赶车去。"

哥波伟看着孩子们高高兴兴地吃着他买来的别有风味的糕点，又望了望和他一样兴奋的妻子玛翁妙说道。

每逢庙会，不用花钱就可以坐在席子[1]上看演出。这是哥波伟一家人唯一的娱乐活动。

"给瑞温买来的布得赶在庙会前做好衣服才行。"

玛翁妙听说哥波伟要带他们去看戏，兴高采烈地说。

次日。

因为明晚就要去看戏，玛翁妙正赶着给儿子瑞温做衣服。

---

① 在缅甸农村看戏，地上铺着席子，人们席地而坐，所以一般要买"席位"。

“明天咱们可一定去看戏呀，啊，妈妈！”

留着小鬏髻，斜披着纱笼的大儿子昂钦站在母亲身旁，一边用手抹着鼻涕，一边央求道。玛翁妙微笑着点了点头。

哥波伟把他买回来的芝麻渣和稻草混拌在一起，爱怜地喂着他的伙伴——那两头牛。

“喂，我的好伙计，你们使劲吃呀！你们很辛苦，这我知道，所以，才给你们买来了好吃的，吃饱了再让你们痛痛快快休息几天。不过，明晚你们得送我们去看戏哟！”

哥波伟一面喂牛，一面不停地抚摸着牛的脖子说。

“嗨，鄂纽，吃呀！你愣什么？快吃呀！”

两头牛中，一头牛吃得很起劲，叫鄂纽的一头却一会儿用鼻子闻闻牛槽里的饲料，一会儿又用舌尖舔舔饲料，可就是不怎么吃。哥波伟看着，心里着急，冲着那头牛说道。

但是，看样子鄂纽并没有食欲。

哥波伟把饲料送到鄂纽嘴边，鄂纽还是不吃。

“鄂纽，你大概不太舒服，是吧？嗯，你年龄稍微大了点儿，就爱生个病什么的，是吗？鄂纽？”

哥波伟说着，用双手抚摩着鄂纽宽大的脊背，爱抚地搂着它，然后，又一次试图让它吃草。

鄂纽看上去无精打采，哥波伟只得把一位邻居叫来，请他给看看。哥波伟想起来了，自从送文书和警察回来以后，鄂纽的食欲就减退了。他想尽一切办法来服侍鄂纽。

第二天刚过中午，玛翁妙和昂钦、宁钦他们就开始准备去看戏。可是，哥波伟却只是一个劲地去看鄂纽，观察它的情况。

“鄂纽生病了，不能让它拉车进城，得把它留在家里。要进城只好到吞达家去借头牛了。”

玛翁妙听到哥波伟这样说，急忙走出屋来，跑到牛圈里去看鄂纽。她想：把鄂纽留在家里，另借一头牛去看戏也行，用不着改变计划。让鄂纽在家里好好休息一下，再用心饲养它，就会好起来的。

出发的时候快到了，玛翁妙开始打扮起来，准备和孩子们一起去看戏。

哥波伟拽着车轭，自己把牛车拉到屋子前面，然后，竖起车支子。玛翁妙把席卷和毯子放到车上。哥波伟从吞达家里借来了一头牛，套好后，他到牛圈里去拉另外一头牛。

刚一走进牛圈，哥波伟惊得眼睛都瞪圆了，心也禁不住咚咚地跳起来。鄂纽蜷缩着倒在地上，口吐白沫，正在承受极大的痛苦。它的病更重了。哥波伟急忙把吞达等几个朋友喊来，大家一齐动手，想办法拯救鄂纽。

但是，谁也救不了它了。

经过一阵痛苦的折磨，它再也不动了。

“鄂纽死了……鄂纽死了……”

哥波伟用嘶哑的声音，痛苦地喊道。

玛翁妙、昂钦和宁钦听到喊声，一起向牛圈奔来，邻居们也纷纷赶来。所有的人都以无限同情的目光看着鄂纽，鄂纽再也不能动弹了。哥波伟曾经想让鄂纽休息一下，但现在，它已经自己永远休息了。

哥波伟的眼眶里涌出了泪水，玛翁妙坐在鄂纽旁边号啕大哭起来。在昂钦和宁钦的脸蛋上，泪水像断了线的珠子不停地滚落下来。对哥波伟一家人来说，鄂纽的死犹如他们的亲朋好友去世一样难过啊！

今晚的计划告吹了，谁也无心再去看戏。哥波伟眼里噙着泪水看着死去的鄂纽，眼前出现了文书和那两个警察的面孔。

“牛有什么好可怜的！它生下来就是供人使唤的嘛！”

警察的话又在他的耳边响起来。他强忍心中的怒火，痛苦地望着鄂纽，悻悻地咬紧了牙……

（四）

在仰光至卑谬的铁路线和公路线上，坐落着岱基小城，这是一座繁华热闹的城市。市场周围建着许多楼房、别墅和漂亮别致的住宅，在住宅中间耸立着印度高利贷者和地主们的楼房。

地主和高利贷者的这些住宅特别突出和显眼，它活生生地告诉人们，地主和高利贷者对缅甸农业控制的程度。

离印度高利贷者的楼房不远处，有一幢很阔气的两层楼，那就是缅甸地主吴巴昂的家。吴巴昂霸占有土地1000多英亩，在缅甸地主中，他算得上是一个头面人物。

哥波伟来到岱基市，径直走进了吴巴昂的家。哥波伟住的村子坐落在离岱基市不远的莱敏河岸上，这是一个大村子。在哥波伟父亲那一辈上，本来家里有一点土地。但是，后来被高利贷者霸占了，他们只好把那块地又租回来种。自从父亲去世以后，哥波伟受不了印度高利贷者的欺压，就转而租种缅甸地主吴巴昂的地。所以，今年，在耕种季节到来前夕，哥波伟来到了住在城里市场附近的阔气的吴巴昂的家里。他是来订租地契约和借钱种地的，同时，他还要借一些钱买一头耕牛，以顶替死去的那一头。

吴巴昂的家里可真阔绰。锃亮的地板上摆着各种式样考究的家具，有镶着全身镜的大衣柜、光亮的柚木桌椅等。在一根房柱的前面，放着一个齐胸高的落地式电唱机。屋子的另一处，摆着飞利浦收音机（当时，收音机尚未流行，人们大都用电唱机，吴巴昂也是不久前才买的）。在房间的四面墙壁和每一根柱子上都挂着12寸或14寸的照片，以及各种椭圆形的肖像画，显得格局协调，错落有致。此外，屋子里还挂着英国军官斯雷登向缅甸班都拉将军[1]敬礼的大相片，人们看到会以为主人吴巴昂是一个有爱国心的人。在东屋的显眼处，挂着两把银鞘长剑。

哥波伟小心翼翼地走进吴巴昂的家，拘谨地坐在门前脱鞋处的春凳上。脱鞋处用水泥铺地，周围有铁栏杆围着。虽然他没有马上看到吴巴昂，却听见了吴巴昂说话的声音。吴巴昂和妻子正在里屋教训刚满12岁的儿子，看样子是因为孩子和其他伙伴一起逃学的缘故。

“哼！你要记住，下次再逃学，我就要打得更加厉害！”

吴巴昂气呼呼地说。

“孩子呀，你可别学坏呀！妈看你太小，再说又舍不得离开你，才没让你走。按你爸爸的意见，早就把你送到仰光去住校了。要是那样，你可就得离开爸爸妈妈啦！”

吴巴昂妻子轻声地劝说道。

“不行！明年非得把你送去不可。待在家里，你妈又宠着你，还不把你惯坏了！波尼，没有文化会变成什么，你知道吗？要变成狗！变成狗！！没有好日子过，整天和牛在一起耕地。你懂吗？在田里耕地的农民多么下贱，多么穷困，多么劳累，你不是都看见了吗？那是为什么？就是因为他们没文化！”

吴巴昂长篇大论地教训着儿子。

听到吴巴昂教训儿子的这番话，哥波伟的心像是被尖刀剐了

---

① 班都拉（1782—1825），缅甸贡榜王朝著名大将军，第一次英缅战争时率领缅军英勇抵抗，最后不幸阵亡。

一样，痛得他浑身直哆嗦。

“哎！没有文化就要变成狗，就要去耕田。我们种田人过的真是下贱的、非人的生活呀！”

哥波伟痛苦地发着牢骚。

“爸爸，怎么会是没有文化就得去种田呢？就拿您来说吧！您有多少文化？又有多少知识？但是，您和我妈不是过得挺舒服的嘛！我是大财主的儿子，一个有很多土地的大财主家的少爷，没有文化又怎么样？难道还会受穷?!”

波尼是个饶舌的家伙，他对父亲的训导提出了质疑，那样子完全像个小流氓。

“你这个小兔崽子！人还没有一拃高，父母的话就不听了，还敢顶撞父母。你真叫我头疼，可把我气死了！没出息的家伙！”

吴巴昂气得头更大了，他站起来又使劲臭骂了一通。

“孩子，父母的话，你可得听呀！不能这样顶嘴！”

“妈妈，我说的都是实话。咱们就是有钱嘛！咱家有很多田地，只要时间一到，就去收租，不费吹灰之力，就可以坐享其成。难道这不是真的吗？”

虽然母亲极力劝导，但是不爱上学的波尼还是没有停嘴，他又顶了父亲一句。

吴巴昂怒不可遏，伸手拉过波尼，照着他的脊梁“啪啪”地狠狠打了几巴掌。

波尼闭住了嘴，“呜呜”地哭起来。

波尼是个富家子弟，说起话来很撒野。但是，他毕竟是个孩子，思想上没束缚，想说什么就说什么。

孩子们的想法都是客观事物给他们的直接印象。他们观察事物，从不加任何色彩，而是反映了事物的本来面目。

对哥波伟来说，虽然吴巴昂的话刺痛了他的心，但小波尼的话又似乎使他看到了一丝亮光。于是，他把农民的生活和地主的生活又做了一番比较。

听到吴巴昂说要把波尼送到仰光住校学习，在哥波伟的眼前，又出现了前天送到村里寺庙学习的大儿子昂钦的脸庞。那些被送到仰光英国人办的学校去读书的孩子，无论是吃、住，还是学习，样样都很优越，处处都显得体面、光彩。但是，农民的子女从小就得当放牛娃，要不就到寺庙里去当小沙弥。大儿子昂钦就是如此，前天他才被送到寺庙里去。在寺庙里当小沙弥，由寺庙供他们吃饭，和尚教他们读书识字。当然，他们也得给寺庙干一些活。

此时，在哥波伟的眼前，仿佛出现了大儿子昂钦的身影：他挑着箩筐，箩筐里装着盛斋饭的钵。他紧紧地跟在化斋和尚后面，口里不停地喊着：“请施斋饭！请施斋饭！”在接受施舍和为死者送葬时，他跟在和尚身后，或者给和尚撑伞，或者挑着箩筐……哥波伟小时候也经历过这样的生活，所以，他完全可以想象出儿子昂钦现在的情况。其实，哥波伟的祖祖辈辈都是这样过来的。

“哼！说什么没有文化就得种田，难道是因为没文化，没知识才去种田吗？那么，有了学问就不种田了？会种田，能使水稻高产，这些就不是学问?!”

“难道我们的子女就不能成为有知识的人吗？有知识的人就不参加劳动了吗？”

哥波伟坐在门口放鞋的水泥地旁的春凳上，心里产生了一连串的疑问。

“嘿！波伟，什么时候来的？”

刚发现哥波伟的吴巴昂向门口放鞋的地方走来。在脱鞋处放着的春凳是吴巴昂为了接见农民特地置放的，那铺着闪光发亮的地板的客厅，只供招待有钱有势的贵宾用。在吴巴昂看来，接待这些下贱的农民，放鞋处的那条春凳也就足够了。

“是的，东家，我刚刚到。”

“是为了签订契约来的吗？”

“是。另外，还想买点青苗，再借点钱买头牛什么的……”

吴巴昂转身回内屋，拿起桌上的烟袋，装了一袋烟斗丝，点上了火。然后，他看了一眼女佣，又用手指了指哥波伟。女佣会意地拿来槟榔盒，放到哥波伟的面前。吴巴昂一面抽烟一面踱着方步从内屋走出来。

“行！租地契约倒是可以签订的。你种的地产量很多，这我知道。当然喽，那是上等的好田嘛！”

吴巴昂一边抽烟一边吐着烟雾。在烟雾中传来的吴巴昂的话，使哥波伟感到像是被浓烟熏了一样，不停地眨着眼。

哥波伟很清楚，原来他租的地是按二等田缴税的。现在，听吴巴昂说话的意思，真叫人气愤。

“怎么？你感到奇怪吗？定土地税的时候，那些田虽然被定成二等田，但那是我跟公司文书、土地丈量文书和土地官们故意搞的，为的是少缴一些土地税，可实际上是一等田。所以，水稻产量才那么高。”

吴巴昂解释说。

“产量高，也只是今年。这是我们全家人精耕细作的结果。选良种，多施肥，卖力气，所以，今年的收成才算好一点儿。”

明明是靠自己辛辛苦苦拼命干活，水稻才获得了丰收，可地主却说是因为他的土地好。哥波伟气愤不过，便驳了他几句。

本来，地主收的地租就已经够高的了，现在一见多打了点粮食，他们的胃口就更大起来。哥波伟对地主的贪得无厌感到非常气愤。其实，缴地租本身就是一种不合理的制度。

“前几年是因为你们种地不认真，所以产量少。只要你精心耕作，产量一定比现在还要高。懂吗？产量肯定会高的！你想订租地契约嘛，行。不过，一亩地得多加五箩租，不然，你甭想租地。我说话向来不改口，这你是知道的，对吧？”

“东家，我们这些人长年债务缠身，本来地租就够高的了，现在，每亩地又要多加五箩，那我们种田人可实在太亏了。您也该体谅我们一点儿。”

吴巴昂抢先说自己说话干脆，向来不改口，目的是想把话说死。他这样说是因为他处在上风，那么，像哥波伟这样老实厚道的人，难道就不会把话说死了吗？但是，处在现在这样的形势下，哥波伟也只好忍气哀求。

吴巴昂坚持不改口。他的本性决定了要从农民身上榨取更多的钱财，可他自己却美其名曰说话干脆，办事利落。看来，只要有机会能更进一步地从农民身上敲骨吸髓，干得再“干脆”一点儿，他是丝毫也不会感到为难的。

农民们每年要向地主缴很多地租，还要付相当高的贷款利息，但是贪得无厌的地主们并没有因此而感到满足。他们想得到更多的东西。

“不行！不行！我已经把话说死了！”

“东家，您是缅甸人，我们也是缅甸人。因为印度高利贷主和印度地主欺人太甚，我们才来租种您的田。我们想，大家都是缅甸人，总该好一点儿吧！所以，望您看在大家都是缅甸人的份上……”哥波伟再也按捺不住心中的不满，说道。

“够了！够了！”吴巴昂打断哥波伟的话大声喝道，“我说，波伟，你们在缅甸地主家里怎么这么多的废话？到了印度地主家为什么连个屁也不敢放，人家说什么，你都照办！”

“我得考虑一下，一亩地再加五箩租，我们实在不上算！”

哥波伟一看怎么说也不行，只好这样结束了他们的谈话。他站起身，准备要走。

“喂，不依我的条件，就甭想再种我的地！我要把地租给别人。你要考虑，就快点！我可没那么多时间等你。”

吴巴昂提醒说。

哥波伟从吴巴昂家里走出来，脑袋乱哄哄的，但吴巴昂父子你一言我一语的谈话却十分清楚地留在他的脑海里：

“没有文化就要变成狗！就要和牛一起去耕地，你懂吗?!”

“爸爸，您又有多少文化？您还不是照样过得很富！农民种田打下来的粮食，时候一到，我们就去收租，不着急，不上火，有吃有穿，坐享其成。难道不是这样吗？”

（五）

虽然是在英国殖民主义统治之下，但缅甸制宪议会还是终于通过并实施了一项佃租法。

不论是英殖民主义，还是当时的缅甸政府，他们都不是因为要摧毁封建制度和进行土地改革而通过上述土地佃租法的。那时，大地主是英国殖民政府赖以生存的支柱，政府则是大地主政治上的忠实代表。人们一定会问：既然如此，他们为什么还要制定一项土地佃租法呢？这是因为他们害怕农民不满封建制度的残酷统治和压迫而起来造他们的反，所以，才想出这样一条计策来，妄想以此来控制和阻止农民运动。

土地佃租法从实质上来说，并不反对封建制度。它的实施实际上只不过是为了限制地主的活动，使他们不能过分地要租。否则，农民们就会因为不堪忍受剥削而起来同他们进行斗争，这就势必会影响到他们的统治。同时，制定这项政策的另一目的，也是为了安抚一下农民，使他们就范。

地主疯狂地向农民索租，如果得不到，他们就要挟说不再租土地了。农民忍受不了，就揭竿而起，纷纷造反。就在不久前，直通的农民大军还到仰光进行了请愿示威。勃固专区和三角洲地区农民的斗争，此起彼伏，从未间断过。此外，塞耶山起义实际上就是农民起义。这一点，统治当局是很清楚的。正是这个原因，统治者们也不得不对农民的要求给予一定的满足。因此，土地佃租法才应运而生。

根据佃租法，如果地主对佃户不满，扬言不再租给他们土地，佃户有权向省和地区当局上告。这项佃租法规定：佃租要按地的质量而定。一等田要一等租，二等田要二等租。此外，还规定：如果佃户们按规定缴了租，地主必须仍把土地租给他们耕种。

这种做法，实际上是对地主不择手段地从农民身上榨取钱财的一种限制。换句话说，是缓和佃户和地主之间尖锐矛盾的一种手段。

哥波伟在走投无路的情况下，找到了“我缅人协会”[1]领导的“我缅甸农民协会”。在那里，他见到了热心为农民利益而工作的农协负责人德钦瑞。哥波伟向他叙说了地主吴巴昂欺压农民的情况，德钦瑞根据土地佃租法向市政府提出了申诉书。他让哥波伟在申诉书上签字后，把申诉书放在自己的包头巾里，亲自送到了市政府。

不久，市政府传来了命令，命令吴巴昂仍按过去的租价把地租给哥波伟。每亩地妄图多收五箩稻谷的吴巴昂只好照办，和哥波伟签订了租契。然而，他心里却愤愤不平，对哥波伟一直耿耿于怀。同时，对替哥波伟打官司的德钦瑞怀恨在心。

心怀不满的吴巴昂，在签订契约时，又从其他方面来刁难哥波伟。往年，他都是用以粮还债的办法将钱借给佃农，但今年，说啥他也不肯借了。所谓以粮还债，就是在播种时，由地主借给农民一部分钱，等到收割时，以稻谷抵债。如果你借 50 元，到了收获季节，可能就得还 100 箩的谷子，或者更多一些，数额都由地主任意规定。给地主抵债的谷子的价值与借的钱的差额便作为利息偿还，如果用缅币计算的话，每借 100 元，利息要达到 15 元到 20 元，有的甚至多达 30 至 40 元。

---

① 我缅人协会成立于1930年。成员都在自己名字前冠以“德钦”相称，“德钦”意为“主人”，以此强调缅甸人才是国家的真正主人。

现在，缅甸地主不借钱，对哥波伟说来，问题并不大，他可以到印度地主那里去借。于是，哥波伟以借 50 元，秋后还 100 箩稻谷的代价从印度高利贷主那里借了 250 元，以便用这些钱买一头牛和解决耕种时的急用。

当时，100 箩稻谷的价格约为 80 到 85 元，折算下来，利息竟高达三分到三分半。那时候，高利贷盘剥者真是吸干了农民的血！

1939 年，欧洲已经爆发第二次世界大战。但是，东方依旧很平静，战火尚没有蔓延过来，这里仍然是一派和平景象。

哥波伟为了多打些粮食，种地比以前更加卖劲了。因为只有这样，他才能有点剩余。他把田埂修得更加结实，耕地格外用心，播种也愈加合理，并精心施肥，细心管理。此外，他还用了很多工夫消灭危害谷物的田鼠和螃蟹。

“没有文化就要变成狗！就得种地去！”

“爸爸，您又有多少文化？您和我妈照样生活得很好。时候一到，就去收租，用不着费劲，就能吃得好，穿得好，坐享其成……”

哥波伟一边干活，耳边仿佛又响起了吴巴昂父子争吵时说的那段话。

每当这时，哥波伟就想起了已经送到寺庙里当小沙弥的大儿子昂钦和即将被送到寺庙里去的二儿子瑞温。他们将在寺庙里背书，拜佛，抬着筐去化斋。等和尚吃完饭以后，他们才能吃饭，然后，刷碗，扫地，做寺内大小勤杂活计。在这样的环境下，他们才逐渐地学会几个字。女儿宁钦白天跟着下地，一边拾些田蟹，一边干些力所能及的零活。慢慢长大以后，逐渐地学会拔秧、插秧、割稻等农活。

“种田难道不是学问？割稻、脱粒是不是学问？吴巴昂，你又会做些什么？你说说看，你会干哪种活？你能把田垄耕直吗？你能割一捆稻子吗？你会撒种吗？你能使种子发芽长出幼苗吗？不会！你什么也不会！你不会种地，那么你会做一双最简单的木屐吗？”

哥波伟气愤不过，常常自言自语。这话，他不知说过多少遍了。

“种地人家的子女就不能有文化吗？有文化的人难道就不能种田了吗？”

哥波伟常常这样问自己。

“我们养活了你们地主，可你们地主却这样欺负我们，连缅甸古代的国王还学着农民的样子，主持开耕仪式呢！可是你们……我要把子女培养成你们所说的有文化的人！我要让你们知道，并不是因为是废物、不中用才去种田的！”

哥波伟发誓道。

在往田里施牛粪肥和腐殖肥的日子里，有一天，哥波伟抽空到离他种的地不远的克伦族寨子里去玩。到了克伦族朋友家的时候，他见到了老朋友曼拉申。曼拉申是一位有经验的老农，他正准备进城，见哥波伟来了，他热情地拉他坐下，请他喝茶，两人聊起了家常。

“怎么样，老伙计，日子过得不错吧？”

哥波伟开口问道。

“哪里，种田的，你还不知道。又要缴地租，又要还债，还要付利息，都给完了，自己也就剩不了多少了！”

曼拉申回答。

“咱们是半斤八两。日子是越过越糟心哪！不管你是缅族也好，克伦族也好，在受地主的压迫和剥削方面，咱们农民都是一样的呀！”

“是呀！农民都是一条藤上的苦瓜呀！”

曼拉申说话的时候，哥波伟的目光落到曼拉申家的猪圈、鸭架和鸡窝上。

“咦，你怎么养这么多鸡、鸭和家畜呀？”

“是呀，养些鸡、鸭和猪多少可以解决点生活困难。种田剩不了多少钱，只好在其他方面来弥补。饲养家禽既有菜吃，又能变钱。”

哥波伟非常感兴趣地看了曼拉申饲养的猪、鸡、鸭等家禽和家畜。

曼拉申见哥波伟这么着迷，就继续说道：

“现在我进城就是为了去卖五头猪和一篓鸡，然后，把卖得的钱给儿子带上回学校。你还记得我的大儿子吗？我已经把他送到教会学校去读书了！”

哥波伟越听越着迷。

“是吗？你儿子在教会学校学什么？”

“当然是学英文喽！今年就该上七年级啦！”

“啊，是吗？你们的教会学校还分年级呀！”

“当然啦！跟洋学堂一样，讲授系统的知识。从这所学校毕业后，可以很容易地转到任何一所学校去，还可以得到政府承认的文凭，凭这个文凭就可以找到工作。”

曼拉申说的每一句话都对哥波伟产生了极大的诱惑力，他简直被迷住了。

“这么说，可太好了！那么，送他去念书得花多少钱？”

“用不了多少钱。这些教会学校和仰光的学堂不一样，它是专门为穷人的孩子开设的。在一些小城镇和较为大一点的村子里，你都可以看到这类学校。我带给儿子的钱是给他买点心和买衣服的。”

“太妙啦！这可太妙啦！”

“我们十分感谢英国传教士。”

“好了。耽误你出门了。你有事快走吧！我也该回去了。”

哥波伟说完，起身告辞，离开了曼拉申的家。

（六）

哥波伟顶风冒雨，踏泥踩水，在田里和牛滚爬在一起。他一面勤勤恳恳种地，一面努力搞好副业。他从克伦族朋友曼拉申那里得到了启发，正努力饲养一些鸡、鸭、猪等家禽和家畜。

对于在农村居住的农民来说，虽然家里不那么整洁，但有一个得天独厚的条件，那就是非常宽敞，空地较多。他们房舍周围的空地，如果能够得到开发和利用，肯定会收到一定的效益。

哥波伟打算先养些鸭子和猪。他的克伦族朋友曼拉申不仅鼓励他，而且还大力帮助他这样做。

“这些猪和鸭不久就会繁殖。那时，我们的收入就会随之增加，我们就会变得富裕起来，就可以供孩子们上学了！”哥波伟看着刚刚养起来的几头猪和一些鸭异常兴奋地对妻子玛翁妙说道。

丈夫的主意和毅力使玛翁妙受到很大的鼓舞。她积极支持和帮助丈夫做好饲养工作。

“我们把儿子送到寺庙去，不要什么费用就可以学到一些知识。但是，那还远远不够……”

“你还打算做什么？”听到丈夫的话，玛翁妙急切地问道。

这时，农民领袖德钦瑞来了。哥波伟把自己的愿望和所做的努力一一告诉了他。

“哈，太好啦！”德钦瑞鼓励他说。

“我们缅甸人虽然很穷，但不识字的男孩子还是很少见的。识字的人多，这该归功于每个城市和村子里的寺庙。

“笃信佛教的缅甸人一起负担了僧侣等佛教人士的生活。人们修筑庙宇，解囊施舍，布施袈裟，敬献斋饭，这使得僧侣们得以无忧无虑地生活，专心致志地从事佛教事业。村民们敬奉僧侣，僧侣们教他们的孩子识字，以此作为回报。这是我们缅甸自然形成的免费教育制度。”

德钦瑞讲述了寺庙和村民二者之间相互依靠和相互帮助的关系。接着，哥波伟说：

“还不止这些。我们缅甸人大都是佛教徒，我们认为宗教本身就是一种减少文盲的事业。孩子们不是都要剃度吗？做剃度就要一边数佛珠，一边诵经文。所以，佛教给人们创造了学习文化的机会。”

哥波伟谈了他自己的看法。

“但是，有一点不足。”

哥波伟露出一种沉思的神态，他凝视着德钦瑞继续说道。

“什么不足？”德钦瑞问。

"听说外国人办的教会学校传授的知识很系统，都是些现代知识，这能使每个学生都有出息。可是，我们的寺庙只能教会孩子们识几个字……"

哥波伟是在把自己的儿子昂钦和曼拉申的儿子做了一番比较后才这么说的。

"你说的倒也是。不过，在传统的时代，政府支持和鼓励他们，所以才……"

"我们的政府并不支持和资助我们的寺庙，但是，我们全体人民却支持着它。我们施舍的钱建筑了寺庙和寺内高大的殿堂，和尚也由我们大家来供养。所以，寺庙里地方宽敞，房间很多，难道不应该利用这些条件给孩子们传授系统的文化知识吗？将现代科学知识全面地教给我们的孩子，这对我们的民族来说难道没有好处吗？"

哥波伟虽说是个普通的农民，但他说的话却富有建设性。

"你的这个意思是希望我们缅甸的僧侣也像外国传教士那样工作，做些对国家对民族有益的事情。这种想法很好，只要努力，没有不成功的。我曾到过伊洛瓦底江畔的一个村子，在那个村子的寺庙里学习的孩子很多。寺庙的主持和尚很英明，他以学生人数多为由和村里的长者一起努力争取，结果得到了政府的承认，变成了国家正式的小学校。政府派来了教员，教室就利用寺院内的一座高大宽敞的佛堂，看起来很气派。孩子不全住在寺庙里，有一些住在村里，每天从村里来上学。虽说是寺庙，但是，你猜怎么样？还有一些女孩子来上学呢！住在寺庙里的小沙弥们，根本不用为吃穿着急，他们可以无忧无虑地学习。当然一个个都好像洋学堂里的学生喽！”

德钦瑞想起了他看到的这件事，便给哥波伟做了介绍。

“当然喽！就得那样才行！再努把力说不定还会变成规模更大的现代学堂呢！只有这样，穷人的孩子才能上学读书。现政府不是我们本民族人组成的，他们不支持也就算了。我们自己不是都在支持佛教嘛！如果我们这样做，还会得到更大的支持。等我们国家获得了独立，我们自己政府也必定会支持的。当然，我们还得向法师们禀告，看看他们的意见如何……”

哥波伟和德钦瑞各自谈了他们耳闻目睹的情况以及他们的体会和看法。德钦瑞虽说是个青年，但有着强烈的爱国心。他为了谋求农民和全体人民的利益，不辞辛苦，不怕牺牲，参加了独立斗争。他不像那些装腔作势的时髦政治家那样，谋求私利，哗众取宠，自吹自擂，惹是生非，而是积极参加了反对殖民主义的斗争。同时，他还帮助工人、农民和小商小贩们解决他们的日常生活问题。对他来说，受拘留，坐监牢成了家常便饭。此外，他还曾遭到地主豢养的狗腿子们的暗算。还有一次，在拘留所，一个警察正要打他，他一头撞到墙上以示抗议，结果流了很多血。在他面前，没有任何荣誉和享受，有的却是监狱、警察局和拘留所，等待他的是肉体上的折磨和个人的牺牲。

对于这样一个为了农民的事业和国家的独立而工作的人，哥波伟是很尊敬的，后来与他结成了至交。

哥波伟一面辛勤地种田，一面积极地饲养猪、鸭，准备供孩子们学习。这些日子来，哥波伟的心情异常兴奋。

但是，没有多久，哥波伟遇到了一个意外的障碍。这障碍不是来自别人，而是来自母亲杜帕辛。

“儿呀，养这些猪和鸭干什么呀？”母亲问道。

“多挣点钱，咱们就可以宽裕一点。妈妈，猪和鸭是个很热门的东西，在市场上能卖个好价钱。光靠种田，什么时候都富裕不起来。市场上猪、鸭的价格高，它们繁殖又快，咱们的收入也一定会很快增加。”

听到哥波伟的解释，母亲杜帕辛并没有因为看到希望而露出高兴的样子，相反愈加不悦。

“另外，咱们家养些猪、鸭什么的，还可以改善生活，不愁没菜吃了。”

“那你们自己吃吧，别给我吃！你们也别用卖猪、卖鸭得来的钱给我买东西。”母亲杜帕辛不高兴地说。

“为什么，妈妈？”哥波伟感到迷惑不解。

“这是缺德的事！孩子，妈妈求求你啦，咱们家祖祖辈辈可没有人靠做这些缺德的事来赚钱。所以，孩子，妈妈求求你，别再干这种事了，那些养着的猪和鸭也全放生了吧！”

哥波伟怀着满心的希望来饲养猪、鸭等家禽和家畜。谁知道却被母亲泼了一瓢冷水，哥波伟的心不由得凉了半截。

“妈，您说的可不对。好多人吃了渔夫打的鱼，却骂渔夫是缺德的人。吃了别人宰过后出售的鸡、鸭、猪，却瞧不起卖鸡肉和鸭肉的人。”哥波伟反驳说。

“买死的吃，是没罪的。你听妈妈的话吧，别靠着做这些缺德的事来养家糊口！”

“妈妈，有买的才有卖的，不是吗？”

“好了，孩子，别啰嗦了。你要是执意这样做下去的话，可是要下地狱的！要是那样，妈妈心里该有多痛苦呀！”

母亲一再阻拦他，非让他停止饲养家禽、家畜不可。

“妈妈，甘佗敏高僧写的诗中，是这样说的：

‘想方设法，饲养家禽，
鸡鸭满架，猪羊成群，
五谷丰登，六畜兴旺。
买卖兴隆，增银进金，
依靠亲友，家境日新。’

妈妈，这首诗，您还记得吗？”

哥波伟只好向古诗求援，但是母亲却固执得很。

“你就是说出个大天来，要做这种不积德的事，我也不能同意！”最后，母亲把话说死了。

母亲不但听不进哥波伟的劝说，还说因为他养了猪和鸭，心情很不好。哥波伟和玛翁妙看到这种情形，心情也很沉重。为了使年迈的母亲高兴，他们只好放弃了刚刚开始的养猪养鸭的营生。

为了照顾母亲的情绪，哥波伟心头刚升起的希望之光又黯然消逝了，他只好埋头种田。到了耕地结束的时候，秧田里的秧苗长得绿油油的，哥波伟请了几个插秧姑娘帮他插秧。

稻田里刚刚种下的秧苗就要返青了。哥波伟看着稻田，不由得感慨道：

“总算把秧苗插下去了，今年的任务完成了一半。唉……”

哥波伟长长叹了一口气，仿佛把一切疲劳都吐了出来。

几天以后，秧苗就可以活了。放眼望去，田野里将变得一片郁郁葱葱，然后，就会变成一片金黄，到处将翻滚着金色的稻浪。哥波伟戴着草帽，站在高高的田埂上想着。他掏出了烟袋，装上了烟末，吧嗒吧嗒地抽起来。一圈圈烟雾在他的眼前袅袅升腾。

对于哥波伟来说，田里打下来的稻谷是他的命根子。扣除地租、债务、利息以后，所剩下的粮食将是他们全家人生活的唯一依靠。

在天下父母的眼里，孩子都是天使，真是百看不厌。每当看见孩子们那花一般的笑脸，父母心里总会产生说不出的喜悦。同样，每当农民看见自己亲手种的秧苗时，他们的心情犹如刚刚顺利地生了孩子的母亲那样无比欢欣。看见这些秧田长得绿油油的，他们就更是喜上眉梢了。哥波伟想，若是到了那时候，他心里一定会像吃了蜜一样甜。他想着想着，身上感到一阵轻松，仿佛整个雨季所受的劳累都飞到九霄云外去了。

掠过田野的风凉丝丝的。湿润的稻田里，刚刚插上的秧苗随风起舞。

天变得阴起来，狂风卷着乌云铺天盖地。闪电在黑暗的天空中划过，轰隆隆响起一阵阵雷鸣。电闪雷鸣，响声震天，紧接着，哗啦啦下起了瓢泼大雨。

阴雨连绵，田里到处积满了白汪汪的雨水。时间一天天地过去了，天却一直没有放晴。风雨声，雷电声，一刻也没有停息。

天上倾泻下来的雨水不断向田里灌。后来，又传来了更加令人担心的消息：莱敏河涨水了，离他们村两英里远的一条小河也发洪水了。如果这条小河不是那么浅的话，完全可以把这一带地面上的积水裹走。但是，现在，这条小河却大有往田里倒灌洪水的趋势。

如果雨仍然不停地下的话，那么莱敏河水肯定要向四处漫溢。要是那样，后果不堪设想。假如在河道的两旁筑有大堤，那就好了，就可以放宽心了。

包括哥波伟在内，这一带农民的心个个七上八下地跳着，人人心乱如麻。

在这天无晴意、人心不快的日子里，莱敏河水涨势更猛的消息使人们的心情更加紧张了。雨继续下着，昼夜不停。雨水仿佛要把整个世界都吞掉似的。

（七）

刚刚插下的秧苗已经完全被洪水淹没了，田野里一片汪洋。哥波伟看着这像海一样的田野，心里难过得透不过气来。完啦，一切都完啦！所有的劳动和投入都白白地沉入了大海。

村子里，没有一块空地，大街小巷积满了雨水。村民们在没膝深的水里艰难地行走着。大水继续上涨，毫无休止的迹象。

哥波伟只好给牛搭一个高架。他把原来牛棚的柱子拆下来，又尽可能找来了一些树枝和竹竿，搭起了一个离地 6 尺的高架。哥波伟累得满头大汗。高架搭好以后，他立刻把牛牵了上去。

给牛搭好了高架，哥波伟又在门前槟榔树和椰子树中间架起了横杆。他在这些横杆上铺上了竹板，然后，把牛夏天吃的稻草从稻草垛上运过来，放到架子上。还剩一些稻草没地方放，哥波伟又堆了一些高台，把全部稻草都挪了过去。

这些天，村子里的鸡、鸭、猫、狗有的搬上了房，有的爬上了树。在挪稻草的时候，哥波伟险些被盘在稻草垛里的毒蛇咬伤。

不久，洪水涨到齐腰高的屋子的地板上，这给村民们带来了更大的困难。情况十分严重，有些人搬到寺庙或者较高一点的地方去居住；有些人只好背井离乡，外出逃荒。

有些村子的牛、羊等家禽和家畜被水淹死；有的堆放在高台上的稻草垛因为高台倒塌而被水冲走。哥波伟为了使放牛的高架不至于倒塌，费了很多的精力。有一些人扎起了木筏，把水牛和黄牛牵到木筏上，随波逐流，任其漂移。

哥波伟、玛翁妙、三个孩子和老母亲杜帕辛，在洪水涨到屋内地板的时候，把家里的锅碗瓢盆放在熏架上，然后，全家人搬到了较高的寺庙阁楼上去住。哥波伟自己扎了一个小竹筏，每天准时回家去喂牛。地里的老鼠、虫子以及一些小动物则到处乱窜，哪里没水就爬到哪里去避难。有的爬到树上，有的爬上屋顶，还有的爬到屋子的大梁上、房檩上和房椽上。毒蛇也和这些小动物一样，到处避难。发大水的时候，即使没有被大水淹死，也有可能被毒蛇咬死，这种危害十分可怕。在湍急的流水里，水面上漂着各种各样的家具，还有死猫、死狗等。一天，哥波伟还看见河面上漂来一具死尸，看了叫人丧气。

不仅住宿发生了困难，饮食也成了问题。有些动物饿了四五天以后，站都站不稳，一头栽进水里。

一周以后，水才退下去。但是，农民的财产也随着洪水漂走了。丰收的希望已成泡影，眼前的生活也没了着落。虽然收到了救灾委员会发放的少量物品，诸如柴、米、油、盐等，但是，这种援助只能解决燃眉之急，不能根本解决问题。被洪水毁掉的农田再也无法挽救，人们束手无策，望洋兴叹。

今年再种田已是不可能的了，就是明年也很难想象。今年颗粒无收，明年的种子到哪里去弄？今年的债款还不上，明年就更难借了。即使能借到，那利滚利的利息也让你望而生畏。眼前的生活遇到了困难，今后的日子更使人忧虑！

屋漏偏逢连夜雨，船破又遇顶头风。哥波伟的老母亲经过这场风雨的折腾，受了风寒，得了病。在穷困潦倒的时候，又有了病人，更加令人心里不安。尽管哥波伟尽一切力量服侍母亲，但是，因为母亲年事已高，加上疾病折磨，又缺医少药，没有足够的营养品，不久就与世长辞了。哥波伟呼天抢地，痛不欲生。

洪水不仅毁坏了农田，而且还带来了其他的祸害。随着经济破产，逃荒挨饿，瘟疫、疾病等各种灾难一齐向他们袭来。

哥波伟在与生活的斗争中，遇到了各种各样的苦难和心酸。一天，他碰到了他的朋友曼拉申。因为都是洪水的受害者，彼此十分关心。

“洪水把田全毁了。不过，刚一涨水，我就把养的鸡、鸭、猪等拿到城里卖掉了。所以，还算幸运，没有全部毁掉，可以弥补一下损失。”曼拉申说。

哥波伟听了曼拉申的话，想到自己饲养猪、鸭等家禽和家畜遇到了阻碍，最后不得已放弃了努力，心里真有说不出的懊丧。

哥波伟所经受的种种苦难、剥削和欺凌，使他逐渐形成了一种思想，这就是：“打倒高利贷！”“消灭封建制度！”于是，哥波伟积极地参加了以“耕者有其田”为宗旨的农民运动。他的生活经历使他感到非参加不可，只有消灭了高利贷和封建制度，实现了土地革命，才能战胜各种农业灾害，农民的生活水平才能不断提高。

但是，那只不过是远景而已。就目前来说，哥波伟懂得，必须要提出摆脱困境的基本要求才能去参加斗争。

“发放农业贷款！”

“减租减息！”

“勾销债务！”

“打倒封建制度！”

“打倒殖民主义制度！”

“斗争一定要胜利！”

“我们是缅甸的主人！”

在游行的农民队伍当中，带头高呼口号的就是德钦瑞。哥波伟带领同村的农民参加了游行。他们高举着三色锤子镰刀旗，振臂高呼口号。在游行示威的人群中，不仅有戴着草帽或者包着头巾的男人，还有一些农村妇女，她们和男人一样，勇敢地参加了斗争。

在为生存而进行的斗争中，农民如果只是站在耙上，手握着镰刀，整天在田里干活是不行了。他们必须拿起团结的武器，无畏地高举着旗帜前进。

在德钦瑞的领导下，哥波伟和其他农民群众参加的示威游行队伍包围了市长办公厅。游行结束的时候，德钦瑞、哥波伟等 20 多位领导人被当局逮捕了。在为生存而进行的斗争中，遭到这样的破坏和损失是很难避免的。

哥波伟被逮捕后，妻子玛翁妙和三个孩子的生活遇到了极大的困难。

通过斗争，哥波伟懂得，要想生存下去，实现人人平等、繁荣富强等理想，必须推翻统治他们的殖民主义制度，建立一个独立的国家。后来，哥波伟又逐渐认识到，光是获得独立还不行，还必须彻底推翻封建制度，实现耕者有其田，在发展现代化农业的同时，使农民获得切实的利益。

在拘留期间，有一天，哥波伟和其他四个农民被拘留所所长哥妙貌这个殖民统治者的走狗叫到拘留所办公室。

“你们为什么要参加游行示威？”哥妙貌恶狠狠地问道。

“我们是被生活逼的！”哥波伟回答道。

“哼！你们这些乡下佬越来越奸刁起来啦！”

哥妙貌在蹲着的哥波伟等人的面前气急败坏地踱来踱去。他恶狠狠地踏着地板，皮鞋发出嘎吱嘎吱的响声。

“都是受那些德钦主义者的鼓动，你们才变坏的，是不是？就凭你们那点本事，还想搞政治？斗大的字不识几个，就你们这些臭乡巴佬能搞得了吗？你们还想同英国政府对抗，行吗？”

来回踱步的拘留所所长狂妄地叫嚷着。

“没有任何人鼓动我们，也没有别的什么目的。我们只不过是为了生存而斗争！”面对拘留所所长那骄横的举止和态度，哥波伟气愤地反驳道。拘留所所长的脸气得通红，他停住了脚步，用冒火的眼睛盯着哥波伟，狠狠地弹了一个舌响[①]。

“好，那么你们现在还有什么能耐？你们这些刁民、乡巴佬，快说，你们还有什么能耐？”

拘留所所长说完，揪着哥波伟的脖领子把他拉起来，哥波伟就势从地上站起来。

“看来，这里数你最坏！”

气急败坏的拘留所所长用左手拽住哥波伟的衣领，右手攥起拳头使劲朝哥波伟的下巴打去。哥波伟只觉得两眼直冒金星。他想反抗，但想到胳膊拧不过大腿，只好咬牙忍受。

这就是这些可敬的警察的勇气！他们只能通过殴打、虐待手脚被捆绑在一起的拘留犯来施展淫威。

拘留所所长并没有解恨，他对准哥波伟的下巴又是一拳，然后使劲一推，把哥波伟推倒在地。立刻，一个警察走上来，用钉着铁掌的大皮鞋踩住了仰面倒在地上的哥波伟的脖子。

哥波伟动弹不得，但嘴里大声喊道：

“你们这是非法的！你们没有权力打人！”

这时，那个用脚踩着哥波伟脖子的警察露出一副讥笑的神

① 缅甸人习惯在生气时弹舌响。

色，低头看了他一眼。哥波伟觉得这个人很面熟，仔细一想，想起来了。原来他就是跟文书一起坐着他的牛车回城的那个警察，就是他说，“牛嘛，有什么好可怜的！”

哥波伟看着这个警察的脸，又想起了死去的那头牛。因为死了那头牛，他全家人都非常难过。它不仅使哥波伟失去了一条有力的臂膀，而且为了买到新牛，他又欠下了新的债务。这些债务并不是借多少还多少，而是要付利息的！

受到拘留所所长的拳打脚踢，哥波伟气得脸都变了色。现在见到这个警察。更是气不打一处来！

“滚开，你们不要这样非法虐待人！”

哥波伟说着，猛地推开了警察的脚，一骨碌爬起来坐在地上。

“真是刁滑的乡巴佬！”

拘留所所长说着，向他手下的警察使了个眼色，那个警察便将哥波伟拽起来。

“是呀，乡巴佬学聪明了，你们这些警察老爷再到乡下去，就甭想要我们的鸡蛋和鸡什么的！”

哥波伟的话说得很尖刻，拽他起来的那个警察立刻甩开了他的右手，“啪”的一声照着他的太阳穴打了一巴掌。

拘留所所长又对排成一排蹲在地上的其他农民领导人每人打了一拳，然后，回过头来还要再打哥波伟。只听哥波伟大声喊道：“我说过别打我，没听见吗？”喊完，哥波伟向一旁躲开。

这时，哥波伟突然想起了德钦瑞说过的那件事。他想，与其白白地受人毒打，还不如做出某种行动，以示抗议。于是他立刻下定了一个决心。

哥波伟自己使劲地一头向墙上撞去，只听见咚的一声，哥波伟满身是血躺在水泥地上。这举动不仅使拘留所所长以及其他警察大吃一惊，就是哥波伟的同伴们也都惊呆了。

哥波伟昏倒在地上，那样子仿佛是在对警察挑战说：来吧，你们折磨我吧！你们想打就打，想踢就踢吧！警察见这情形只好作罢，一个个溜走了。

由于无法掩饰虐待犯人的罪行，最后拘留所所长受到了降职处分。因为当时还存在着法纪的招牌，所以，当局不得不对以虐待犯人为乐的拘留所所长哥妙貌实行制裁。其实，这种制裁只不过是因为无法掩盖虐待犯人的罪行而不得已做出的。由于德钦瑞、哥波伟他们不畏强暴，敢于反抗，警察虐待犯人的罪行终于暴露无遗。

三个月后，哥波伟他们被释放了。有消息说，因为虐待犯人被降职的拘留所所长和警察拉敏一案不了了之，最后，又另行任命，调他们到其他地方去了。殖民者就是这样来豢养、扶植他们的走狗和亲信的。

（八）

农民们为生活而斗争，不仅要手扶耕犁与牛一起在水里、泥里挣扎，与沉重的债务拼命，而且还要和封建统治、殖民统治做斗争。在斗争中他们拿起团结的武器，高举起旗帜前进。他们要从拿镰刀逐步过渡到放下镰刀拿起枪杆子进行斗争。

第二次世界大战的战火已经蔓延到东方。

缅甸爱国主义者利用这个机会，把争取独立的斗争推向更高的阶段。农民们懂得，只有从殖民统治下解放出来，才能解决自己的生活问题。他们全力以赴地支持一切争取独立的斗争，同时，他们积极参加了反对殖民统治的武装斗争。

哥波伟拿镰刀的双手，现在也拿起了枪杆子。

渴望独立的各种力量从各个方面同英国殖民统治者斗争，并组织了缅甸独立军同英国军队作战。

不仅耙杆、镰刀是农民的武器，大刀、长矛以及枪支弹药也成为农民必然要拿起的斗争武器。在德钦瑞领导的革命队伍中，有哥波伟和许多农民参加。受尽了压迫的哥波伟，英勇顽强地参加了反对压迫者的斗争。在斗争中，他无所畏惧，毫不退缩。他不仅在田里可以熟练地使用镰刀，而且在战场上也可以熟练地使用武器。

在为了生存而进行的斗争中，哥波伟用犁和耙在风风雨雨中劳动；在战场上，他用枪和手榴弹在枪林弹雨中勇往直前。为了生活，他用犁尖划破了土地；为了独立，他又用刺刀戳穿了敌人的胸膛，用手榴弹炸毁了敌人的装甲车、战车和军用列车……

“冲啊！杀呀！……”哥波伟在一片喊杀声中迅猛地冲锋陷阵，消灭敌人，他表现得异常勇敢顽强，他不愧是个堂堂的男子汉。他身上充分地体现出农民的英勇本色。

英国殖民者的军队被打得溃不成军，仓皇逃窜。他们的殖民统治机器崩溃了。当哥波伟参加的革命军冲入警察局时，拘留所所长哥妙貌和他的走狗警察拉敏以及其他英国官员，慌忙脱下黄褐色卡其布警服，换上了普通老百姓的衣服，狼狈地逃跑了。

革命军队包围并占领了这个警察局。哥波伟和所有的武装士兵，个个兴高采烈。他们蹦呀，跳呀，高举双手，振臂高呼“我们缅甸人是主人！”“革命必胜！”等口号。

经过英勇奋战，革命军队终于打跑了英国殖民者的军队，取得了胜利。革命军队转战南北，占领了一个又一个地方，取得了一个又一个胜利。人们情绪激昂，心里充满了胜利的喜悦。

“同志们，团结紧，意气风发向前进……缅甸是我们的土地，我们要携手并肩保卫自己的民族……一二一……一二一……”哥波伟肩背步枪，昂首挺胸，前进在高唱着进行曲、节节胜利的队伍里。他比别人唱得更加起劲，那神情，给人以巨大的力量。

赶跑了殖民统治者，哥波伟的心里产生了一种愉快的感觉。这些日子，可以说是他一生中最快乐的时期。英国殖民统治者虽然被赶走了，但是他所期望的目的并未达到。前门拒虎，后门进狼，日本法西斯又乘虚进入了缅甸，这就不允许哥波伟尽情地欢乐。

哥波伟解下了系在腰间的手榴弹，重新使起了犁耙；放下了步枪，他又操起了镰刀。在日本统治时期，虽然哥波伟照旧种田，但种的田已不像从前那么多了。第二次世界大战的战火破坏了大米出口市场，农民种的水稻只能供应国内市场以及在缅甸境内的日本法西斯军队和印度独立军食用。水稻生产萧条了，再也不像战前那么景气了，所以，哥波伟只好租种少量的地。

然而，不管怎么样，对哥波伟来说，土地就是他的王国，就是他的命根子。他拿镰刀是为了土地，自然就操起镰刀，投入了土地的怀抱……

有时，哥波伟正挥镰刀收割，碰上拉夫给日本军队运东西，他只好被迫跟去。敌人打嘴巴不能吭声，敌人叫干什么得干什么，要什么得给什么。人们又过上了那种受欺凌、任人宰割的苦日子。那时，哥波伟只有一套衣服，连件换洗的都没有。大儿子昂钦在村上寺庙里学习，二儿子瑞温因到了读书的年龄，在日本统治时期也把他送进了寺庙。至于女儿宁钦，因为寺庙不收女孩，哥波伟只好在闲暇时教她识几个字。

哥波伟始终没有忘记地主吴巴昂教训他儿子波尼时说的那句话：

“没有文化就要变成狗，就得去种地！”

地主瞧不起种田人，社会上一些自以为了不起的人也瞧不起农民，那个拘留所所长哥妙貌甚至污蔑说：“乡巴佬，刁民！”连警察也小看种田人。哥波伟感到非常气愤：“哼！总有一天，农民要翻身！”他不止一次这样说。

哥波伟时常对正在学习的儿子说：

“孩子们，你们可要刻苦学习呀！要为咱们农民争口气！你们要以自己的实际行动告诉人们：自己是有了文化而来种田的农民！”

哥波伟很羡慕外国教会办的学堂，因为那里教授现代知识。所以，他经常向寺庙里的和尚建议，不能像过去那样光教会孩子读、写，还要努力系统地向他们传授现代文化知识。

不久，一位掌握现代文化知识的和尚，由于战事在仰光住不下去，来到他们村子的寺庙挂褡，开始着手系统地改革村里的寺庙教育。在农民中威望很高的哥波伟和德钦瑞尽一切可能从各方面对这位和尚给予帮助和合作。寺庙教育改为按现代学校的方法进行教学。最后，这座寺庙建立起来的小学校不仅很热闹，而且在德钦瑞的努力下，在日本统治时期就变成了政府承认的现代化学堂了。

以前，寺庙不收女孩子上学，现在，很小的女孩子都可以在寺庙读书了，所以，哥波伟把女儿宁钦也送进寺庙学习文化。

哥波伟一面种些地，一面饲养家禽，一心供孩子读书学文化。为了使孩子们能有吃的、穿的，能顺利地读书，哥波伟和玛翁妙夫妻俩整天不知疲倦地劳动着。

日本法西斯在缅甸整整统治了3年之久。当反法西斯武装斗争掀起高潮的时候，哥波伟又一次放下镰刀，扛起了枪杆子。

在反法西斯斗争中，不仅哥波伟，就连玛翁妙也拿起了枪。他们的村子变成了一个反法西斯斗争的根据地，村子里的全体村民热情地支持着革命，不仅男人参加斗争，妇女也直接参加了斗争。

在这次斗争中，哥波伟比以前反英斗争表现得更为出色，他打了许多大胜仗。但最后，在一次战斗中，他不幸受了伤。反法西斯斗争在农民中有着广泛的基础，许多农民亲身受到日本法西斯的关押、虐待和折磨，不少人因此而流血乃至丧失了生命。许多农民虽然没有直接参加战斗，但是，他们隐藏革命者，收留受伤战士，担负联络工作，帮助传送情报等，做了大量的工作，给革命军队以巨大的帮助。他们当中的一些人因为帮助革命者而惨遭敌人的逮捕和杀害，有的在敌人搜查革命者的时候，因为不肯说出革命者隐藏的地点而受尽了折磨和虐待，还有的因为不肯说出革命者在哪儿，革命基地在哪儿，最后被杀害。

广大农民就是这样英勇地参加了反法西斯斗争。他们参加了历次革命斗争，朝着目标，一个战斗接着一个战斗地奋勇前进。

日本法西斯终于滚蛋了。哥波伟在战斗中受了伤住进医院进行治疗，还算幸运，这次受伤没有碰到筋骨，没有致残。不久伤口痊愈，哥波伟出院了。他架上耕耙，拿起镰刀，又重操旧业，下地耕田了。

但是，封建制度依然存在。战后，农民的斗争更加风起云涌。

哥波伟时而拿起镰刀下地劳作，时而扛起枪杆参加革命斗争。现在，他又高举起农民的旗帜，为土地革命，为减租减息而进行斗争。对他们来说，只有继续斗争下去，才能获得生存的权利。任何时候也不能放弃这种斗争。

他们架起犁耙参加生产斗争，组织起来参加争取独立的示威游行；战后，他们又积极地参加了争取独立的民族运动。哥波伟和他同伴们的一生，真是艰苦的一生，战斗的一生啊！

Chapter 2

第二章

（一）

吃罢早饭，哥波伟稍微休息了一会儿，然后，来到田里。他一边耕地，一边自言自语地说："不厌烦，种田，什么时候我也不会厌烦……"哥波伟种地已经将近40个年头了，虽说时间很长，但是，对于土地，他从来也没有感到过厌烦。

哥波伟的犁尖划破了土地，留下了一条条垄沟。就在这条条垄沟中，将会长出绿油油的稻秧。待到这稻秧长得又高又壮时，稻穗就会应时而生。稻谷是人类生存的必需品，发展稻谷生产是国家主要的生财之道。它将从国外换来其他生活用品、医药和机器等，造福于国民。对于种植水稻的工作，哥波伟怎么可能会感到厌烦呢？一些人污蔑从事水稻生产的人，说他们是无用的废物，是下贱的人，哥波伟他们怎么会去理会这种谬论呢？

但是，几年以前，地主吴巴昂教训他儿子波尼说过的"没有文化就要变成狗，就得去种地！"这句话，他一直记在心里，至今难以忘怀。他要用自己的实践来反驳这种谬论，因此，他一直努力供自己的孩子上学读书，学习文化。对于这件事，哥波伟以前只是对地主吴巴昂愤愤不平，现在，他的这种愤恨情绪还逐渐移到了吴巴昂的儿子波尼身上。

哥波伟不辞辛苦，勤恳劳动，节俭度日。他把受苦受累作为一种资本投在儿女的学业上，可是，孩子们却说等到他们掌握了现代知识以后，再也不干种田这种下贱的活了。他们要去找体面的工作做，一旦找到了工作，也不让父亲再干这下贱的庄稼活了。

在这个问题上，哥波伟和他的子女们产生了分歧。不仅是和孩子们，就是和为孩子们感到自豪的老伴玛翁妙的意见也不一致了。

“你们学成后，全都给我回来种田！”哥波伟对孩子们说。

“有了文化，为什么还要回来种田？”孩子们一齐反问道。

大儿子昂钦在哥波伟供养下，考上了大学，得到了在高等学府里学习的机会。大学毕业后，刚开始，昂钦当低级职员，两年以后，走了运，升为高级职员。

昂钦在永盛一个政府部门工作，所以，就住在永盛。女儿宁钦当上了一名小学教师，就在他们村子的小学堂里任教。虽然女儿宁钦就在自己身边工作，但是，每天上班前、下班后除了做点家务外，就是抱着一本书看。至于父亲种的田，甭说帮着干，就是连看都不看一眼。

哥波伟把大儿子昂钦供到大学毕业，结果希望落了空。他只好把希望寄托在二儿子瑞温身上，因此，他一再劝导瑞温去毛篦农业学校学习。

二儿子貌瑞温在父亲再三劝说下，不便反对，只好到毛篦农校去读书。其实，貌瑞温对于上毛篦农校读书并不感兴趣。他认为，像哥哥昂钦和姐姐宁钦那样的职员工作或教师工作，热天不出门，雨天不迈步，坐在机关里舒舒服服的，既轻松又体面，他也很想做哥哥姐姐那样的工作。但是，父亲一个劲儿地鼓励他，他只好念完小学七年级就到毛篦农校学习了。

虽然哥波伟有他的如意算盘，想让瑞温毕业后回村里种田，但瑞温自己却另有打算。他之所以同意去毛篦农校学习，一方面是因为农校毕业后，可以利用自己学到的知识在政府部门找到工作，达到自己的目的；另一方面，这样做又不违背父亲的意愿，可以两全其美。

昂钦、宁钦和瑞温他们都认为，成了一个小知识分子，就没有必要再当农民，完全可以过上和自己身份相称的生活。这种想法与他们的父亲哥波伟的想法恰恰背道而驰。

“伟大伯——伟大伯——”

一个姑娘轻捷如飞地从田埂上跑来。哥波伟抬头一看，忙应道：“哟！是玛妙姬呀！”

玛妙姬穿着一条半新不旧的廉价的中国花布筒裙，筒裙浅绿色的底上印着黑色的小花点。上身穿着浅黄色小花短袖衣服，脚上虽然没有穿鞋，头上却戴着一顶蓑帽。那样子真像盛开在碧绿的田野里的一朵艳丽的小野花。

丰满结实的身体，滋润的皮肤，和悦的脸色，甜蜜的笑容，明亮的眸子，使这个少女更加妩媚可爱。

“大伯，您还没有收工呀？”玛妙姬的声音格外清脆。

“嗯，这就收工，闺女，你有什么事吗？”

“闲着没事，我就跑到这来了，大伯有什么要我帮您干的吗？”

玛妙姬说着下了田，踏着泥水，来到伟大伯身旁。

“不用了，闺女，不用了！”

伟大伯说完准备卸牛卸犁。收工回家。

“伟大伯，您先歇一会儿吧，我来给您卸。”

玛妙姬顺手接过伟大伯手中的牛缰绳。这时，伟大伯侄女的丈夫觉拉和帮工桐钦因为到了收工的时间，已经卸了牛向他走来。每年，哥波伟都要耕三遍地才下种。他自己有两犋牛不够用，还得外雇一犋牛。在人力上，除了帮工桐钦外，伟大伯还把侄女婿觉拉和他的一犋牛也借来。战前，伟大伯虽然也是耕了三遍地才下种，但那时，他只有一犋牛，还得另外雇两犋牛。战后，经过努力，伟大伯已经有两犋牛了。

伟大伯满意地看着玛妙姬，感叹地说：

“哎……现在，大伯的儿子、闺女们已经不欢迎我这个从田里收工回来的老头子喽！他们连地也不愿意下了，说是怕弄脏了脚……”

“他们都有身份啦！大伯，这对您来说，应是件高兴的事儿。

您看，您的大儿子昂钦是个高级职员，宁钦姐姐当了教师。甭说是您，连我都感到高兴呢！咱们自己的人有了出息，咱脸上也觉得光彩。”

玛妙姬说完把牛卸了下来，伟大伯看玛妙姬牵着牛走了，自己也跟着向田边窝棚走去。

到了小窝棚，伟大伯坐在竹地板上，掏出烟袋，装上烟末，然后点燃了烟，边抽边休息。

玛妙姬把牛赶进搭在小窝棚旁边的临时牛棚里面，然后，来到伟大伯身边慢慢地坐下。伟大伯的侄女把已经泡好的茶放在他和玛妙姬中间以后，径自去忙晚饭了。

“大伯，哥瑞温说他什么时候回来呀？”

听到玛妙姬这么一问，伟大伯看了她一眼，笑着问：

“闺女，你还总惦记着你的小伙伴呀？”

“当然啦！从小就在一起玩嘛！”

玛妙姬腼腆地笑着回答。

“唉，不知道貌瑞温能不能成为我所希望的那种人。他现在倒是听了我的话，去农校学习了。”

“您希望他成为一个什么样的人呀？”

“我希望他们将来能从事祖辈的事业，但是，他们已经不像我这样喜爱土地了。他们对自己的土地，对自己的村庄毫无感情……”

“大伯，不都是您让他们上学读书的吗？学了文化干吗还要种田呀？”

“大伯为了供他们读书，吃了多少苦，全村人都知道。我这样做有我的目的，虽然他们都有了学问，我还是希望他们能够种田。我们要在有学问的人领导下，科学种田，让大家看看，用现代的方法管理农田是可以使农业很快发展起来的。此外，也让那些人知道，农民绝不是一群废物，他们是真正的人！”

听了伟大伯的话，玛妙姬笑得露出了两排整齐而又洁白的牙齿。

“大伯，有了学问，可以坐在办公室里舒舒服服地工作，谁还愿意干这日晒雨淋的庄稼活呀。我们是因为善事做得少，没积多少德才种地的！”

“唉！这话怎么说呢？闺女，当职员有多少出息？如果有点墨水的人都去当职员，哪有那么多职员可当。没有工作的人得有多少？昂钦他们几个人算是运气好，才找到了工作。其实，种田是最有意思的一项工作，而且也真有出息。要是不再受压迫和剥削，搞好农业现代化，我们一定会很快富起来的！”

“是呀！大伯，您是个有毅力的人。您靠着这种毅力战胜了种种苦难，您做了很多好事。这些，爸爸时常对我讲，给我的印象很深。但是，到今天为止，咱们农民的生活有什么明显的改变呢？咱们又得到哪些利益？”

“总有一天要变的！妙姬，你还能下地来给我做伴，帮我干活，我那女儿宁钦，说是怕踩泥，连来都不来了。我要是有你这样的女儿该多好呀！”

哥波伟因为孩子们不能使他如愿以偿，心里感到很痛苦；看到玛妙姬姑娘这么好，心里又很高兴。玛妙姬听了伟大伯的话，羞怯地一笑说：“哎！大伯，您都说些什么呀！”说完，忙把脸扭向一边。伟大伯看看，笑得嘴都合不上了。

“对！看样子，我二儿子瑞温毕业后会回到咱村里来的。闺女，你是个好姑娘，很能干。再说，你和瑞温从小就好，这些，大伯都知道。前几天，我还和你爸爸谈到你们的事。年底瑞温他就要毕业了……”

伟大伯满面笑容地看着玛妙姬说道。玛妙姬一会儿抬头用含羞的目光看一下伟大伯，一会儿又低下头去。她不好意思地把脸转向一边对伟大伯说：

“哎呀，羞死人啦！大伯，您再这么瞎说，我以后再也不上您这儿来了！”

玛妙姬说着，急忙站起身来，飞快地跑走了。

伟大伯望着在田埂上奔跑着的玛妙姬的背影，痛痛快快地吸了一大口烟。

“叔叔，人家姑娘家都给你羞跑了！”

伟大伯的侄女玛埃妙从窝棚里走出来说，仿佛是在责备伟大伯。

“是呀，见到我心中的儿媳妇，心里一高兴，就憋不住，给说出来了，把妙姬给羞跑了。”

伟大伯承认自己操之过急了。

“这姑娘整天盼着瑞温回来，她一想瑞温就到您这儿来。您这么一说，以后她还敢来吗？”

“对，我应该抽时间跟她爹巴翁好好商量一下，正式订下这门亲事，免得妙姬总不好意思。而且，那个小子从此可能就死心塌地地留在村子里了。”

“叔叔，您包办能行吗？您又不知道瑞温是什么意思！他将来变成个知识分子，还能娶个农村姑娘？”

“叔叔将来就靠他了。所以，说啥也得让他变成我希望的那种人。”

伟大伯把他的决心告诉了侄女玛埃妙。

不久，伟大伯和玛妙姬的父亲吴巴翁商量以后，请来了几位德高望重的村中父老，正式给瑞温和玛妙姬订了婚。

“您再问问咱儿子的意见吧！”订婚仪式结束以后，回到家里，妻子杜翁妙对丈夫说。

“你靠边待一会儿去吧！瞎掺和什么！”伟大伯有点不耐烦。今天，他终于按自己的意愿给儿子瑞温订了亲，心里好像松了一口气。

在村里的姑娘中，数玛妙姬长得最漂亮，而且也最勤快。无论是插秧还是割稻，样样都是拔尖的能手。

玛妙姬的父亲吴巴翁，很早以前就帮伟大伯家干活。玛妙姬的母亲和丈夫一起拔秧、插秧、割稻、拾稻穗，什么活儿都干。

小妙姬到了能干活的年龄，就和母亲一起下地帮助父亲干活。

伟大伯小时候，他家种自己的地，吴巴翁家是佃户。伟大伯家丧失了土地变成佃户以后，吴巴翁又丧失了农具和耕牛，佃户也当不成了。从此，吴巴翁就一直帮伟大伯家干活，所以，两个人很要好。

不仅如此，伟大伯的大儿子昂钦跟吴巴翁的大儿子觉东也成了好朋友。同样，宁钦、瑞温、妙姬三人都是同龄人，从小就在一起玩，也结成了莫逆之交。

在农村，长工比佃户更加贫穷。为了使昂钦和瑞温的剃度仪式办得热闹一些，伟大伯省吃俭用积攒了一些钱，所以，剃度仪式办得还算过得去。但是，吴巴翁却没有能力单独为儿子觉东举行剃度仪式，就使尽自己的全部能力为儿子置了一套袈裟和僧人用品，跟伟大伯合着给儿子举行了剃度仪式。①

举行剃度仪式那天，漂亮的姑娘们端着槟榔盒走在队伍的最前面。接着便是头顶着敬献给僧侣们的袈裟、香蕉、椰子和斋饭等用品的中年妇女们。伟大伯和吴巴翁头上扎着薄布头巾，上衣穿着缅式礼服，下身穿着绸纱笼，带着剃度者八种用具之一——钵，手里拿着扇子，紧跟在后面，兴冲冲地走着。剃度者昂钦、瑞温和觉东穿着新衣裳，披挂着全色彩带，头顶上撑着伞，骑在马上，在鼓乐声中，走街串巷。年幼的妙姬和宁钦穿着漂

① 缅甸习俗，凡男孩必须剃度出家当小沙弥一次，还俗后才能算成人。

亮的衣服，挤在人群之中看热闹。玛妙姬看着就要出家当小沙弥的哥哥觉东和他的好伙伴瑞温，心里真有说不出的喜悦。

玛妙姬的母亲看见骑在马上、头顶上撑着伞的儿子，心里真是悲喜交集。喜的是儿子也能剃度了，悲的是自己没能力给儿子单独举行剃度仪式，而是趁伟大伯给儿子做剃度的机会才给儿子做了剃度。

虽然，哥波伟和吴巴翁他们参加了一次又一次的独立斗争，包括消灭封建制度的斗争和历次农民运动，但是，迄今为止，他们还没有得到过一寸土地。

虽然“土地国有化！”“重新分配土地！”等口号喊得震天响，但是“耕者有其田”并没有真正变成现实。农民在对地主进行的斗争中，只不过减轻了一小部分负担罢了。

在出租土地时，地主再也不能为所欲为了。他们只能按村镇土地出租委员会规定，把地租给佃户。此外，村镇土地出租委员会还规定，地租不得超过土地税的两倍，所以，地主再也不能像从前那样漫天要租了。

第二次世界大战以前，在英国殖民者统治时期，英国傀儡政府在台上时，曾经有过一个佃租法。当时，地主残酷地剥削农民，农民起来反抗，告到市长、镇长那里，于是，市长和镇长下了一道关于土地出租的命令。口头上说地主出租土地要合理收租，但实际上，并没有真正减租，而只是对地主无止境地要租实行某些限制。那年头，只有缴那么多地租才能租上地种呀！

在独立以后的今天，不超过土地税两倍的地租，算是较为合理的地租。但是，对农民来说，除了比殖民统治时代负担减轻一点外，他们梦寐以求的“耕者有其田”这个理想却远远没有实现。

国内战争爆发以后，有些地区进行了土地分配，农民手里得到了一些土地，但并没有收到实际效果。农民的生活仍处于动荡不定的状态中，似乎什么也没有得到。在这种情况下，反法西斯人民自由同盟[①]政府制定实施了一项土地改革计划，规定实行收两倍于土地税的地租制，并成立了村镇土地出租委员会。

全国各派政治力量都把土地改革作为首要任务。由此可以看出，农民要求进行土地革命的呼声是多么强烈。

有些地无一垄的佃户、雇农，不仅没有得到土地，而且连佃户都当不成。伟大伯种上了地，吴巴翁却没有着落。他们的生活是农民各阶层中最低下的，他们没有牛、犁等生产工具，无法租到土地，即使侥幸租到了地也没法耕种。

地主吴巴昂还活着，年龄只不过比伟大伯大两三岁。他跟伟大伯说话时，口气很大，一点儿也不客气。土地出租委员会成立以后，地主受到了限制，他们必须在委员会的监督下出租土地。但是，他们想尽各种办法维护自己的利益。虽然在签订租地契约时写的是缴合理地租，实际收的总是多得多。他们按土地出租委员会规定，收两倍于土地税的地租，然后，挖空心思，

① 缅甸反法西斯人民自由同盟成立于1944年8月，这是秘密建立起来的抗日民族统一战线组织。自由同盟在1948年至1958年间是缅甸的执政党。

想尽一切办法在收租时多捞一把。对付老实的农民，他们有着许多欺骗、敲诈的方法和手段。尽管他们再也骗不到像伟大伯这样有觉悟的农民，但是，他们仍然可以欺骗一些人。

地主吴巴昂以自己耕种为理由，向土地出租委员会写了申请，要求把自己土地中的100英亩留给他自己种。因为按现在的法律，允许地主自己耕种这些土地，所以地主吴巴昂把100英亩土地作为自耕地留下来，没有租给佃户。

吴巴昂害怕土地租给那些不听他摆布的农民，因为这样一来，只能按规定收租，所以，他想出了现在这样一条诡计来。但是，像他这样对土地一窍不通的人，怎能去种地呢？他早就想好了主意。他买来了牛、犁以及耙等生产用具，又雇了几个长工替他种地。对地主吴巴昂来说，要雇几个长工和苦力，那是很容易办到的事。这样，他不仅得到了地主的利益，同时也剥夺了佃户的利益。没有土地、没有农具的农民，即使工钱再少，也只好来给他干活。

在动乱的年头，地主吴巴昂自己不敢下地监督，就派了一个心腹替他下地监督长工干活，他自己则住在城里遥控。

此外，吴巴昂还以分财产为名，把一些土地记在他儿子波尼的名下。波尼，现在已是30多岁的人了。由于从小养成了浪荡的习惯，他经常逃学，致使十年级一连四次留级，最后，只好弃学在家。长大以后，仍然不改前非，依旧游手好闲，到处游荡。吴巴昂从给波尼的那部分田里，又抽出100英亩作为波尼自己耕种的土地而不租给佃户耕种。

其实，波尼也不可能自己种田。经过协商，他把田租给吴巴翁耕种。房无一间、地无一垄的吴巴翁，能够种上租来的地，成为一名佃户，心里犹如中了彩一样的喜悦。但是，他因为没有农具、耕牛和费用而发愁。他把这些困难告诉吴巴昂父子，说自己不知道如何解决这个问题。于是，吴巴昂和波尼想出了一条计策。

“巴翁呀，这样吧，这些田如果你一个人种，恐怕种不了。你就种一半，剩下的那一半给别人种。你看怎么样？”吴巴昂说。

“好吧，东家。但是，我这一半也同样没法种呀！”吴巴翁说。

“这样吧，要是你同意仍按英国统治时期那个价缴地租的话，钱我可以借给你，秋后你还我稻谷。但是，得签订一个借契，保证秋后偿还。你同意不同意？你得先做出决定。你想想看，如果按两倍于土地税的比例收租的话，我们可太亏了！所以，还是不要破坏老规矩，这可是非常公平合理的事。你看怎么样？”

“东家，我同意。”

老实的吴巴翁，因为当上了佃户，已经很满意了，他顺从地接受了吴巴昂提出的一切条件。他，一无耕牛，二无农具，长年打短工，他是多么想当上一名佃户呀！

“但是，这些田是政府土地出租委员会允许给我儿子波尼耕种的。如果人家问到你，你可不能说是我的佃户，要说是我的长工，懂吗？当然喽，我儿子波尼在农忙的时候，也会下田来的。

他就住在窝棚里，这样才像个种田的样子。不过，他不能长住，得经常回去看看……”

“好吧，东家，那么……牛和农具怎么办？”

“耕牛和农具由我出钱给你买，但是，所用的钱就折成借款。至于利息嘛，就按一分利算。怎么样，不算高吧？这比以稻谷顶债便宜多啦！”

“好吧。一分利就一分利吧！不过，又要缴地租，又要还借款，一年之内，怎么能还得上呢？”

“这个……好吧，那就分3年还清吧……”

在吴巴翁看来，地主吴巴昂似乎对他做了很大的让步。

“等你还了债，这些牛呀，犁呀，耙呀，农具呀，就都归你了！但是，这以前，还得记在波尼的名下。既然地是波尼的，又是他自己亲自种的，这牛和耕具当然只有说是他的，才合理喽！”

“那是，那是！那借钱的事呢？”

“当然也按老规矩办，折合成稻谷还喽！怎么样，你满不满意？别忘了，是我让你从一个穷长工变成佃户的！”

老实忠厚的吴巴翁觉得地主吴巴昂说得似乎都在理。不是吗？过去，他连想也不敢想，连做梦也没有梦到过的事情，今天竟成了现实！所以，他真的以为吴巴昂的安排是财神爷保佑他了。其实，他一点儿也没有意识到，这是一种更大的剥削，根本不会改变他的处境。虽然，他可以得到一点儿不足挂齿的优于当长工的好处，但是，他的劳动量比长工多了不知多少倍！他是以一个长工的身份负担了一个佃户的全部劳动！

虽然地都是吴巴翁种的，但是，所有的农具和地里打出来的全部粮食的支配权却掌握在吴巴昂和波尼父子手里。吴巴翁干的是佃户的活儿，得到的却不过是一个长工所能得到的报酬。即使说他能享受到一个佃户所应得到的利益，那么，在高额的利息和地租的盘剥下，他也依旧摆脱不了受压迫、受剥削的痛苦生活。

吴巴翁不再帮助伟大伯干活，按地主吴巴昂的安排，租种了波尼的地。但是，吴巴翁和伟大伯之间的友谊依旧像以前那样亲密无间。

伟大伯对吴巴翁怀有很深的感情，他们一起参加了历次农民斗争。但是，像吴巴翁这样的长工，生活却一直没有改变。所以，对于吴巴翁租种地主吴巴昂的地，他没有表示反对。

不管怎么说，也不管要了多少手腕，绞尽了多少脑汁，地主吴巴昂现在已经把他在农田上失去的控制和剥削佃户们的权力又重新抓到了自己的手中。

（二）

每逢星期日或者假日，瑞温有时到永盛当机关职员的哥哥昂钦那里去玩，有时回到家里住上几天。

当他从父亲的来信中得知父亲已经给他和玛妙姬订了亲的消息后的一天，他回到村里。

父亲下地干活去了，家里只剩下母亲和姐姐宁钦。

“孩子，你爸爸干什么都喜欢硬来。也不管你同意不同意，就给你订了亲。我说还是仔细问问你的意见再说，可你爸根本不听。孩子，怎么样？你爸给你订的亲，你中意吗？”刚一见面，母亲就冲着他问。

“爸爸一定是怕我也像大哥一样不回农村，所以，才想出了这个主意。是吧，妈妈？”

“你的意见呢？快说给我听听！”

“妈妈，您呢，您喜欢吗？”

“妈可说不好，这要看你了。你大哥来信了，说他就要结婚了，找了个城里姑娘，也是个职员。对了！还寄来一张照片呢！”

杜翁妙没有直接回答是否喜欢伟大伯给儿子订的这门亲事，而是先把大儿子昂钦就要结婚的消息告诉给瑞温。瑞温注意到母亲提到大哥婚事时，脸上露出了自豪的神情。

瑞温接过母亲拿出的照片看了看，只见嫂子是一位打扮入时的漂亮姑娘。

“大哥找的媳妇是个挺漂亮的城市姑娘，真好！”姐姐玛宁钦兴高采烈地说。

“玛妙姬可比不上她。既不是城里姑娘，又没有文化，还不时髦，不过是个普普通通的乡下姑娘，当然和城市姑娘不同。哥哥要是找了个既聪明又贤惠的妻子，那哥哥算得上会挑媳妇的人啦！”瑞温说。

“孩子，对你爸给你订的亲，你的意见……”

“我当然听爸爸的了。妈，爸爸很可怜，我哥、我姐都没有成为他希望的人，他心里很不高兴。我是他老人家最后的希望，我无论如何也得听爸爸的。再说，我和玛妙姬也是从小一起长大的，还有什么好说的呢？”

“是呀，这也许是命中注定。”

杜翁妙不满地看着瑞温说。瑞温听母亲说完以后，长长地叹了一口气，然后站起来，换了件衣服，到地里去看父亲了。

地里已经开始插秧了。姑娘们头戴大斗笠，嘴里哼着歌曲，正在欢欢乐乐地忙着插秧。玛妙姬也在她父亲种的田里一边高高兴兴地唱着歌，一边动作敏捷地插着秧。

姑娘们插秧的时候，伟大伯正在秧田里将拔好的秧苗运到田里。他看见儿子瑞温从田埂上走来，忙从秧田里上来，朝着儿子走去。

正在田里插秧的姑娘纷纷向瑞温打招呼，瑞温也一一向她们问好。

“你接到我的信回来的，是吧？”伟大伯乐呵呵地问儿子。

“是的，爸爸。”瑞温回答。

“怎么样，爸爸给你订的亲，你喜欢不？”

“爸爸，您现在才问我！亲事已经定了。我还能说什么呢？”听到父亲的问话，瑞温笑着回答道。

“我是问你喜不喜欢？”伟大伯用期望的目光看着儿子瑞温追问道。

“喜欢。爸爸，我尊重你的意见。原先，我不愿意到农校去学习，是想将来能像哥哥、姐姐那样坐在办公室里做些清闲舒适的工作。但是，我进农校以后，学习了农业知识，使我产生了极大的兴趣。再说，咱是农民的儿子，哪能不喜欢农业呢？”

“这么说，你打算毕业后回咱村里来了，是吧？”伟大伯兴奋地问。

“毕业后，凭我所学知识，可以找到工作，也可以拿到工资。但是，拿到工资，也得和农业打交道。我想，与其这样，还不如干脆回咱村来，和您一起种田。爸爸，这个决心我已经下定了！”

“这才是我的儿子！哈……”伟大伯乐得几乎要跳起来。

“玛妙姬很喜欢你。她很聪明，又很能干。农村姑娘，老实厚道。像我们这样的庄户人家，就得找一个喜欢农村的姑娘。要是找一个城市姑娘，下地还怕弄脏了衣服呢！好了，她一定很想见你，你快到她们田里去看看吧！”

“不着急。人都回来了，还怕见不着吗？”

瑞温不好意思地笑着说。伟大伯看见自己儿子害臊的样子，也开心地笑了起来。

不一会儿，瑞温来到玛妙姬她们插秧的田边。一些熟悉他的姑娘们一齐向他打招呼。玛妙姬看见瑞温回来，虽说心里有说不出的喜悦，但是反倒害起羞来。似乎不敢像别的姑娘们那样和瑞温说话。

“貌瑞温，你是专门来找妙姬的吧？”一个年纪大点的姑娘高声说道。然后，又把脸转向妙姬，冲她诡秘地一笑。

“怎么，妙姬，你对象一来，你就不愿意理我们啦？”另一个插秧姑娘打趣地说。

大家你一句，我一句，把瑞温和妙姬逗得谁也不敢开口打招呼，只是相对笑了笑。妙姬羞得抬不起头来，瑞温也不好意思地把脸转向一边，然后，迅速地向田边小窝棚走去。

进了小窝棚坐下，吴巴翁一边请他喝茶，一边和他聊天。妙姬看着瑞温走进小窝棚，不敢跟着过来，她怕伙伴们再逗她。只好把手里的秧苗一根根掰开，然后插到地里。

“喂，妙姬，你看看，你怎么把秧苗插倒啦？”一个伙伴又逗她说。

玛妙姬含羞一笑，嗔怪地瞟了那个伙伴一眼，又使劲推了一下她的肩膀。

次日晚，在村外田头的一棵波罗蜜树下，瑞温遇到了妙姬。

“妙姬，你从哪儿回来？”瑞温背靠着波罗蜜树问道。

“从田里回来呀！”妙姬说完，不由自主地停下了脚步，低下了头。

“今天的活都做完了吗？”

“早就干完了。瑞温哥，你一个人到这里来干什么呀？”妙姬没有抬头，只是抬起眼皮看着他问道。

“我在等你……”

妙姬满脸绯红。她瞥了一眼瑞温，然后又急忙把脸扭向一旁。

“妙姬，你还害臊呀！咱俩不久就要成亲了！这事大家都已经知道了！”瑞温走近妙姬说道。

“就为这事儿，人家才害羞呢！再说，那些姑娘们还老逗人家。”

“我爸爸非常喜欢你。他一夸起你这位没过门的儿媳妇，话就没个完。”

“那你呢？”

“我有什么好说的呢？咱俩从小就很要好。他们这样安排，你也高兴，对吧？”

“人家可是整天想着你的，能不满意吗？我还担心你不愿意娶我呢！”

瑞温拽着妙姬胖乎乎的手臂，把她拉到波罗蜜树底下。

“我也是每天都在想你。小时候，咱俩装夫妻，抱着葫芦当孩子，过家家玩的情景，我总也忘不了。”

“别说了！不害臊！”

妙姬羞答答地说。然后，闪动着大眼睛，兴奋地望着瑞温的脸。

“小时候，咱俩就装夫妻，所以，现在真的成了夫妻啦！”

“我担心，等你毕业了就会把我忘掉的！你以后完全有条件找一个比我强得多的姑娘。你记住，如果真是那样，我的心可要碎了！”

瑞温轻轻地把妙姬搂在怀里，热烈地吻着她那圆圆的脸蛋，然后对妙姬说：

“咱们是青梅竹马，不管什么时候，我对你永远不会变心。父母了解咱们，所以才给咱们订了亲。”瑞温说着，亲切地拍着妙姬结实的肩膀。

“爸爸让我毕业后不去找工作，直接回到村里来，让咱们结婚后和他一起种田。所以，咱们俩除了高高兴兴地种田外，还能有什么呢？”

“要是你不变心，那当然会这样了！但是，天晓得在这期间，你会不会另找新欢呢？”

“我可不是那种人！”

瑞温和妙姬手拉着手，你看看我，我看看你。

“妙姬……”

“瑞温哥……”

“你说说，你真的爱我吗？”

妙姬点了点头。然后，用一双明亮的眸子直盯着瑞温的脸问道：

“你呢？你也爱我吗？”

“当然爱啦！”

瑞温说着，又把妙姬紧紧地搂在自己的怀里。

“哈……维来古特拉无辛斯（美妙的爱情场面）！这是大自然中的爱情场面，真好看！来，再吻一次！哈……”

这时，突然传来一阵说话声，瑞温和妙姬慌忙地松开了手，一齐向声音传来的方向看去。只见波尼和一个狗腿子踉踉跄跄地从一棵离他们不远的木棉树下走出来。

波尼的手里提着一支双筒枪，他后面的狗腿子手里拎着两只打来的紫水鸡。两个人都喝得醉醺醺的，眼睛通红，走起路来东倒西歪，摇摇晃晃。

看见醉鬼，妙姬又羞又怕，慌忙贴近瑞温，瞪着大眼睛看着来人。波尼和那个狗腿子走近他们，使劲抬起了盖在迷迷蒙蒙眼珠上的沉重的眼皮，一副嬉皮笑脸的样子。

“干什么哪？噢，谈情说爱呢。是不是呀？”

“走你的路去吧！别狗咬耗子，多管闲事！”

瑞温用厌恶的目光看着醉鬼波尼这种不正当的举止，气愤地说。波尼哈哈大笑，显出一副傲慢的神色。然后，他又一次费了很大的劲儿抬起沉重的眼皮，睁大充满血丝的眼睛。

“等等，你是谁？这是妙姬，对吧？好哇，你这个小子，好大胆！竟敢调戏我的雇工的女儿！我怎么能不管呢？”波尼舌头发沉，结结巴巴地说。

“喂，妙姬，他是谁？他到处追你，逼着你和他谈情说爱，还想欺负你，是不是？你说说！有大哥我在这里，你不要害怕！你看，我手里有枪！”波尼说着，举起了提着的枪。

“你喝得太多了，哥波尼，你走你自己的路去吧！”瑞温说。

“什么？哥波尼？你是谁，我是谁？还要我听你的？哈……哈……”

喝得酩酊大醉的波尼凑近妙姬，几乎贴到了妙姬身上。妙姬赶紧躲到瑞温的另一边。

“妙姬，你说说，我有保护你的义务，对不对？”

“不对！不对！他不是侮辱我！我们在相爱，与你没关系！你走你的吧！”妙姬再也忍不住了，她顾不得害羞地说。

“什么？爱上了？你爱他，是吗？”

“别理他，看来这家伙已经喝糊涂了！”瑞温说着，拉起妙姬的手说：“走，妙姬！”瑞温和妙姬准备离开，波尼一把拉住了瑞温的膀子，凑近妙姬的脸，盯着她问道：“等等，你爱他，是吗？”

“是的！是的！”妙姬不耐烦地回答。

波尼后退了两步，不满地看着妙姬，说：

“你为什么要爱他？”

妙姬和瑞温正想回答，波尼又说道：

“怎么样？你不爱我吗？难道我就不值得你爱？他能爱你，我就不能爱你？”

瑞温忍无可忍，一把将波尼推开。

波尼烂醉如泥，不能控制自己，被瑞温一推，一屁股坐到地上。他的狗腿子想来扶他，可他自己也控制不住自己，一哈腰，自己也一头栽倒在地。

这时，瑞温拉着妙姬的手，急忙离开那里。坐在地上的波尼，眼睁睁地看着这一对情人离去，嘴里还在嘟囔着：“你们相爱了……哈……哈……”说着，他举起了双筒枪，乒的一声朝天空放了一枪。

（三）

伟大伯这位老农民的大儿子昂钦觉得农村生活实在没有意思，但是，地主的儿子波尼却正相反，觉得在农村生活很快活。

波尼自从借口自己耕种而骗得100英亩地后，经常装模作样地来到田里消磨时间。他以接受遗产为名，分得了100英亩地，他父亲吴巴昂也借口自己耕种而留了100亩地。实际上，这200亩地都由波尼经营管理。

波尼觉得在农村很快活，并不是因为他对田间劳动感兴趣，也不是因为他能从地里得到好处而觉得开心。他之所以感到快活是因为他能在田间窝棚里随意吃喝玩乐，可以到处去钓鱼打鸟，寻欢作乐。他还觉得，在那些穷苦的农民中间能挥金如土，神气活现地生活也使他开心。他用这种挥霍无度的阔少作风欺骗和糟蹋了许多穷人家的姑娘。他认为这样的生活才算得上最舒适的生活，因此，他觉得农村是个乐园。

波尼向来是一个浪荡的公子，吃喝嫖赌样样都会。25岁那年，他跟一个有财有势人家的姑娘结了婚。但是，因为感情不和，不久又离婚了，后来一直没有再娶。他骗取许多姑娘的信任而将她们一一糟蹋。

一天，吃早饭时，吴巴翁的妻子和妙姬等正在给帮着插秧的妇女们准备早饭。波尼凑到吴巴翁的跟前，用贼溜溜的眼光盯着妙姬。妙姬讨厌地白了他一眼就转过脸去。

插秧的妇女们五人围坐一圈，正在吃早饭。有酸叶豌豆汤、鱼露汤加煮空心菜。大家吃得很香。两手叉着腰在看她们吃饭的波尼一会儿看看插秧的妇女，一会儿瞧瞧吴巴翁，一会儿又端详起妙姬。

“看她们那样子，吃得多香啊！”波尼向妙姬的母亲搭讪道。

“香？你也来吃点儿呀！”一个心直口快的妇女讨厌地刺了他一句。

“来吧，吃点儿吧！妙姬，你给他一个瓷碗。”她们用的都是搪瓷碗。

“唉，算了，算了。我可以不吃。”

波尼急得直摇头，那些插秧的妇女们都不屑地相视一笑。

等到她们都吃完饭后，吴巴翁夫妇、妙姬和其他雇农夫妇才坐下来吃饭。吃过饭的那些人，有的下地继续干活，有的坐在附近休息。等到吴巴翁他们周围的人稍微清静一些以后，波尼凑近吴巴翁他们一圈人。他先朝吴巴翁看了一眼，然后转脸问妙姬：“好吃吧？”妙姬没理他，连头也没抬。吴巴翁忍不住回了他一句：“嗨，庄稼人，吃什么都香！”

波尼盯着低头吃饭的妙姬问道：

“妙姬，昨天跟你拉拉扯扯的家伙是谁呀？我想他是不是想侮辱你呀？所以，我就赶快跑到你跟前。我碰到这种事情是看不下去的！”

波尼说这话的用意是想一箭双雕。一方面是让妙姬的父母知道他对妙姬是一片好心，是想保护妙姬的意思。另一方面他是想告诉妙姬的父母，他曾见到他们的女儿跟一个男人在外面厮混。

一听到这话，妙姬的脸上顿时羞得通红。她抬起头来，生气地责问道：

“什么？你胡说什么？”

“我觉得自己有责任保护你不让人欺负，所以，我才赶紧跑到你跟前。”波尼油腔滑调地说。

“怎么回事？”妙姬的父母被弄得莫名其妙，忙插嘴问。

“妈，他胡说。我跟瑞温在说话……”

“噢，跟貌瑞温呀！貌波尼，这你可别误会。貌瑞温这后生呀……我们双方父母都已经商量好了，准备让他跟妙姬成亲呢！”

妙姬父母做了解释，妙姬又低头吃饭。可是波尼的脸上却好像摔了一个狗吃屎刚爬起来的人一样，碰了一鼻子灰。他原来以为自己将妙姬跟别人谈情说爱的事一告诉她父母，她父母便会痛骂她一顿，并且会禁止她以后这样做。谁知却出乎意料，妙姬的父母非但不斥责她，反而说已经把她许配给瑞温，不久就让他们成亲。这消息，波尼现在才知道，他非常恼火。

“噢，原来如此！我不知道……我不知道……”波尼只得讪讪地说道。

波尼恨自己，怪自己下手太晚，他想痛骂自己一通。本来，他早就在打妙姬的主意了，并不是他迟迟不动，而是因为他跟吴巴翁关系密切，加上还有另外人家的姑娘更容易弄到手，所以，他才晚了一步。

波尼认为：“跑掉的鱼总是大的！”所以他一听说妙姬快嫁给瑞温，便感到十分懊丧。他觉得，吴巴翁他们一家人经济上完全掌握在他的手中。吴巴翁家里有这么一个美丽而又惹人喜爱的姑娘，却让她跑掉了，真叫人受不了。他转念一想，又暗中咬牙说道：“哼！虽说自己下手慢了一点儿，可为时还不太晚！”

第二天，瑞温跟妙姬告别后回毛篦去了。

他离毕业还有一年。可是妙姬觉得这一年实在太长了，她真希望把日子打发得更快一些，像现在这样，一天挨着一天，过得实在太慢了。她甚至想把东方刚出来的太阳一下子拉到西边去。她盼望插下的秧苗茁壮地成长，大地赶快披上绿装，又马上变成金黄，赶快收割。然后，她就又期盼着瑞温从学校毕业归来，回到村子里，她将飞上前去迎接他。这一种迫不及待的心情，这火一般的愿望，将伴随着她度过今后这难熬的岁月。

（四）

伟大伯、杜翁妙和玛宁钦从报纸上看到了高级职员昂钦跟初级职员黛黛在永盛一所法院办理手续正式结婚的消息，也就是在那天，他们收到了昂钦的来信。昂钦在信上写道：“我们没打算大办婚事，决定在法院登记结婚，所以事先没有告诉你们两位老人。再加上要赶在四月份结婚，时间紧迫，来不及通知。即使来得及，我们也不愿意给二老增添麻烦，所以婚事就这样办了。结婚后，我原想同妻子一起回家省亲。但因近来工作繁忙，脱不开身，暂时还无法如愿以偿。”

看完儿子的来信，伟大伯和杜翁妙脸上都露出欣慰的笑容。玛宁钦也感到由衷的高兴。“我哥娶媳妇了……瞧，这就是我哥的妻子！”玛宁钦手里举着照片，跑去给左邻右舍的姐妹看。“我哥是秘书，我嫂子也是秘书。两人的薪金加起来，数目相当可观呢！”玛宁钦一边说着，脸上禁不住流露出一种骄傲的神色。

俊俏的儿媳妇照得跟电影明星一般。杜翁妙瞧着照片，禁不住夸奖起来：“你瞧瞧，人家这住城市的姑娘，人长得又俊，又有学问。你看这衣着和神态多帅！多惹人喜爱！”

“伟大伯，翁妙婶子，你们这回可高兴了吧？儿子有出息，当父母的自然也高兴呀！”邻居一位中年妇女插嘴说。伟大伯和杜翁妙听了这话，更加喜形于色了。

按伟大伯的意思，原来想让儿子念完书就回来种地，但是儿子不乐意，老头子只好作罢，可心里却很不痛快。现在看到儿子经过努力，终于有了出息，生活也有了着落，他也感到由衷的高兴。像他们那样的庄户人家，能出这么一个高级职员，可真算得上是一个非同小可的荣耀了，所以他觉得脸上很光彩。尤其是当他想到自己所做的一切努力、所受的一切劳累都收到了效果时，心里更像吃了蜜糖一样甜。

“我真替你们高兴，也为你们儿子昂钦感到高兴。就是他们结婚时没请你们老两口，实在叫人有点遗憾。新郎和新娘都是挺体面的人……真该请你们当父母的去一下，他能有今天，还不都是你们辛勤培育的结果？伟大伯，你们到现在还没有见到那位水灵的儿媳妇吧？”

听到邻居一位大婶这么一问，伟大伯、杜翁妙和玛宁钦原本乐滋滋的脸上，顿时笼罩上一层乌云。

“是啊！咱们村子离永盛也没多远呀！按说他真该来告诉我们一声。不然，结过婚小两口马上回村一趟也行啊！”伟大伯难过地说。

“哎，要不咱们去一趟得了，怎么样？反正现在稻子也已经收完了，地里活也没什么了。咱们就到永盛看看他们去吧。”

“妈，太好了！我也去请个假，再延几天假期。”杜翁妙的提议立即得到玛宁钦的支持。

他们就这样取得了一致的意见，决定到永盛去看看那位未见过面的漂亮的儿媳妇，也见见那个新婚的儿子。

他们三人给昂钦小两口带了上好的礼物——一袋鄂厥米[①]和10斤鱼虾酱，从达耶羌村坐上了通往永盛的汽车。到了新婚夫妇租住的新房时，昂钦喜出望外地迎接了他们，并将父母和妹妹一一介绍给自己的妻子。

“噢！你叫黛黛，这名字起得真美，人也跟名字一样。我呀，一瞧你的照片就知道，我的儿媳妇可是个大美人儿。我们特别想见见你，所以就赶来了。”

杜翁妙看着黛黛满意地说道。黛黛这时上身穿着无袖尼龙短衫，里面衬着胸罩，下身穿着棕色的直贡缎筒裙。嘴唇上抹着口红，手指甲上还涂上了红指甲油，打扮得花枝招展。听完杜翁妙的话，黛黛只是微微一笑，然后便打量起玛宁钦来。玛宁钦是一位乡村教师，又是在农村长大的姑娘，打扮自然很不入时，然而也并不显得土气。她穿得齐齐整整、干干净净，看起来朴素、大方，这副打扮与黛黛恰恰形成了一个鲜明的对照。因为他们来自乡下，黛黛打心里就瞧不起他们。可是，听说玛宁钦是一位

① 缅甸的一种优质米。

小学教师，也不敢太放肆。伟大伯身穿大方格筒裙，烟灰色外套，头上扎着一块雪白的包头布，一看他这副装束就知道他一定是个乡巴佬。杜翁妙虽说穿着很齐整，但完全是一副乡下老大妈进城的打扮。两位公婆因为有这样的儿媳妇而感到莫大的荣幸，而黛黛却因为有这两位乡巴佬公婆而感到十分丧气。

“这是我们村里种的上等大米，给你们小两口带一袋来尝尝。这是 10 斤虾酱，做个清炖鱼虾酱也不错，你们城里人是难得吃到的。这一袋米够你们小两口吃一阵子了，以后你们就别去买米，买虾酱了，我们给你们送来就是了。”伟大伯一边说，一边拿出他们带来的米和虾酱桶。可是，看样子女主人黛黛并没有感到很高兴。她朝自己亲爱的丈夫瞥了一眼，笑了笑，然后对伟大伯说：“大伯，您拿这些来干什么呀？我们又不在家里做饭吃！”

杜翁妙听了感到很奇怪，站起来问道：“那么，你们在哪儿吃饭呢？”说着朝屋外饭桌望去。只见桌上放着一个提盒，她走过去打开饭盒看了看。饭已吃光，饭盒却还没有洗，饭盒中的剩菜散发出一股臭味，熏得杜翁妙直皱眉头。

“妈……我们不在家里做饭，我和阿黛都要上班，没法做，只能每天包伙，吃饭盒……”昂钦对母亲说道。

黛黛接着说：“大伯，只有我们俩，吃包伙省去不少麻烦……而且……家里不起火，也免得招待客人……”

“妈，爸，你们也别找这个麻烦，别再给我们送什么米和虾酱了。我们自己不做饭，用不着这些。”昂钦又加了一句。

伟大伯、杜翁妙和宁钦三人听了，不觉瞠目结舌，看着他们夫妻俩，不知说什么才好。他们领会到所谓“家里不做饭，也免得招待客人”之类的话，实际上是冲着他们说的。看来，要想住在这个家里，恐怕并不那么顺当。

善于察言观色的杜翁妙说道：“我们只不过是想见见你们俩，才从乡下来的……我们不会在这里待得太久，最多也就是两三天罢了。”

“爸和妈住在这里也没什么麻烦的，只要让送饭的多送三个人的饭就行了，无非就是多花几个钱呗。”昂钦说。

“你不用为我们操心，我们就用带来的米做饭，自己去买菜就好了。自己做吃起来可口。”杜翁妙说。

自从他们来到昂钦家，这个家才开始升起了炊烟，屋里屋外有了生气。杜翁妙和玛宁钦每天亲自买菜做饭，她们必须在昂钦小两口上班前做好饭，给他们装好饭盒。杜翁妙每天让他俩先吃完去上班，她说：“你们俩先吃完再走，我们又不着急。”说着将亲手做的菜给他们盛上，端到昂钦的饭桌上。

“这是铁力木叶汤①，热乎乎的，这是拌腌虾。这些菜只能自己做饭才吃得到，都是用咱们家带来的鱼虾酱做的，要是有紫球茄蘸着吃就更香啦！”儿子、儿媳妇吃饭时，杜翁妙在一边殷勤地照料他们。

---

① 在缅甸农村，人们喜欢吃的一种用野生植物的叶子做成的汤。

第二天，大家在一起闲谈，黛黛问伟大伯：“大伯，您种地要翻土吗？您会不会割稻子呀？”

“孩子，当农民就得犁地，也得割稻子，还得打场。这些活都得自己干。”伟大伯回答说。

“这么说种地不辛苦了，是吧？我呀，就最怕下地干活了，哪怕是去干一会儿也不成。看着那稻田里黑黝黝的，就觉得恶心，又有蚂蟥，又有蚋蝇，哎呀呀，多叫人害怕呀！”说着还皱起了鼻子。

“是啊，孩子，你是在另一个环境中长大的。像你这样娇嫩的城里人，怎么能下地去干活呢？别说是你，就是宁钦这孩子也不太愿意下地呢！”杜翁妙的插话逗得伟大伯哈哈大笑。

“是啊，像你这样怎么能下地呢？一下子不就把你那染得红红的脚指甲给弄脏了吗？哈……哈……”伟大伯看着娇小的黛黛笑着说。

那天，正好是假日，昂钦安排大家一起到仰光去拜佛。黛黛不想去，就借口说头疼，一个人留在家里。昂钦、伟大伯他们也知道，她的头疼是借口，主要是怕跟乡下来的人一起出去。

伟大伯不由得自怨自艾地嘟哝说：“咳！咱们农民哪。不说别人，就连自己的儿女都瞧不起咱们哪！”大家瞻仰过佛塔，回到家里一看，刚才说头疼的黛黛早已不在家里了。他们从邻居那里得知她已跟女朋友去看电影了。伟大伯、杜翁妙、玛宁钦等人听了，心里都不是滋味。

（五）

一个月后，瑞温来到昂钦家。那天，正逢假日，他很想看看那位没见过面的嫂子，所以他到了哥哥家。

“阿黛，这就是弟弟瑞温，在农校上学。”昂钦给黛黛做了介绍。黛黛这时刚刚打扮完毕，从房里走出来。她坐到瑞温对面的椅子上，朝瑞温嫣然一笑，问道：“你在农校上学，毕业后是不是就可以在农业部门找个工作，挣工资呀？”

“是的。如果愿意，在农业部门找个工作不成问题，说不定可以谋上个督察官当当。”瑞温回答说。

“你父亲虽然自己在地里拼命干活，可是对子女倒是很关心的嘛，让你们都上了学，对吧？”她转向昂钦说。

“对，我们兄弟妹妹能有今天，全托我父亲的福。要不是他老人家全力供我们读书，我们哪能像今天这样住在城里？早在农村跟泥巴打交道喽！”

昂钦说话时，瑞温在一旁悄悄地打量着这位爱打扮的嫂子。

“貌瑞温，你毕业后肯定能找到工作吗？”黛黛瞧着瑞温追问道。

“工作倒是能够找得到的，可是，我爸却希望我回到他身边，跟他一起去种地。”

黛黛一听，忙惊奇地问：“哟！这是怎么回事呀？你花了那么大的力气学到这个地步，到头来却要去种地？这不是胡来吗？要是没文化，去种地那是没什么可说的……因为除了种地，没有别的出路。”

昂钦说道：“阿黛，我们这位爸爸真可说是个怪人。在这问题上，我也跟他有过分歧。他老人家为了供我上学，确实是煞费心机，可是他说学完后必须回去种地。我不理解他到底是怎么想的，我怎么能听他的呢？”

“爸爸的意思是这样的，人们总认为农民愚昧无知，因此瞧不起他们，他对这个实在受不了。他认为，能种出稻子来，本身就是一门学问。他还认为农民掌握了现代化知识，就能使农业得到发展，所以他才把我送进农校学习。他说，如果由一个学过科学种田的人来经营农业，一定会效果显著，农业一定会发展。这不光是为了自己，而是为了帮助像他那样的农民。”瑞温解释说。

“这么说，弟弟，你是不是要听从爸爸的意见呢？”昂钦问。

“开始，我是很羡慕你和宁钦的。但是，爸爸一见我就跟我唠叨他的想法，后来我觉得他也挺可怜的。而且，他的话也有一定的道理，所以我就决定按他老人家说的去办。”

“你再好好考虑考虑吧。貌瑞温呀，你要能当上职员，脸上多光彩啊，何必非要去种地不可呢？”黛黛插嘴说道。

“难哪，爸爸是一条道走到底的人，又上了岁数。他要是不劳动，咱们不是也能供得起吗？可现在，唉，难哪！”昂钦嘟囔道。

黛黛看着丈夫说：“要是我就不干。你要是回去种地，我只能让你把我留在这儿，你自己回去。我是死活不会到乡下去生活的……到处是泥泞，简直让人糟心透了。既没有可玩的地方，也没有电影可看。哎呀呀，真叫人无聊死了！”说着黛黛还丧气地撇了一下嘴。

“知道，我爸知道城里的姑娘是不愿意到乡下去的，所以我爸正打算让我跟乡下姑娘结婚呢！哥，你听说了吗？妙姬跟我已经订婚啦！”

“听说了，听说了。”

黛黛问：“妙姬是干什么的？”

“就干拔秧、插秧、割稻等农活呗。农村姑娘嘛……”瑞温回答道。

听到瑞温的回答，黛黛忍俊不禁，说道：“哎呀，我的小兄弟，我真替你可怜。你明明可以谋到一官半职，却偏要去种地。又偏去娶一个种地的乡下姑娘。你这一说，我觉得你太可怜了！”说话间，黛黛还流露出同情的样子。

“这可不是对父母的忘恩负义。我觉得，父母的话不能不听，但也不能言听计从。爸爸不像咱们，他没学过现代科学，没什么学问，见识也不广，所以，他眼光短浅，看到的就是他那块土地。”昂钦不知不觉流露出一种目空一切的傲慢态度，连自己的父亲也瞧不起了。

黛黛说：“小弟，你再考虑考虑吧！我总是希望你们兄弟姐妹都能光宗耀祖。你能体面一些，当嫂子的我不也能沾点光吗？反过来说，我们体面了，你脸上不也有光彩吗？选择对象也应该门当户对才行。凭你的学问，凭你的工作，完全可以万里挑一，选上一个比我更好的姑娘呀！”

昂钦和黛黛夫妇俩竭力劝说弟弟改变主意。

“哥，爸爸也很可怜，再说我和妙姬从小就很要好，她也挺可怜的。”瑞温回答说。

“哎！要是觉得可怜就娶人家，那谁想结婚都只能去挑穷苦的乡下姑娘了。我说弟弟，可怜和结婚是两码事。成家是一种生活的乐趣，是一种享受，你知道吗？可怜跟成家绝不是一回事。”昂钦说出了他对婚姻恋爱的看法。

“黛黛，喂，黛黛！”随着喊声，进来了两位年轻的姑娘。黛黛热情地迎接客人，请她们坐下。两位客人中一位与黛黛年龄相仿，另一位看上去要比黛黛小两岁。

黛黛坐在两位客人中间，昂钦和瑞温在她们对面坐下。来客看上去好像是在和黛黛比美，衣着打扮一个赛过一个。

“怎么样？准备好了吗？走吧！”那年轻的姑娘一面对黛黛

说着，一面悄悄地打量着瑞温。

“准备好了，蕊蕊，因为我爱人的弟弟刚来。噢，对了，还没给你们介绍呢！”说着黛黛朝瑞温看了一眼，瑞温也朝她看了一眼。

“这位是哥昂钦的亲弟弟，叫貌瑞温，在毛篦农校读书。快毕业了，毕业后就要当督察官了。这两位是我的朋友，她叫蕊蕊，在仰光秘书厅工作。她在铁路局工作，叫敏敏怡，都是当秘书的。原来我们约好去看电影。”黛黛在介绍时，瑞温跟两个姑娘相视笑了笑，打了招呼。

黛黛对昂钦说：“喂，你去换衣服呀！咱们该去看电影了。”

“怎么能把弟弟一个人留在家里呢？还是我留在家里，你们去吧！”昂钦说。

“让貌瑞温也一起去嘛。好了，去换衣服吧！”黛黛催促道。

名叫蕊蕊的姑娘也开腔道：“是呀，一起去吧！”黛黛听了满意地笑了。

“喔，没关系，我留在家里好了。”瑞温客气地回答道。

“那么这样吧，瑞温，你也一起去吧！去，换上衣服！”昂钦一边劝他，一边站了起来，走进房间准备换衣服。瑞温却仍然坐着不动。

这时，黛黛的眼光落到了敏敏怡那白嫩的左手腕上。她一把抓住敏敏怡的手臂，随即说道：“哟，真漂亮！你这手表是什么时候买的呀？”黛黛看到敏敏怡的手上戴着光彩夺目的最新产品，手镯手表，便好奇地问了起来。

黛黛一边用贪婪的眼光仔细地看那手表，一边朝着房间里的昂钦说道："亲爱的，你瞧，敏的新手表多好看呀！"

"这要多少钱哪？得200多吧？我早就想买这种式样的表了。我戴的那块表已经过时了，得去买块新的。"黛黛说着便从座位上站了起来，走进屋里。只听得屋里传出了黛黛恳求的声音："亲爱的，我想买一块表，就像敏敏怡戴的那块，这个月底你想法给我买来，好吗？"

瑞温这时也只好去换衣服，跟他们去了。昂钦、黛黛、蕊蕊、敏敏怡和瑞温五个人，从永盛乘坐公共汽车来到仰光。这时离电影开场时间还早，所以都来到戈里冷饮店边喝冰镇牛奶，边聊天，以此来消磨时间。之后他们去格鲁电影院看美国电影。

电影散场后，他们准备在城里吃饭。五个人来到小金塔路和阿奴律陀路口的中国餐馆，一起吃了饭。瑞温心里想：虽说他们都是小职员，可是，这么穿戴打扮，这么吃喝玩乐，他们的薪水真的够花吗？后来转而一想：这也许是偶尔一次吧！

"怎么样，瑞温，我们的生活就是这样快活。在这儿，跟农村不同吧？"吃饭时昂钦问道。瑞温没回答，只是微微一笑。过了一会儿，才说了一句："这种生活在农村是找不到的。"

第二天下午下班后，敏敏怡一个人来到了昂钦家。瑞温从黛黛嘴里知道，敏敏怡住在不远的地方，常到她家来串门。敏敏怡是一位热情奔放的姑娘，她跟瑞温交谈时显得热情大方，所以很快就熟识了。

瑞温想，黛黛长得漂亮，然而敏敏怡也有另一番迷人之处，她们俩大概也在相互比美。蕊蕊跟她们俩不相上下，说话随和，待人热情。就这样，瑞温不仅跟嫂子，而且跟蕊蕊、敏敏怡等人也混熟了。瑞温觉得，这样友好相处实在令人陶醉。

“哥瑞温，你也可以到我家去玩嘛。”敏敏怡说。

“好的。”

“你什么时候回毛篦？”

“明天。”

“咦？真快呀！那么你放假时常来玩，这儿有你的哥哥，有你的嫂子，另外还有我呢！”敏敏怡热情地邀请。她那对于异性富有吸引力的丰腴的身材和动人的美貌早已将瑞温迷住了，瑞温痴情地望着敏敏怡，轻轻地回答说：“好吧。”

一周之后，瑞温又趁放假来到永盛。这次在敏敏怡再三的邀请下，加上黛黛夫妇一再敦促，他第一次到敏敏怡家做客。从此，他们互相之间便更加亲热起来。敏敏怡亲切地请瑞温在她家吃饭、聊天，敏敏怡的母亲和兄弟姐妹也都对他很亲切。他不禁感到跟这一家人交往，真令人愉快。

但是，每当瑞温与敏敏怡见面，他总想起妙姬。他觉得，敏敏怡美貌动人，又有文化，打扮入时，不仅让人感到她十分娴雅，而且由于配上最好的服饰，更让人感到有锦上添花之美，把她的美貌衬托得更加突出。妙姬长得健壮，体态也算得上是匀称的，就是在穿戴上，跟敏敏怡比，真是天壤之别。他觉得对妙姬实在是不该忘情，然而一见到敏敏怡，他又有些动心。

就这样，他和敏敏怡愈加亲热起来。这一次是昂钦和黛黛约请敏敏怡和蕊蕊到仰光去玩，也叫上了瑞温。瑞温经常跟他们这样出去玩，时间一长，出去玩的次数一多，他的思想也渐渐地起了变化。他开始对这样的生活欣赏起来，觉得跟他们一起玩、看电影，跟敏敏怡在一起，心里十分愉快。于是他到昂钦家的次数就更加频繁了。

昂钦和黛黛极力把瑞温往自己的圈子里拉。于是伟大伯和昂钦就像把瑞温当成了一条拔河的绳子，真不知道究竟是哪一边拉力更大些。

一面是跟昂钦、黛黛以及打扮入时、容貌美丽的敏敏怡在一起过着愉快舒适的城市生活；另一方面则是跟父亲、妙姬在一起，在艰苦的农村环境中生活。双方都在极力拉他。瑞温在这两种拉力中徘徊，彷徨，不知何去何从。

伟大伯早已对瑞温有了影响，而现在昂钦、黛黛正在努力对他施加影响。

一天，瑞温跟昂钦、黛黛、敏敏怡以及蕊蕊等人一起来到动物园。瑞温和敏敏怡对鸟禽发生了兴趣，不禁多看了一会儿。可回头一看，昂钦、黛黛、蕊蕊已经不见了。

“你瞧，也不等咱们一起走，光顾他们去玩了。”敏敏怡埋怨道。

瑞温说："可能就在那边，咱们去赶上他们吧！"

"我都累死了，咱们就在这儿等着吧。"敏敏怡说着便朝不远处的草坪走去，瑞温只得跟去。

"哥瑞温，咱们就在这儿坐着等他们吧。"敏敏怡说完将鞋子脱下来垫着坐在草地上，瑞温只得在她旁边坐了下来。

当他们坐定后，敏敏怡便朝瑞温瞟了一眼，然后开口叫道："哥瑞温！"

"嗳！"瑞温答应一声。

"我想问你个问题。"

"什么问题？"

"我就想问问你，你是不是一点点胆量都没有？"

"为什么？"瑞温被问得莫名其妙，一时不知从何谈起，随口问了一句。

"你自己的心思自己不讲，还要别人替你说出来，难道不是因为你没胆量吗？亏你还是个男子汉呢！有话就大胆地说嘛！"说完，敏敏怡将脸转向别处，但又不时回头瞟着瑞温。

"怎么回事？我真给你弄糊涂了。"

瑞温不理解敏敏怡的意思。敏敏怡看着他那副说话的神态，觉得他简直是太傻气了。她看着他，好像是看着一只可怜巴巴的小动物一样。她似笑非笑地瞥了他一眼，然后不满地问道："你别装了，哥瑞温，你让黛姐跟我讲什么了？"

"什么？我让黛姐跟你讲什么，是吗？"

“是啊！”

“嗯？”莫名其妙的瑞温用他那疑惑的眼神呆呆地望着敏敏怡。这时敏敏怡露出甜蜜的微笑，美滋滋地朝瑞温看去。

“我……我让黛姐跟你说什么了，是吗？她跟你说什么了？”

“哎呀！你还装糊涂呢！我问你，是不是你没勇气呀？咱们都这么熟了，你想讲什么，只管当面跟我讲好了。真傻，你不是让黛姐跟我说你爱我吗？”敏敏怡的话真够大胆、直爽的。

“咦？我可没有讲呀！”

“怎么？直到现在还那么胆小？你是怕我生气，是吗？情话要让别人来代传，那就一点味道都没了，无论是说的人还是听的人都不会品出其中的意味来。要由当事人亲口说出来，才有味道呢！你想说什么，尽管当面对我讲，我不会生气的。”

瑞温这时才闹明白敏敏怡问话的意思。

“黛姐真的这么讲了吗？”

“是的，是这么说的……你连这种话都要让别人替你讲吗？难道你亲口对我讲，我就会生气吗？”

从她这样一番话的口气来看，不难想象她是一个久经情场的老手，所以才能如此大胆、放肆、毫无羞怯之意。瑞温想：这大概是黛黛希望他跟敏敏怡好才故意设下的圈套，然而瑞温还是对嫂子的这种热心肠十分感激。他能跟这样一位聪明伶俐而又标致的姑娘亲近，心里真是美滋滋的。这样一位姑娘竟然对他说她爱他，这自然使瑞温欣喜万分。可是，忽然间，他又恍惚看到妙姬的身影，于是他望着眼前的姑娘只能深深地叹了一口气。

“你说不生气，那么你的意思呢？你能爱我吗？”这种话本来完全可以出自瑞温之口。然而，他想起了爸爸早已为自己做了安排，自己也曾对妙姬发过山盟海誓，不应该对她变心。因此，他只得矢口否认道：“我可没对嫂子说什么。真的，我什么也没有说。”

“什么？你说什么？”敏敏怡挺起身子，瞪着一双又大又圆的眼睛生气地问。

“是的，我真的什么也没说！”

敏敏怡又一次听到瑞温的回答，气得嘴唇直颤，眼睛瞪得更大了，眼泪也几乎流了出来。她愤愤地白了他一眼，蓦地站起来，生气地跺着脚走了。这一下瑞温可犯了难。他不知如何是好，只是依旧留在原地，望着渐渐远去的敏敏怡的背影发呆。

（六）

这天，正是昂钦和黛黛领工资的日子，两人的工资加起来有300多元。扣除每月分期付款的服装费，还掉别的账，交过房租和饭费，他们手中只剩下100多元。

“这个月还要买唇膏、指甲油、香粉、香水。另外，那天我在昂山市场看到一种新式筒裙，我还惦记着去买两条呢！”黛黛对昂钦说。瑞温在一旁默不作声地看着他们。

“上个月给你买的表，还是用捞来的外快买的，所以没影响咱们的正常开支。这样吧，你要买什么就去买吧，咱们明天到仰光去，把要买的东西全部买来。”昂钦痛快地答应了心爱的妻子所提出的一切要求。

“亲爱的，那天咱们到一个官员家去参加生日庆典，见到了哥吞佩的妻子玛钦谬，你还记得吗？”

“怎么啦？”

“她全身珠光宝气，手上戴着翡翠戒指，腕上还戴着金手镯，那副神气的劲儿别提啦！好像谁都不愿理睬。瞧她那眼光，多傲气！好像在向人挑衅说：你能像我一样穿戴打扮吗？亲爱的，我真受不了。那时我就想，我偏要买一只值钱的翡翠戒指戴出来给她瞧瞧！”

昂钦竭力想满足自己心爱的妻子一切要求，然而实在是力不从心。他只好遗憾地对妻子说：“阿黛，咱们买不起这么值钱的戒指呀！这可怎么办呢？”

“亲爱的，这样吧……先把我手上的戒指卖掉，再凑上些钱，这个月咱俩想办法多弄点外快，缺多少先借着，好吗？”

“阿黛，你瞧着办吧！能行就买，只要你的要求满足了，我也就高兴了。”最后昂钦说。

瑞温看到了这一切，不由想起他们这一圈人。他们都是打肿脸充胖子，互不相让，都想跟别人比个高低，无非就是比吃比穿，比享乐。这时昂钦说有事，匆匆地走了。黛黛坐到瑞温的身边，对他微微一笑，说道：“我要问你一个问题。”

“什么问题，嫂子？”

“你对敏敏怡说了什么啦？她都生气了。我去请她来玩，她都不来。”

“我什么也没说呀……她倒跟我说了……”

“说什么了？”

“她问我是不是我让你对她说，我爱她。还问我是不是没有胆量，有什么话可以直接跟她说嘛！并且说她是不会生气的。”

黛黛看着瑞温说话的样子心里特别高兴，她笑着问：“你怎么回答她的呢？”

“我说我跟嫂子没说什么呀！真的没说！我想就是因为这个她生气了，是吗？”

“瑞温弟弟，你真笨！我好心好意成全你们，人家姑娘都先开口了，可你还是这么扭扭捏捏的，她怎么能不生气呢？”

“哎呀！我就是因为没说什么才这么回答的呀。再说，她也太大方了，她说谈情说爱要当事者直接说才有味道呢。你瞧瞧，这是姑娘们说的话吗？她是个什么样的姑娘哟！”

“时代在前进，新时代的姑娘就是开通。这种爽直的脾气有什么不好，有什么可挑剔的？是我对她说了，她才倾心于你。敏是个漂亮姑娘，又有文化，又有工作，你要娶上这么一个姑娘，算你走运，知道吗？”

黛黛为什么如此热心于他们俩的事情？是因为像黛黛说的那样，那位幼稚的姑娘真心爱上了瑞温，还是因为她对这类事情有特殊的爱好？抑或是因为她确实认为自己的朋友敏敏怡跟瑞温是最合适的一对？原因究竟何在，那可不得而知。看来，有一个理由是肯定无疑的，那就是她要努力把她的小叔子拉入他们的圈子。

“嫂子，我跟她是很要好的。可是从她那天说话的样子，我敢肯定她是一个朝三暮四的姑娘，以前一定搞过很多对象。”

“瑞温弟弟，俗话不是说‘对象上千，丈夫一个’嘛。据我了解，她是跟别人搞过对象，不过只是通通信而已。后来她不喜欢对方的性格就吹了。现在她遇到你这样一个老实人，就动心了，这个情况我可知道。现在因为你，她可伤心啦……”

“都是你招惹的，我什么也不知道，造成现在的这种局面，还不全是你引起的？”瑞温不无埋怨地说。

“弟弟，我可是好意。我见到你们俩也挺热乎的，知道你们心里想什么，所以我就想促成你们俩的事。”

“嫂子，那怎么行呢？我都跟妙姬订过婚了。”

黛黛又施展本领拉拢他了，说道：“关于这事，也许我不该做比较。可是，你也得看看，一个乡下姑娘，另一个是有现代文化的女秘书，你该选哪一个为妻呢？”

“不行……不行！我都向爸爸做了保证，而且妙姬是忠于我的。我要是变了心，不是坑了她吗？”说完，他长叹一口气。

“是我惹事，害得敏敏怡伤心落泪，怪可怜的！我要是说话不算数，以后还怎么去见她呢？唉，好心变成了驴肝肺。你也得照顾照顾我的面子，我可是一片好心哪！”黛黛又施展出软办法，搞得瑞温六神无主，不知所措。

“你再好好考虑考虑吧。瑞温弟弟，成家可是一辈子的大事，走错一步会酿成千古遗恨呀！”

瑞温觉得心烦意乱，他不住地摇着头说:“哎呀，这可不行！这可不行！”他突然站起来，从黛黛身旁走开。

瑞温是个忠厚的人。妙姬爱他，信赖他，像他这样的人是不会对妙姬变心的。他也不会喜新厌旧，他甚至很后悔，不该跟敏敏怡搞得如此热乎。他不住地责备自己，为什么不及时清除掉在与敏敏怡密切交往中不知不觉产生的感情。

他回去以后，从此，即使又遇到放假的日子，他也不再到永盛去了。他下决心最好还是不跟敏敏怡见面。

按父亲的嘱咐，在稻秧返青、田野一片绿油油的时候，瑞温趁学校放假，回到了村里。瑞温从父亲那里知道，农民协会理事会准备在农协办公室开会，他便跟父亲来到会场。这是一座茅草盖顶，有围墙的普通小屋。屋里放着一张桌子、两把椅子、三张板凳。屋子的一角放着一个旧橱，里面放着农协的文件、农业方面的书籍以及农村土地促进委员会和农业部出版的农业知识丛书等。

屋子里最突出的是放在一个架子上的一排小松木箱。箱子是绿色的，每只木箱上还用白漆写着名字。这些都是骨灰盒，装着在土地革命和国家独立斗争中献出生命的农民的骨灰。

在这些骨灰盒中，有抗英斗争中牺牲的两人，抗日战争中惨遭法西斯杀害的一人，反法西斯斗争中牺牲的两人以及土地革命、国内战争中牺牲的三人。这些骨灰盒清楚地表明农民在历次革命斗争中的作用。

伟大伯向9位执行委员征求意见，是否同意他的儿子瑞温作为特邀代表参加今天的会议，结果全体一致同意。

“我让儿子来，主要是让他帮着出主意。另外，我也希望他能关心村子里农民的事务，所以特地让他来了。”伟大伯再次做了解释，接着会议便开始了。

“今天的议题是如何提高农民生活水平。我们为了自身的解放，都参加过战斗，今天我们仍然在战斗着。人们普遍认为农民的生活是贫困不堪的。确实如此，这是什么原因呢？我们对此做了分析，这并不是因为我们从事的事业低贱，而完全是因为我们受到剥削、压迫和歧视的结果。要是没有剥削，没有压迫，不受歧视，我们农民的生活肯定会好起来！”

伟大伯做了开场白，然后便转入了主题，说明举行会议的目的。他说：“今天会议的第一项议题是，我们的朋友们、同志们在战斗中牺牲了，他们的骨灰盒放在这儿已经好多年了，为了建造一座陵墓安放他们的骨灰盒，我们每年募捐，至今已经积累了一笔资金。今年收割完稻子后，再进行一次募捐，我们建造陵墓的愿望就可以实现。现在需要物色地盘，修上围墙，搞成一个真正的农民烈士陵园。”

“第二项议题是，如何发展农业以及为了发展经济，我们需要做哪些工作。”

伟大伯接着说：“最后一项议题是，如何开垦荒地以及采取什么措施来防止洼地被水淹没。政府已经修建了莱敏河防洪堤，可以不用再担心河水泛滥。但是有些地方由于河流的影响，田地还有受涝的现象，需要开挖排水沟，将政府的力量跟群众的力量拧成一股绳。”伟大伯宣布会议议程后，大家讨论了骨灰盒的安葬问题和夏季开始挖掘排水沟的问题。在这两个问题做了相应的决议后，大家就如何发展农业问题展开了讨论。问题涉及面广，需要花比较多的时间来讨论。

一位执行委员说：“咱们不能把希望全部寄托在一年一熟的稻谷上。咱们要是能够做到一年两熟、三熟，那么产量不就可以大大地提高了吗？”另一位委员说：“这话说得对。但是，要想一年两熟，就需要考虑种些什么，怎么才能种好？”

“貌瑞温，在咱们这儿的地里，除了稻子外，还能种些什么呢？说说你的想法吧。”伟大伯就这样，把儿子推到了前台。

“就我所知，我认为这一带的土质，除了稻子外，有一部分适宜种花生，还可以种马豆。另外……我还发现有些地适宜种黄麻。种什么都要因地制宜，要会做，还得花劳动力。此外，耕地、犁地都需要借助牛来劳动，光靠牛还不行，最好再配合使用机器。这样，人和耕牛可以减轻一些负担，干活效率相对也能提高。”瑞温说。

“对了，要是能买上一台拖拉机就好了。可是，机器那么贵，要买也没那么容易。”一位委员插话说。

瑞温接着建议说：“拖拉机能大大提高工作效率。要是能够合起来买，集体使用，还是有可能的。”大家认为这个办法好，一致同意这项建议，并决定要为实现这项决议而努力。

瑞温接着又说：“种水稻和黄麻，政府都有专项贷款，可以解决一部分资金问题。这样，我们就能腾出手来积累资金购买农机和耕牛。”

农协执行委员吴巴翁说：“哥波伟他们倒是可以争取一下……我们就比较困难了。”

“您说说，怎么困难呢？”

“咱们虽说都是佃农，可我跟你们的条件不一样。我们租的地，地主总说要收回去自己种。他们总想拿我们一手！”

“大叔！不是给地主留下50英亩，让他们自己种了吗？现在他们要的地也太多了。”吴巴翁说完，瑞温接着问。

“这个嘛，还不是因为他们有能耐！他们勾结土地分配委员会的官员多要土地。这类不合理的事情不是到处都有吗？地主又有心计，又花得起钱，耍个花招，搞个骗局，还不是家常便饭。”

一位委员说。

“咱们也要跟这些现象进行斗争，非让他们老实不可。”

一位委员建议道：“咱们先不谈这些吧，还是先考虑咱们目前能采取什么措施来发展农业。”

瑞温接着说：“刚才说了，我们要尽量增加耕牛的数量，另一方面还是要筹集资金购买拖拉机。此外，还有一个有效的办法，这个办法对大家都有利，对那些特别贫穷的农民更有好处。这就是组织农民互助组，一人有难，八方支援，这样收效必然大。这是以后有计划组织集体农庄的前导。”

“这可真好啊！”

“对！这主意高！”

会议室里传出了一片赞扬声。

“另外我建议，如果种双季稻，还有个耕地、翻地的问题，这要从长计议。目前倒是有件事可以马上办到，那就是在已经种上庄稼的地里套种马豆。到了稻子收割后，在稻茬中间就剩下马豆苗，马豆苗便接着生长，只要到时去收割就行。现在还来得及，我想大家不妨试一下。”

“对！这下可好啦！”伟大伯从儿子那里得到了宝贵的建议，禁不住高兴地说。

“好，那咱们就先试试吧！”

“好，我同意。”

“是呀，要是貌瑞温毕业后回咱们农村，咱们就有靠山了……”大家七嘴八舌地说着。

伟大伯听到这些话，得意地看了看儿子和各位委员，满意地说：“我早就准备让他像现在这样发挥作用啦，所以才把他送进农校读书的！”

（七）

田野里已是一片金黄。

正在地里开镰收割的男男女女都在忙碌着。他们唱着歌，地里洋溢着一片欢乐的气氛。

伟大伯一手拿着镰刀，一手揽过稻子割着，妙姬正在将割下的稻子抱走。

他们已经组织起了互助组，现在正为一个组员家收割。人多力量大，很快就能从这家的地里转移到另一家的地里，劳动效率高，进度快，还能培养互助的精神。大家都认识到，以后在耕地或插秧时采取同样的办法，肯定是行之有效的，这样也能使那些有困难的农户，通过大家的互助得到好处。

伟大伯想到，通过这样的互助培养起团结友爱的精神，在这个基础上，进一步建立集体农庄就会水到渠成。人们在实践中将会体验到，集体协作比个人单干，要有效得多。

看着大家在一起热火朝天收割的场面，伟大伯心里格外的舒畅。他看到稻子收割后，在稻茬中间露出了一行行的马豆苗，心里更感到高兴。他想：这些马豆在稻茬中间将会茁壮成长，接着就能收割马豆。到那时，马豆可以成为一笔可观的收入。

稻子和马豆变成了收入，扣除生活费用后，可以将多余的钱积攒起来，跟别人合着买上一台拖拉机。他们的事业一定会兴旺发达起来。除了拖拉机外，当然还需要其他机器，比如抽水机等。到那时候，套种就不成问题了，劳动效率自然会更高。

机器、牲口、人，这三股力量合在一起。到雨季便种稻子，旱季和凉季种花生、黄麻等经济作物，这样，农民肯定会富裕起来。

伟大伯想着想着，眼前仿佛出现了一幕幕美好的情景：雨季即将来临，人们在地里施肥；有人驾着牛，有人驾驶着拖拉机在欢快地耕地；过去只会披戴着斗笠跟在牛后头耕地的农民，这时也变了模样，他们穿着雨衣、戴着雨帽在驾驶拖拉机……

他仿佛看到，农民能够使用和维修机器，熟练地掌握技术。当他们懂得了使用机械后，就跟过去光会使唤牲口、使用犁的时代大不一样了。人们的认知水平一定会提高，一定能跟上时代的发展。

他仿佛还看到瑞温和妙姬开着拖拉机在奔跑；精通农业技术

的瑞温负责查看所有的耕地，了解耕作是否细致，播种是否合理，施肥是否合适，种子质量如何，等等。插秧季节来临，大家在地里欢快地劳动，秧苗在人们精心照料下茁壮成长；人们在喷洒杀虫药，认真地进行田间管理；收割季节到来了，人们有的手拿镰刀，有的开着收割机……

稻子割完，大家又到花生地翻地；种麻时节一到，大家又去黄麻地劳动；抽水机在地里嘟嘟地浇灌，人们在茂盛的黄麻地里欢快地除草；不久便割麻、浸泡、洗麻，然后变成一丝丝的黄麻纤维。大家兴高采烈地捆扎，最后这些都变成钱在流动……

花生地里，花生已经刨出来，满地的花生给人们带来了极大的喜悦。

庄园的集体畜牧场里，鸡鸭成群，肥猪满圈，真是一派喜人景象。这一切不仅给他们带来了丰衣足食，而且也带来了发财致富。

集体农庄的牛圈里养着许多母牛，人们在挤着牛奶。地里的蔬菜长得绿油油的，给人们的食物增添了花色。

被水淹没的土地，无法耕种，就像一个不会生育的妇女。但是，依靠群众的力量，加上政府派来的机械力量，挖掘排水沟，这块地上也开始开花结果。这些地方给了无地的农民，并且组织了互助组帮助他们耕种。利用机器和集体的力量再去开垦荒地，扩大耕种面积，为另一些无地者创造条件。

村子里的孩子都集中在托儿所照看，请本村的 5 位妇女负责。村里的小学堂里，学生也越来越多，女教师玛宁钦将贫苦农民的子女召集在一起，教他们读书识字。

昂钦和黛黛也来到这个集体农庄，参加了力所能及的劳动。他们管理账目，办图书馆以及担任其他各项工作。瑞温给农民们传授农业知识，同时还进行种植试验。

村子里的路已经修整，整个村子显得生机勃勃而又整齐清洁。电灯给村子带来了光明。过去光着脊梁的农民，这时也能穿上像样的衣衫。过去一丝不挂、满身尘土在路边跑来跑去的孩子，现在也穿上了新衣裳，高高兴兴地玩着。以前大多数农民早上只能喝上一壶茶，吃一点冷饭团，现在他们也能喝上咖啡了。有些人甚至用上了无线电，小青年也能在平坦的村庄小路上骑着自行车来来往往。

乡亲们有时还举行舞会或请歌舞团来演出，把生活搞得丰富多彩。

伟大伯的眼前仿佛还看到拖拉机、抽水站、修配厂，还可以看到经常举行报告会，扩大大家的知识面。

到那时候，谁还能说这样的农民生活水平低呢？他们的一切农业活动，包括耕种土地，增加产量，集体劳动等等都是按照科学的方法来做，都变成了一项富有创造精神的技术活动。“没有文化，只能种地”这种话，完全是剥削阶级故意贬低劳动人民所说的鬼话。

现在这一切都不过是伟大伯心中美好的憧憬而已，这是他想象中的农民的幸福生活。不过他这种想象和梦境终有一天会实现的，希望总是存在于现实之中。在先进的国家里，农民的新生活不就是这样创造出来的吗？

要想创造农民的新生活，就必须摆脱剥削、压迫和凌辱，将劳动力组织起来，发挥大家的创造精神，共同努力才成。

这些都是伟大伯一边凝视着跟他一样正在割稻子的人们，一边遐想出来的农民新生活的情景。他就是为了追求这样的新生活，曾经出生入死参加了历次革命斗争。在他的眼前又浮现了农民协会办公室中牺牲农民的骨灰盒。农民抛头颅，洒热血，不就是为了建立这样的新生活吗？

什么时候才能真正实现这个愿望呢？可以说，现在就在起步。但是地主吴巴昂父子混入了他们之中，这表明剥削和压迫并没有彻底消除。

收割完稻子后，大家就去打场，扬谷子。原来空荡荡的打谷场逐渐出现了谷子堆成的小山。

伟大伯不仅向往着农民的幸福生活，而且也勾勒着这种生活的轮廓，可惜这一切都还没有出现在现实的生活中。

伟大伯种着 30 英亩的地。可是不管是像他这样的祖祖辈辈的庄稼汉也好，还是其他的农民也好，种地时差不多都是向高利贷者借钱做资本。

现在虽说政府发放贷款，可是到处被人非法克扣，从中渔利，真正到农民手中的钱，实在是寥寥无几。即便这些贷款都能到达农民手中，每英亩也才有 8 元钱。按此标准来算，种 30 英亩地的伟大伯只能得到 240 元贷款。

但是，种一英亩地，光种子就要花 3.5 元，插秧费得花 16 元。请人帮短工，一亩地就要给 8 箩米，每箩以 3 元钱算，雇工费就要 24 元，饭费要花 10 元钱。要是雇一个长工，每月饭钱一箩米和 15 元钱，4 个月就要 4 箩米和 60 元钱。割稻费每亩 4 元，就这些开支，每英亩地就要花到 53 元左右，其中还未算入牛和犁的费用。如果自己有牛，要将买牛的钱算进去；如果自己没有牛，要去租牛，那么计算时还要将这一笔钱算上。一对牛，在雨季是 50 箩谷子，旱季是 25 箩，两个季节都是用牛来耕地、打场，租牛费就是 75 箩。按一对牛可耕 10 英亩地算，每亩地平均要花 7.5 元。加起来，每英亩共需要花费 60.5 元。

政府发放的贷款每英亩仅有 8 元，跟实际花费 60.5 元相比，还差 52.5 元。10 英亩就缺 525 元，30 英亩就缺 1575 元。30 英亩贷款只有 240 元，还缺 1575 元钱到哪儿去找呢？

农民中能够自筹经费的，一百个里也难挑出一个。

过去，因为资金缺乏，农民们祖祖辈辈都是以粮食抵押来借债，以致常年债台高筑，无法脱身。

现在，尽管有了贷款，但是他们仍然免不了还要受高利贷者的盘剥。一个农民种 30 英亩土地，无论怎样节俭，至少还得借 500 到 1000 元钱，否则就种不成地。要借钱，就得付 4 分利。借 500 元钱利息要付 200 元，借 1000 就得付 400 元的利息！

这样，以最低的标准计算，平均每亩要付的利息就不下于12元。加上这个利息，平均每亩的费用就高达70至80元。

再拿产量算，最好的土地能打30至35箩，最多到40箩谷子。平均每亩按35箩算，官价收购每百箩为300元，35箩能卖到105元。但是到粜粮时，有些人等不及政府收购，只能将粮食卖给债主，价格便降到每百箩280元左右。现在就以官价算，每亩净剩也只有25元。

事情到此并未结束。按规定还得交纳田地税和田租。最好的地要缴税7元，田租也是7元，加起来就要交掉14元。这样一来，一个农民如果种一英亩地，到手只有11元钱。

这些账中，还不是将全部土地交给雇工去种，而是亲自参加劳动，并且全家的男女老少都得搭进去干活。辛辛苦苦劳累一年，到手每亩才得11元钱。所以，农民们按新规定虽然能得到一些土地，可是实际上仍然同过去一样在苦难生活中挣扎。

农民们干活很辛苦，但是只能吃一些干米饭，生活水平是很低的。他们赖以生存的食物，只是在自己种的粮食中拿出一小部分作口粮，做一些小鱼虾酱来下饭。要是家里能喂上几只鸡和鸭，那才有可能改善一下生活，平时都是靠采野菜过日子。罗望子树的叶子、空心菜以及蘑菇等都是主要蔬菜。雨季里可以到田里或河中去抓些鱼，摸些蟹，想方设法改善一下生活。

有些农民认为贷款数目太少，简直是微不足道，所以干脆全部依赖高利贷主。这就给那些冒险领贷款的投机取巧者制造机会。当农民们对贷款丧失信心时，那些披着农民领袖外衣的骗子就冒用农民的名字，骗取这笔贷款。这种现象可以说是到处都有。

伟大伯多年来粗茶淡饭，靠着鱼虾酱做菜凑合着度日。他的一生是贫寒的一生，长期是衣不遮体，食不果腹，含辛茹苦。但是就是在这样的逆境中，他任劳任怨，拼命节省，供养孩子们上了学。然而，没有能供他们拿到最高学位，昂钦、宁钦和瑞温的文化程度大家可能已经有所了解。为了让子女学到现在这样的程度，他是费尽了心机，一切花钱之处他都寻求最省钱的途径。他一方面在地里拼命干活，另一方面又饲养鸡、鸭，这才使他勉强维持下来。

他种地缺 1800 元资金，除了能得到 240 元贷款外，还缺 1500 多元。通过勤俭节约、饲养家禽等办法自己能凑 800 元，其余的 700 元要靠借债来解决，这就要付很多利息。他这一辈子受利息的折磨已经够苦了，所以只要一提借债，他便胆战心惊。然而不能不借，最后只得用粮食抵债的办法借了 400 元钱凑足资金。为了这笔债，他得多付 160 元的利息。

到了谷子上场时，30 英亩地他能收到 1000 箩谷子。别人等不及政府收购，减价卖给了债主。他却坚持等着，最后还是以每百箩 300 元的官价粜给了政府收购站。

当年，他从粮食这一项，收入了 3000 元。扣去花费 1800 元，还剩下 1200 元。土地税、田租每英亩按 14 元算，30 英亩地就要缴420元。手头剩下的780元中还要付160元利息。一年辛苦，最后只剩下620元钱才算是他的纯收入，每月平均从地里收得50元钱。这些钱还全亏他自己有两对牛，忙时再借一对，以及多方节俭才得到的。虽说借了钱，被迫带上了利息的“枷锁”，但是比起别人来总算是借得少的，这才使他有了现在这样的收入。这里面还包括自己的车、牛、犁、耙等固定资产在内。

要是别的农民，收入还不如他。大多数人家每月平均收入还达不到40元呢！

伟大伯的另一项收入便是养鸡、养鸭，平均每年能挣得400元左右，这才使他有能力送孩子去上学。

“唉！靠这些收入，咱们农民的新生活哪有什么指望哟！”他一边算着自己的收入，一边直发牢骚。

接着他说：“这跟从前有什么差别？只不过稍微能松口气罢了！唉！咱们就缺乏足够的资金……要是资金充足，就可以不借高利贷，利息也可以免了，兴许能好一些。另外，政府也真该提高一些粮食收购价格，否则咱们农民怎么能富裕起来呢？”

跟伟大伯差不多，经济上也很拮据的妙姬父亲吴巴翁听了这话，长叹一声说道：“你跟我们比强多了。”

吴巴翁接着说：“我们全家人一年到头拼命干，谷子堆到场上，我们却什么也没捞上，只剩下空空的两只手。你看，一英亩地花费不是80元吗？我们这些钱都得向地主吴巴昂借，利息就比你交得多。先不提这个吧……要缴田租，我们就跟你不一样，你不就是14元嘛！我们就不止这些，每英亩得缴10箩谷子，这还是好说歹说，恳求半天才答应的呢！10箩谷子就是30元钱。每英亩地打35箩，这一来，还能剩下多少？35箩谷子可以卖到105元，扣掉80元投资，30元的田租，已经是110元了。我们反而是要倒贴进5元钱去！我到哪儿去找这5元钱来赔上呢？只有去借债。到头来一看，我还是一个雇农！一个雇农，雨季干4个月，能挣到62元钱和4箩谷子的粮食，旱季也跟这差不多。我们的收入都靠这两个季度，雨季有50元，旱季挣40元，那短缺的5元钱反倒从当季节工的工钱中扣出来，这叫怎么回事呢?!”伟大伯听到吴巴翁的细账后，心情十分沉重。

“照这么说来，咱们离向往的生活还远着呢！唉，只有再加把劲，多增产稻米才成啊！”伟大伯说。

“努力增加生产自然是没得说。可是，你花的力气再大，最多也就能每英亩收40箩，要是能多施些肥，加上科学种地，碰顶也就能产42箩到45箩，那也不怎么合算。”吴巴翁嘟哝道。

“可是，多产一些总要好一些吧。看来还得加油干！”

“这话倒是，只要你努力，多少可以改善一些。另外，光靠种一些粮食是不行的。现在咱们又种上了马豆，不知道会怎么样？”

伟大伯说：“这不会白费劲的。马豆熟了，咱们就可以多收入一二百元的。粮食的价格真该提高一些，贷款最好也能多给一些，能够上成本就好了。”

“反正得把地主赶出农村才行！”吴巴翁有着切身的体会，这时他喊出自己的心声。

“对，咱们还是要为生活而继续战斗，尽量争取种稻时减轻负担。另外，在套种上再下些功夫，也许能过上像样的生活。”

两位老农就这样在劳动之余，亲热地谈起了他们的收成。

（八）

蔚蓝的天空，飘浮着棉絮般的白云。雨季中曾经是绿油油的田地，现在在这蔚蓝的天空下显得干巴巴的毫无生气了。穿过田间小路的牛车，扬起一阵阵尘烟。只有那些稀稀落落地长在田间的大树，在这夏天的烈日下勾画出不同寻常的诱人景色。在遍地是干旱的地里，马豆试验田却显得碧绿青翠，点缀着夏日的田园，形成一幅美丽的画面。

村子外面的一块空地上，现在竖起了一块洁白的石碑，附近还竖着一杆农会的旗帜。300多群众聚集在那里。

石碑的底座部分刻着一行大字：“农民烈士碑”。许多老人和妇女肃穆地看着这碑文。有些人紧咬着牙关，有些人脸上流露出悲伤的神色，有些人眼中还噙着泪花。

多少年来，人们珍藏着这些骨灰盒。这些先烈有些是抗英斗争中牺牲的，有些是反法西斯战争中牺牲的，还有些是在争取独立和解放的斗争中牺牲的。人们为了纪念他们，一直在募集资金，今天终于将农民烈士碑建成了，实现了大家的夙愿。

原准备为每一位烈士建造一座墓，后来大家决定不如将烈士们的骨灰合葬在这烈士碑底下，然后在上面竖起一座农民烈士碑。

今天大家聚集到这里，为的是给纪念碑揭幕。伟大伯是一位有资历的农民领导人，这次揭幕典礼由他主持并讲话，他沉着地站在台上演讲。烈士们的家属和亲戚凝视着纪念碑，有些还忍不住扑簌簌地直往下掉眼泪。

乡亲们也为烈士们落泪。村子里所有的人，即便不是嫡亲，也都是沾亲带故的。这些牺牲者跟今天与会者中的大多数人都有着这样或那样的亲友关系。同住一个村，不是这方面的亲戚关系，就是那方面的朋友关系。在牺牲者中有伟大伯的亲戚，也有吴巴翁和妙姬他们的亲戚。

沉着老练的伟大伯站在台上讲话，台下一片寂静。

“今天，我们将烈士们的骨灰安放到这烈士墓中。在反英斗争、反法西斯斗争、独立斗争以及在地主制度下争取解放、为建立农民的新生活而进行的斗争中，他们曾经跟我们战斗在一起，可是他们在战斗中不幸牺牲了。为了纪念他们，我们建造了这座农民烈士纪念碑，今天举行落成典礼。在这样隆重的大会上，大家推荐我当主席，我深感荣幸，同时也向大家表示感谢。我认为这是对我的表彰，我感到无上光荣……”伟大伯讲到这里，群众报以热烈的掌声。挤在人群中的妙姬，眼望着伟大伯，聚精会神地听他讲话。

“我们农民拿过镰刀，也扛过枪。我们汗流浃背，辛勤劳动；我们也抛头颅，洒热血，英勇战斗！”台下又响起一阵热烈的掌声。

“过去，我们参加历次战斗，目的就是要摆脱地主制度和高利贷者的剥削和压迫。我们农民受尽凌辱，生活在最底层。为了自身的解放，我们奋不顾身，投入了战斗……”

又传出了一阵热烈的掌声。

“今天，我们可以说已经看到了新时代的曙光，地主横行的日子已经一去不复返了。但是，地主制度是不是彻底消灭了呢？应该说，还没有，他们还在千方百计地搞剥削。地主、高利贷者直到今天仍然骑在农民的头上。他们顽固地玩弄各种伎俩，企图维护他们的田地，所以说我们的斗争还没有结束。我们要努力奋斗，直至把他们彻底消灭。”群众中不仅响起热烈的掌声，而且还传出一片赞扬声。

农业是咱们国家的命根子，全国人民靠我们来供养。许多人并没生产一粒粮食，可是他们却靠农业或稻谷发了大财，正在享福。真正种地的农民，生活至今十分贫困。

“我们要团结起来，为改善生活而斗争。我们必须努力奋斗，肃清残余的剥削和压迫。总之，我们的斗争尚未结束。

“我们的许多同志为了农民的新生活，献出了他们宝贵的生命，让我们接过他们的旗帜，为实现他们的遗愿继续斗争吧！最后，让我们向烈士致敬！”

伟大伯话音一落，立即响起雷鸣般的掌声。但是，在不远的芒果树林中，波尼却坐在地上观察动静。他看到群众听完伟大伯的讲话后表现出热烈的反应，脸涨得通红，浑身也感到不自在，嘴角露出了冷笑。逐渐地脸阴沉下来，那一丝冷笑也消失了，只剩下一脸阴险的表情。

他蓦地从地上站了起来，悻悻地朝着群众瞪了一眼，转过身子向另一个方向走去。

“听说你们明年不种我们的地了，是吗？”波尼问。被问者是妙姬的父亲吴巴翁，地点是在村子里吴巴翁的家，跟着波尼来的还有他的一个狗腿子，吴巴翁的妻子和女儿都坐在吴巴翁的身旁。

“是的，再种下去有什么好处呢？”吴巴翁反问道。

波尼手中提着一个包，他的狗腿子手中拎着一只口袋，他们俩坐到吴巴翁跟前。妙姬家的地板是用茅竹板铺成的。

“我们对你全家是很照顾的……”波尼假惺惺地说。

吴巴翁听后冷冷一笑说：“波尼！我们整个雨季和旱季没日没夜地操劳，收下了大堆粮食，可是我们一家人却只落得两手空空回了家。这也全亏了你们的照顾嘛！”

“你说种地不上算？为了照顾你们，我每英亩地只收你10箩谷子。这可比契约上规定的稻子要少呀！”

波尼标榜自己对农民是多么仁慈。这时，吴巴翁冷笑道：“每英亩只收10箩，真该谢谢你喽！可是你要知道，为了这事我向你父亲求了多少情。你要是还觉得自己吃了亏，我看干脆把我的肉割给你们算了！貌波尼，你算算，这10箩谷子多少钱？……30元呀！不是吗？政府规定的地租可只有14元呀！哈哈哈……”吴巴翁说着忍不住大笑起来。

“这可是你同意之后才干的呀！”

“是的……我是同意了。你知道我一向当长工，不会算账。我女儿和老伴也一向给人插秧、割稻。以前光知道雨季工钱谷子50箩，旱季工钱谷子40箩；雨季和旱季每月伙食费15元，米一箩。后来，就是因为听信了你父亲的话，以为当个佃户总要比当雇农好些。可是一到实际中才发现原来当佃户跟雇农一个样，这才知道不对劲儿。我本以为至少能混上一辆牛车或者挣上两头牛，结果怎么样？还不是仍然要用你们的车和牛，连个犁头也要向你们去借！”吴巴翁再也忍不住了，他把心中的一切抱怨都倾泻出来。

“这么说，你们已经决定不种我们的地了？那么你们打算怎么办呢？”

“今年要靠大伙儿的力量开挖干涸的河道，把受淹的1000英亩地抢救出来。我们已经申请将那些地分给像我们这样的缺地农民。种荒地，政府会给贷款，而且还赊销耕牛，所以我们决定去种荒地……”

听到吴巴翁的话，波尼像个流血过多的病人一样，脸色顿时变成灰白。

“你再考虑考虑吧，别去听信伟大伯那种人的挑拨离间。我可是真心实意跟你说这话的。”

波尼自己心术不正，却又使出倒打一耙的伎俩。

妙姬听到波尼对正直的伟大伯这样贬损，忍不住不满地辩解道：“我这可不是平白无故地吹捧伟大伯，可是人家讲的话句句都在理呀！”

“哥哥我是菩萨心肠，对别人是特别的热情，心眼也好，所以我们一辈子都过得舒舒服服。你们看那个叫伟大伯的人吧，他只会嫉妒我们，所以就捣乱……”

“噢，照你的意思，但凡穷人，心术都不正，所以才穷的，是不是？”妙姬愤愤地责问道。波尼竭力装出一副笑脸来，然而他的笑脸看上去是那样的干涩，找不到丝毫的喜悦之色。“妙姬，我不是这个意思，不是这个意思。我的心好不好，你瞧这个。”说着将手中的包推到吴巴翁一家人面前，回手又从他狗腿子手中拿过口袋来。

“今年虽说没捞到什么，可是究竟还是落下了口粮嘛。我听说你们手头没钱，就给大叔、大婶、妙姬买了些衣料。一来表表心意，二来就算是给你们帮衬一把。以后有什么困难，需要花钱，只管说好了，可以拿着先用。雇主嘛，总要尽量照顾好雇工，我们这点心意还是有的。”说着拿出了给吴巴翁的一条筒裙，一件棉毛衫；给妙姬母亲的一条筒裙，一条披巾；给妙姬的两条筒裙和一码浅蓝色、一码淡黄色的廉价尼龙布。他分别递送给各人，但是谁也没有伸手去接，只是睁大着眼睛盯着波尼看。

这些衣服和料子虽说值不了多少钱，但是，对吴巴翁他们来说还是很有吸引力的。因为即便是这些便宜货，买起来也得花掉他们全年的劳动所得。这些钱要全年辛辛苦苦劳动，竭力节俭才能积攒下来。然而，他们拒绝了。不管说什么，妙姬一家人还是坚决拒绝了。

“我可是一片真心。至于雇工的事，大叔你们不愿意干，我们也不勉强，可以另外找人干。”最后波尼说。

吴巴翁回道：“那就另请高明吧。不过我们农民协会已经作出决定，一定要把土地分配中存在的不合理的现象纠正过来！”波尼一听，惊得两眼都发直了。

“哼，就是那个家伙抽风！”波尼愤恨地说。他看到拉拢吴巴翁一家已经无望，只得灰心失望地离去。

波尼走后，吴巴翁他们全家人你看看我，我看看你，都厌恶地哼了一声。

（九）

骄阳似火，万里无云，干旱的大地被晒得直冒烟。

挖土机在干涸的河道上推进，500多个男男女女，有的手拿铁锹，有的抡着镐，有的挑着土筐，大家正在热火朝天地干着不同的活。他们都在义务劳动——搬运泥土。这次是土地管理局主持挖掘河道，所以挖土机开到这里。除了他们雇佣的工人外，还有伟大伯他们村子以及邻村的农民，总共组织了500人左右参加义务劳动，协助疏通河道。

由政府出面疏浚河道，提高排水能力，既能扩大耕地面积，增加稻谷产量，相应地也能增加国家收入。对农民来说，开垦荒地就能使无地的农民获得土地，所以大家行动起来搞协作。在这一群人中，可以看到妙姬正起劲地挑运泥土，伟大伯和吴巴翁则正在挖土。人们看到了农业发展的美好前景，都在愉快地劳动着。

一个小伙子迈着轻快的步子走出村庄，朝着挖沟的方向走来。

这就是瑞温。他已经毕业，回到了自己的村子。伟大伯一见儿子走来，高兴地迎上前去。

“孩子，回来啦？”

“是的，爸爸。”

“毕业了吧？怎么样，跟我们一起下地吧！”

“是的……”说着瑞温朝热火朝天劳动着的妇女队伍看去，他一眼就看到了妙姬，只见她也正为他回来而高兴地朝他眺望。瑞温感到由衷的高兴，笑着向她打了个招呼，妙姬也满面春风地向他致意。

瑞温拿过父亲手中的铁锹，跳下沟去，挖起土来。伟大伯看着这个听话的儿子，不由感到分外的称心和喜悦。

莱敏河的水碧绿而又清澈，在午后金黄色的阳光照耀下，显得格外明亮、耀眼。这时的阳光已经失去了火焰般的炽热，吹过河面的微风带来了一丝丝凉意。在这人迹罕至的河岸上，只有妙姬在奔跑。她今天感到特别的痛快，眼中闪烁着喜悦的光芒，微笑着的脸像朵盛开的花。跟在妙姬后面的瑞温这时的心情跟妙姬一样喜悦、舒畅。

他们来到水边，妙姬坐了下来，瑞温坐到她身旁，一手揽着妙姬的细腰。脸像盛开的花朵一样的妙姬抬起她那明亮的眸子瞧着他微笑。

“你的笑脸和眼神真是钻到我心里了。”瑞温说着用手抬起妙姬的下巴，在她那细嫩的脸上热烈地亲了一下。

“你高兴吗？现在这样见到我，你高兴吗？”

“怎么能不高兴呢？整天都想念着你，见到你，我当然高兴了！”妙姬回答道。

“我也是……只要能见到你现在这样的笑脸，我就特别高兴。对了，咱们俩的亲事怎么样了？”瑞温问道。

“怎么？没门儿！想成亲？早着呢！到四月再提这事吧！”妙姬答道。

“哎呀！那还得等好久呢！我以为一回来就办了呢。”瑞温笑着说道。妙姬羞答答地看着瑞温，只说了一句“去你的！”一手将他轻轻推开。

“哥瑞温，是这样，今年收成不怎么好，听说大伯也没落下几个钱，我们家更不用提了。场上的粮食倒是堆成了山，可是我们却空着双手回的家，手头都很拮据……”妙姬解释说。

“这有什么关系？只要有两张席子，加上两个枕头，朝父母及乡亲叩两个头，不就完事了吗？”

“那怎么行？不管怎么省，总得要花几个钱，而且伟大伯和我爹的意思，总想尽量把事办得体面一点。伟大伯不是把希望都寄托在你这个宝贝儿子身上吗？所以准备今年夏天试种黄麻，收麻时正好接近四月，那时，将现在手头上的钱，加上那时的收入都拿来给咱俩办喜事！”

“这么说，今年咱们种地收入不怎么样，是吗？”

“是的。”

“是呀，种地真不容易呀！我要是去当个职员，就能稳稳当当地领工资。可现在，只能去拼力气喽！”瑞温看到搞农业免不了要遇到困难，不由得发起牢骚来。

“怎么，你怕了？到时候我会帮你干活的。我可不是那种靠退休金活着的女人！”

“我倒不是怕苦……我是想，要是我当上职员，然后再娶你，就能让我的妻子——你，什么也不用干，舒舒服服地生活。这是我的一片真心。”

“哥瑞温，要是像阔太太那样光吃不做，那可太无聊了。不管怎样辛苦，我还是觉得在地里劳动要快活得多。”

“好，只要你愉快就行。”说着瑞温将健壮的妙姬拉进自己的怀抱。

“你瞧，那儿怎么啦？那么多人在那儿，乱哄哄的。”妙姬指着远处河边上聚集着的人群说。

“一定是发生了什么事情。走，看看去！”说着两人站了起来。

“一起去怎么成？你去吧，我要回家了。晚上你到我家来，好吗？”说完两人分了手。

瑞温来到河边乱哄哄的人群旁，听到一桩令人伤心的消息。聚集在这儿的人都愤愤不平，同时又感到十分惋惜。这时，水性好的人潜入水中，还有些人在拉网，正寻找那个投河的人。一个50多岁的老妇人正在号啕大哭。

“哎呀！我的女儿呀，你一直侍候着我，现在却把我扔下不管了。你真狠心呀！”她捶胸顿足，失声痛哭。两位妇女正搀扶着她。

这位老妇人就是杜永。她的女儿刚刚年满20岁，名叫盛钦。瑞温听大家说盛钦是被生活所逼，跳河自杀的。过了一会儿，她的尸体被捞上了岸。人们惋惜地看着这位离开了人间的姑娘，心如火焚的杜永抱着女儿的尸体呼天抢地痛哭着，她哭得昏死了过去。见到这种情景，人们都感到心酸。

盛钦在村里算得上是一位漂亮的姑娘，可是她的家境十分贫寒。母亲在两年前病倒了，一直是靠她侍候。盛钦的母亲跟瑞温的母亲是表姐妹，跟妙姬的母亲也是远房姐妹，所以盛钦跟瑞温、妙姬都有着亲戚关系。瑞温见此情景，心情十分难过。为什么盛钦会对人间如此深恶痛绝而非要走这条绝路呢？肯定是她遇到了人生中最令人痛心的事情，这种事情迫使她轻生。他向别人打听缘由，从别人那里得知：地主吴巴昂的儿子经常到盛钦家中去。她家十分贫穷，母亲又有病，都靠她抚养。插秧季节她要去插秧，收割季节她又帮人收割，回来还得侍候母亲。波尼口口声声说对她很同情，买了筒裙和衣服送到她家，有时还可以看到他给病人杜永买些药品、食物。就在他到她家去的次数相当频繁的当儿，发生了现在这样的结局。

瑞温发现，大家对盛钦的死因说法基本相同。实际上，一个地主的儿子对贫家姑娘表示“同情”和“怜悯”，唯一的结局必然是造成现在这样的悲剧。

“孩子……你看，我一再跟你们说不要离开农村……”伟大伯一边往烟锅里装烟丝，一边点上火，吧嗒吧嗒抽起来。他脸上挂满悲愤的神色，伤心地对瑞温说。

“你看看，爸爸的亲戚是怎么生活的？你再看看他们有多么穷吧！他们受剥削，受欺辱。如果你扔下他们，离开这片土地，只不过能求得你自己的前途，自己一个人摆脱厄运。”伟大伯接着说道。瑞温十分认真地听着父亲讲话。他咬着牙，点了点头说：“是的，爸爸！咱们绝大部分亲戚都是庄稼人，我自己虽然有可能从农村挣脱出去，然而大多数亲戚仍然要留在田间。只要爸爸讲的那种幸福的新生活没有到来，必然会陷于现在这样的贫困之中。生活贫困就造成落后，就会受到别人的欺凌。”

“所以我不是说吗？你瞧昂钦，他自以为了不起了，神气活现地住到城里去了。村里的人生活有多么苦，他连想都不会去想。他自以为高人一等，可在这儿，他的兄弟姐妹还是受人欺侮！”

“是的。所以我要坚持在农村，决心跟亲人们、跟种地的农民在一起参加战斗，携手并进。像您这样有觉悟的人和我们这样有知识的人都要在农村干，这才能识破别人的骗局，消除人欺侮人的现象，在争取改善生活的斗争中才有可能取得明显的效果。”

“对，孩子，你能明白这些道理，我真是太高兴了。咱们农民的新生活，总有一天会到来的！”

农民协会的委员们召开了第二次会议。大家热烈地讨论，决定要继续斗争，要跟残存的地主的束缚斗争到底，并向有关单位揭发和纠正那种在分配土地中的不正之风。对套种、集体生产和发展畜牧业等问题也都做了考虑和决定，同时还热烈地讨论了套种和实现农业现代化所需要的条件。

伟大伯有一个宏伟的目标，他早就想要集体购买一台拖拉机，供大家共同使用。这件事到了具体实施时，又遇到了困难。个人买自然谈不上，大家合着买吧，也很困难。因为按农民现有的经济状况，要大家掏钱买一台机器是有困难的，连种地都是靠借债来维持的人，怎么还能有富余的钱呢？即便是应付正常开支，也都得花力气才行。因此，不管有多么迫切的愿望，实际上却行不通。想到这些，大家都觉得现在买拖拉机是心有余而力不足。

“怎么办？只要农业一天不达到现代化，农业生产就不可能发展和繁荣。集体耕种是一种先进的制度，然而，它也只有跟现代化耕作结合起来才能有成效。组织起来劳动并不困难，但是要配置机械，就农民现有的经济水平来看，这还是比较困难的。”伟大伯根据现实情况说道。

瑞温尽自己所知谈了他的看法：“在苏联和中华人民共和国，政府对集体农庄的帮助很具体，由政府投资购买拖拉机、收割机、抽水机等机械。咱们这儿，农业部门倒是有一些农业机械，也可以租用，但是效果不大。要搞集体化，不仅农民要使劲，政府也要真正支持才成。”

伟大伯最后看到自己的愿望无法实现，只能按现有的条件，实事求是地想些办法去干。他说：“好吧！现在咱们自己还买不起机器，政府又不支持，这事咱们只好尽力而为了。”

“现在咱们再考虑一下种麻的事情吧！如果政府给每亩黄麻贷款100元，种时50，收割时50，这样看来是很合算的。种麻是一项累活，但要是成功就能得利，至少贷款也比种稻拿得多。”瑞温提出了种植黄麻的问题。

一位农民若有所思地说：“是啊！要是政府能像发放农业贷款那样为集体农庄买些拖拉机什么的，那该多好哇！”

另一人接着说：“提高些稻米收购价格也行啊。不是说大米出口赚了大钱吗？”

“咱们种地资金不足，只能到高利贷主那儿去借。如果政府能多贷一些款给咱们，让咱们摆脱那些高利贷主的剥削也好啊……”

“你们也别光说佃户的情况，看看我们这些农村中最底层的雇农的情况吧！”一位雇农插嘴说道。

“对，雇农的生活最苦了！”

这些就是在如今形势下，农民所表达的心愿。就这样，他们热烈地讨论了今年的套种问题，安排了今年开始试种黄麻的工作。会议临近结束时，瑞温说：“咱们都没种过黄麻，还需要学习技术，我将尽自己的能力向大家介绍种植黄麻的方法。”

于是，他们在十二月到第二年一月之间开始种植黄麻，先在一小部分土地上试种。第一年，每个农民拿出两三英亩地作为实验。

种完黄麻不久的一天下午，瑞温跟在迈着轻快的步伐走着的妙姬后面，向黄麻地走来。这一对情人穿过黄麻地，越过龟裂的田地，又来到了小河边。

夏天，河道里没有流水，他们俩沿着河道走着，来到对岸的竹林里，一起坐了下来。

“你看天上，雨云！”瑞温指着天空说。妙姬抬头看了一眼说：“天上的云彩我早就看见了。怎么啦？”

“他们说不久就要下第一场雨了！”

“噢，是吗？”妙姬高兴地看着瑞温，语调中带着调皮的口吻。

“你想，下了头场雨后会怎么样呢？”瑞温看着妙姬，兴高采烈地问道。妙姬回答说：“下了头场雨，就该耕地、耙地了呗！”

“还有呢？”

“还有什么？不知道……”

“还有，咱们俩不是就要结成夫妻了吗？”

“哎呀！瞧你这德性！”妙姬朝瑞温白了一眼。瑞温一把将妙姬拉入怀抱。

“你知道吗，妙姬，我早就盼望着这个时刻的到来，我多么想咱们能永远在一起，一刻也不离开呀！”

“看你越说越来劲了！”

“是呀，像现在这样，谁还能满意？心里总觉得不是味儿……”说着他紧紧搂住妙姬那健壮的身体，在她圆圆的脸上，滋润的嘴唇上疯狂地吻着。

“别放肆！”妙姬说。

“我就爱你！”瑞温用深情的眼光凝视着情人说。

“咦？那你难道还有另一个可爱的人吗？”妙姬抬起脸看着他问。

“哎！我说就爱你！哪儿还有别的人呢？”

“你自己话说得怪，我才问你的。你说我就爱你，就好像……就好像是拿我跟另外一个人比较之后说的。”

“哎呀，你别胡思乱想了！我说的是只有妙姬我才爱！”说着他在她的脸蛋上轻轻地拧了一把。只听得妙姬“哎哟！”一声。

“你知道，咱们不久就将成夫妻啦！”

“那又怎样？”

“你是我的妻子，我就成了你的丈夫了呗！”

“瞧你，现在就想占我的上风了。”说着她用拳捶了瑞温额头一下。

瑞温抓住妙姬的手，握在自己手中揉动着。妙姬的手虽然很丰满，但并不柔嫩。妙姬也抚摸着瑞温的手。“你的手真细嫩，现在是男的手细嫩，女的手粗了。是吗？我的手可比你的手粗呢！”接着妙姬说道：“我不知道怎么回事，老担心。我真的担心极了。一次，咱们俩说话，哥波尼就走过来捣乱。上一次咱们在河岸上相会，他虽然没有出现，可是就是因为他害的，玛盛钦跳河自杀了，这惨事又偏偏让咱俩碰上了。反正只要咱俩一高兴，好像波尼就要来捣鬼似的……”

“哎，这跟咱们有什么关系？你真能胡思乱想。”他又将妙姬紧紧地搂抱起来。

“我说妙姬，我心里……哎呀，我真爱你……”

他一手托起妙姬的下巴，又在她的脸上狂吻起来。爱情的烈火越烧越旺，他紧紧地将她抱住，妙姬也用双手紧紧地搂住了他那强壮的身子……

“我都等不及了，反正咱们就要结婚了……”感情冲动的瑞温进一步提出要求，妙姬双手一把将他宽阔的胸膛推开。“别胡来！”“不，我太爱你了……反正咱们很快就要结婚……”说着瑞温放肆起来。

“不！不！别胡来！咱们还没结婚，别想胡来……”妙姬挣扎着。然而，妙姬无法抗拒瑞温炽热的感情，最后只能顺从了他的意愿，沉溺在爱的海洋之中……

Chapter 3

第三章

（一）

天空布满乌云，大地变得湿润，树木显得郁郁葱葱，田埂上和田地里长出了嫩绿的小草。

地里的黄麻苗壮而又茂盛，看上去足有一人多高。在那些尚未播种的田里，农民们正在施肥，瑞温在向他们介绍科学的施肥方法。

雨，时而淅淅沥沥，时而哗哗地下着。时令已经到了开始耕种的季节，可是伟大伯和其他农民们所盼望的拖拉机却连个影子也没有。大家曾经憋足劲儿想买一台拖拉机，但是，就他们现在的生活条件而言，他们根本无法实现这个梦寐以求的愿望。今年也只能跟往年一样，用牛来耕地，不过，互助组在现有的条件下，倒是创造了一种新的集体耕作方式。

在备耕期间，瑞温的姐姐女教师玛宁钦结婚了。她嫁给了一个名叫波觉貌的中尉军官，那位军官所在的部队就驻扎在附近，他经常到村子里来，于是玛宁钦便和他产生了感情。终于，在父母的同意下完了婚。

婚后不久，玛宁钦的丈夫波觉貌调防到勃固，玛宁钦只得辞掉教师职务，跟着波觉貌迁到勃固居住。就这样，玛宁钦离开了家乡，远走他乡了。

伟大伯难过地说：“走吧，让他们走吧！他们走了，还有我的小儿子呢！”玛宁钦一结婚，村里年轻的小伙子们就都拿25岁的农民达英基开玩笑。这个逗他说：“喂！剩头！”那个挖苦说：“达英基，这下子你可变成了剩余物资喽！”还有人讽刺说：“达英基，怎么样？猴子捞月一场空。这回该打一辈子光棍了吧！”

听到别人的奚落，达英基这位憨厚老实的年轻人伤心地说：“人家怎会看上咱这样的农民？咱是没出息的乡下人，人家是教师，自然要嫁给一个有身份、有地位的人喽！”

村里也有人议论说：“伟大伯的大儿子昂钦是个大秘书，娶了个秘书当老婆。伟大伯的女儿宁钦是一位教师，嫁给了军官。他的儿女都不错，就是小儿子瑞温看着有点儿不争气。所以，这小子才回来种地的！”

当农民们正在备耕时，地主吴巴昂父子俩也紧张地忙碌起来。他们在那块说是要自己耕种的地里，雇人种田，他们到地里来，只不过是监督劳动而已。妙姬的父亲吴巴翁已经不在波尼的地里干活了。他打算从政府农业促进委员会处赊购一对牛，靠部分贷款，再用秋后打下的粮食作抵押借些钱，凑足资金，要上十几英亩新开垦的生地来自己耕种。

今年，不光是波尼，连吴巴昂也下地来，真是一件罕见的事情，看来其中必有缘由。他们这样做的目的，无非一方面想破坏农民的团结，另一方面使他们霸占的土地不被政府收掉。再一个目的则是，如有可能，还企图把土地分配委员会分给农民的土地再度由他们重新控制起来。

他们一到地里，就遇上了麻烦。吴巴翁和其他一些长工已经不在他家的地里干活了，都去开垦荒地了，他们只得另外雇工。但是，参加农民协会的雇农们已经商量好，决定只要不增加工钱就不给他家干活。因为，他们干的活最累，生活却最苦，成了农民中的最下层。吴巴昂父子对此感到极度不满。

“这些刁民！这伙人里头就是波伟父子俩在打头撺掇！”吴巴昂气呼呼地骂道。

长工们要求增加工钱，否则不给他们干活，到别处又雇不到足够的人力去种他们那么多的土地，吴巴昂父子俩急得像热锅上的蚂蚁一样团团转。此外，又有消息说，农民协会建议，对骗取大片土地而自己又不耕种的人进行检查，以便使土地分配得更加公平合理，政府将采纳这个建议等。吴巴昂父子非常害怕，他们只好亲自到地里来装装样子。

不久，传闻变成了事实，有关当局真的派人到田里来检查。这几天，吴巴昂父子俩急得手忙脚乱，不知所措，连眼睛都熬红了。

剥削阶级是不会自动放弃他们的利益的，他们将竭尽全力来维护自己的利益，以抵制对他们的改造。当形势对他们不利，或者他们的力量越来越虚弱时，他们甚至会采取更加残酷的方式来对付人民。

土地分配委员会的领导和有关当局的负责人开始检查了。

雇工雇不到，为了应付检查，吴巴昂和波尼来到田里，装模作样地把脚架到了耙上。

“哈……哈……你们看，真好瞧！”田埂那边传来了刺耳的笑声和说话声。这时，像国王主持耕种仪式那样，正在装模作样犁地的吴巴昂回头一看，只见不远处有一个人正站着大声说话。他不是别人，正是伟大伯。吴巴昂一看是他，脸上顿时涂上了一层铅灰色。

“哎呀呀，我说大财主呀，你怎么落到了这般地步？你们不是很有钱吗？怎么还要下地干活？嗯？我看，你们这些地主、资本家就是本性难移，只要能捞到钱，哪怕杀人、放火，或是给人磕头，什么都可以干。说句不好听的话，为了保住你们的钱财，即使让你们去吃屎，你们这些人也是不会觉得难堪的。”伟大伯毫不留情地讽刺道。

吴巴昂听了，牙齿咬得咯咯响。他瞪着伟大伯，想回敬他几句，可一时又想不出什么词儿，气得他双唇直打颤。

伟大伯接着说：“你曾经怎么说来着？还记得吗？你说‘没文化会变成什么？会变成狗！只能去种地！’可现在呢？你们爷儿俩不也在地里踩泥浆耕地了吗？”

这时，吴巴昂将犁和牛撂在一边，气呼呼地向伟大伯站的田埂走来。他儿子波尼也从远处走来。

“哼！一辈子都不敢用正眼看一看老子的家伙，今天居然也敢耍起刀来。你要知道，我下地来自然有我的道理。老子不是因为穷才下地来的，恰恰相反，我现在富得很，不像你们这些只能啃剩饭团的家伙。告诉你，总有一天，土地还要回到我吴巴昂的手里，一切都得听我的安排。到那时候，可别到我这里来叩头！”吴巴昂双手叉腰，瞪着一双凶眼，气势汹汹地说。

这时，他儿子波尼走到他的跟前。

“噢，听你这意思是还想恢复地主制度喽！我说财主……我们的领导可说了，历史的车轮是不可能倒转的。”伟大伯一针见血地说。

吴巴昂反唇相讥道：

“波伟呀……这些话不就是你们领导讲了你才知道的吗？你懂得这是什么意思吗？看样子，你是根本不懂！”

“何止我自己懂？几乎每个农民都明白这是什么意思。你看，那不是农民烈士碑吗？就是因为这些死难的烈士们参加了斗争，才使你们今天下到泥浆里来。你再看那边，我儿子可不是因为没有文化才来种地的，他是学习了文化后才回来种田的。不管怎么说，今天能见到你们这样的人下地干活，我真开心极了！”伟大伯指着农民烈士纪念碑和正在耕地的瑞温说。

“哼！说吧，说吧，趁现在你们还神气的时候！”吴巴昂只说了这句话，便转身气呼呼地朝自己的田里走去。波尼瞧着伟大伯，直恨得咬牙切齿。

第二天。

在水沟边上铁线莲树附近的一座草棚里，波尼正跟三个亲信喝酒。他们个个喝得醉醺醺的，嘴上吃得油光光的。有的哈哈大笑，有的哼哼歌曲，有的还站起来摇摇晃晃地跳舞。

“怎么样？痛快吗？”

“痛快！啊……啊……痛……快……”

波尼学着戏台上皇帝说话的腔调，胡乱地回道，他的亲信们则装着大臣们的腔调应答。

“众爱卿，现在是否国泰民安？”

“回陛下，托陛下洪福，现在，举国上下，一片升平景象。”

听见亲信们这么回答，波尼乐得嘴都合不上，得意忘形地说：

“对了，师父和徒弟就得这样一唱一和，配合默契。好，徒弟们！来，来，别客气！喝！”

这时，一个亲信打趣地说道：

“只要佛爷您说一声，小的们就干一杯！”

“嘿！人要有钱，手指一弹就能如愿以偿。那丫头的婶婶还说什么来着？我说的是玛拉蕊那个丫头。放着福她不享，偏要去插秧。那是什么活儿？既累又脏，也挣不到多少钱。整天顶风冒雨，泡在泥水里弯着腰干，才能挣几个钱？”波尼问。

“一块五到两块钱。”一个亲信回答。

“嗯，这样，我给她买衣服，每个月还给她 30 元钱，免得她再去受苦。这对她来说，不等于是上了天堂一样幸福吗？对这些，她婶子怎么说来着？”

“即便不是到了天堂，也可算是过上了神仙一样的日子啦！”一个酒鬼学着玛拉蕊大婶的腔调回答说。

听到这样的回答，一群酒鬼哄然大笑起来。另一个亲信接着说：

“师父，您放心，那些穷光蛋们肯定能听有钱人的摆布。”

“嘿，你们知道吗，最跟咱们捣乱的就是哥波伟父子俩。”

“师父，我们知道。干脆给他点厉害看看。叫他长点记性。”

“是啊！这可就得靠你们喽！那老头子嘛，不过是个快死的人了，主要是他儿子瑞温，因为他老子也正是靠他才这么神气起来的。”

“那么，咱们怎么办呢？”

“你们有没有什么办法把瑞温这小子从咱们村赶走？”

“您不是说只要有钱人手指一弹什么都会如愿以偿吗？那您就弹吧！”

“好，那我就弹了。”波尼说着，慢慢举起右手，使劲捻了个响指。

这时，瑞温正独自一人在田间走着。高坡地上开始耕地时，低洼地中的黄麻正要收割，为了做好准备，瑞温正奔忙于待耕种的田地和黄麻地之间。黄麻地要等收割后才能种稻子，其实，原先这些地种得也都是比较晚的。

“嘿！瞧，那小子来啦！”波尼的一个亲信看到瑞温正一个人走来，兴高采烈地说。

瑞温来到一条一尺左右宽的水沟旁，走上一座小桥。

“好！上！”波尼再次捻了一个响指。

“师父，怎么干？是让他开瓢吗？”

“你们瞧着办吧，全靠你们了。出了什么事有我担着呢！”

瑞温已经穿过了小桥走到沟那边。波尼一伙正在沟那边离小桥不远的一棵铁线莲树下的小草棚里，没想到瑞温走来，正好给他们抓到了机会。

“师父，您弹响指吗？”一个亲信问。

“弹！”波尼回答。

“好，弹了，咱们就干！”

说着，波尼的三个亲信走出小草棚，摇摇晃晃地朝瑞温走来。他们在桥头上遇到了瑞温，瑞温主动让路。两个酒鬼故意挑衅，朝瑞温身上冲撞。三个酒鬼中，有一个人手中拿了根一寸来粗的硬木棍。

“怎么？你他妈的放什么刁？故意来撞我们。”酒鬼们先撞了人却反咬一口。

“谁撞人了？”瑞温问道。

“你说谁撞的？你想找打是不是？”

酒鬼们说着就动手打起来。在一对三寡不敌众的情况下，瑞温吃了大亏，被打倒在桥头上。

波尼悠闲地坐在草棚里，得意地看着自己的亲信对瑞温大打出手。瑞温被打倒以后，手持硬木棍的家伙又恶狠狠地打了他一棍，另外两个家伙也将桥上的木桩子拔下来毒打瑞温。瑞温竭力拱起身子躲闪，但是，怎么也躲不开。在三个人的围攻下，他遍体鳞伤，满身是血，躺倒在地上，失去了知觉。波尼的三个亲信，直到看到瑞温倒在血泊中才罢手，然后发出一阵狞笑，扬长而去。

（二）

一个过路的农民发现了伤势严重的瑞温昏死在地上，便飞快地跑去告诉了伟大伯。伟大伯立即将儿子瑞温送进医院，并马上向警察局报了案。

医院大夫认真地检查了伤势，并及时进行了抢救。因为瑞温伤势严重，医院不得不把他转到医疗条件更好的永盛医院去治疗。

瑞温被一寸多粗的硬木棍和桥木桩子劈头盖脑地狠揍了一

顿，头上伤势非常危险。另外，他为了抵挡木棍，两手左右护身，结果左手臂的骨头也被打断。

瑞温被送到永盛医院以后，警方将打伤瑞温的波尼的亲信逮捕了。他们闭口不谈是受波尼的指使，只说是喝醉了酒互相冲撞引起吵架、动武，因失手才误将瑞温打伤。这些人把波尼的罪行掩盖起来，包庇波尼，结果自己遭了殃，变成了波尼的替死鬼，波尼却逍遥法外。他们真是一伙受人豢养，为人卖命的奴才。

伟大伯没有立即把儿子被打这件意外的祸事告诉妻子杜翁妙，便匆匆忙忙地将儿子送进了医院。他让人把情况转告给她，并嘱咐说，如果她不放心，可以在第二天到医院看望瑞温，所以，杜翁妙直到儿子被送进医院以后才知道这事。她不安地等待着儿子的消息，村里另一个为瑞温着急万分的人就是妙姬。

“老天保佑我儿子健康长寿，无灾无难……”杜翁妙不停地为儿子祷告。

“老佛爷，大慈大悲，救救我们吧！”妙姬也在为瑞温祈求。一阵阵担忧向她袭来，使她忐忑不安，坐卧不宁。

“大妈，您明天去吗？”妙姬忧心忡忡地问。

“孩子，要是下午能去的话，我真想下午就去。”杜翁妙回答。

“大妈，我急死了！心里好像有团火在燃烧。可是，我该怎么办呢？虽说我们俩已经订了亲，可究竟还没有结婚呀！我怎么好跟着您去看他呢？”妙姬可怜巴巴地说着，泪珠不断地从脸上滚落下来。

“你说得对，我一个人去好了。我会尽心照料他的，你别着急。”

“大妈，我怎么能不着急呢？我不能不去。虽说我们没成亲，可是大家都知道我是跟他订了亲的。嗳，事到如今，我可顾不上害臊了。让我跟您一块儿去吧！”

“孩子，这行吗？这样吧，只要你父亲哥巴翁同意，我就带你去。”

“我跟爹妈去说，无论如何我也要跟您去。”妙姬说着，擦了擦已经哭红了的眼睛。

“翁大婶，翁大婶……”

跟着伟大伯送瑞温到医院去的觉拉喊着跑过来。杜翁妙和妙姬听到喊声，忙从屋里跑出来，迎接觉拉。

“貌觉拉，怎么样了？我儿子怎么样了？”杜翁妙迫不及待地问道。

“哥觉拉……他的情况怎么样？医生怎么说的？是不是好了一点儿？”妙姬连珠炮似的问着。

“他伤势太重，只好转送到永盛医院去了。”

“天哪！”杜翁妙失声叫道。

“哎呀，天老爷呀！”妙姬绝望地喊道。

觉拉说：

“伟大伯说您明天就可以去永盛医院。他等瑞温稍微好一点就回来，村子里还有不少事呢！”

“那自然，我不去怎么成？”杜翁妙说。

这时，妙姬说：“我也去！”

觉拉直愣愣地看着妙姬问道：

“妙姬，你也去？”

“当然去，你不知道我有多着急！”

当天晚上，妙姬连晚饭都没有吃，一夜没有合眼，一直焦急地等着天亮。

天刚蒙蒙亮，妙姬就抱着一个小包裹跑到杜翁妙家。

早晨，杜翁妙带着妙姬乘公共汽车来到永盛。在去医院之前，她们先来到大儿子昂钦家，正好遇上儿媳妇黛黛在家里。杜翁妙张口就问：“孩子，貌瑞温怎么样了？昂钦和他爸爸呢？”

黛黛没有急于回答杜翁妙的问话，而是先把跟来的妙姬从头到脚地打量了一番，然后才冷冷地说：

“哥有事出去了。大伯仍在医院里照顾病人呢！”

“瑞温的伤势到底怎么样？”杜翁妙用担心的目光看着黛黛问道。妙姬也睁着一对大眼睛期待着黛黛的回答。

“他们说反正死不了。”

“那么他难受不难受？听说他伤势很重呢！”妙姬眼望着这位穿戴和气派都与自己截然不同的黛黛迫不及待地问道。黛黛显得懒于理睬，她瞟了妙姬一眼，然后转脸向杜翁妙说：

“您坐，我有点事儿，要出去一会儿。”说着准备出门。

“孩子，你送我们到医院去一趟行吗？”急切希望见到儿子的杜翁妙恳求黛黛说道。妙姬用惊异的眼光看着这位打扮得花枝招展却又傲慢无礼的黛黛。

“哥回来会送你们去的。我有点要紧的事，所以……”

黛黛没说完，拎起手提包，操起伞，穿上高跟鞋便出去了。杜翁妙和妙姬目瞪口呆，望着黛黛的背影，不知如何是好。

“大妈，这就是您的儿媳妇？她的名字叫黛黛吗？真神气呀！”

杜翁妙心情沉重地点了点头。

“大妈，刚才说的‘哥’是指谁呀？”妙姬记起黛黛说话中几次提到“哥”字，觉得新鲜，便问杜翁妙道。

“‘哥’就是指昂钦。”

“喔！原来管丈夫叫‘哥’呀！她们的用词可真文雅！可是大妈，您那位儿媳妇好像很傲气呢！”

“算了，妙姬，别提她了。我心里乱着呢！”

杜翁妙打断了妙姬的问话。她极力朝门外路上望去，想看看昂钦是否回来，随后，深深地叹了一口气。

杜翁妙和妙姬心中十分焦急。她们急切想到医院去看瑞温，可又去不了，心里憋得慌。盼着昂钦快点回来，又不见他的人影。一直过了好久，昂钦还是没有回来。幸好，这时伟大伯回来了，她俩真是欣喜万分。

“听说你在医院里看着瑞温？”杜翁妙问。

“对。你们是什么时候来的？我也琢磨着你们该来了，所以才到这里来看看。貌瑞温伤势虽说重一点，但已经脱离危险了。

就是护理需要很长时间。”

“我们到这儿很久了。”

“这家里没人吗？”伟大伯看着这静悄悄的屋子问道。

“我们来的时候，你儿媳妇还在。我们要她带我们到医院去，她推说有急事就走了。”

听到这个回答，伟大伯不由得摇了摇头，又长长地叹了一口气。他看了看妙姬说：

“孩子，你也来啦……这才是我的儿媳妇呢！”

妙姬脸上顿时泛起一层红晕，羞涩地低下了头。

等到医院探病时间一到，杜翁妙和妙姬便跟着伟大伯去见瑞温。只见瑞温头上、手上和胸部都扎着绷带，额上和下巴还打上了石膏，痛苦地躺在病床上。

杜翁妙和妙姬在整个探病时间里，一直在病房里照料瑞温。

不一会儿，昂钦和黛黛也来到了医院，而且还带来了敏敏怡和蕊蕊。她们也是来探望瑞温，打听病情的。看到那两个姑娘亲热地问候瑞温，妙姬感到很奇怪。她直愣愣地瞧着她们，心里产生了一个个疑团。黛黛故意不把自己的两个女友——两个时髦而漂亮的姑娘向妙姬做介绍。这种情景，即使她们嘴里不说，妙姬也能从她们的行动中看出，她们认为自己是高贵的，妙姬是低贱的，根本用不着同她打招呼。她们也许还认为，在她们这些有钱人中间，根本不应有妙姬这个乡下姑娘的立足之地。

她们这一伙人的外表与妙姬的外表真是差之千里。她们打扮得花枝招展，满身珠光宝气，已经完全失掉了她们自身所固有的美态，一个个都像是涂得五颜六色的木偶一般，而妙姬却像是一座天然的雕像。换句话说，她们这伙人就像那些为了招徕顾客而涂上颜色的闪闪发光的冬笋，妙姬却是保持着自然本色的茁壮而又新鲜的冬笋。在妙姬姑娘身上，没有那些使她显得更加艳丽迷人的瑰丽的装饰，但她却像在大自然中盛开的花朵那样饱满、烂漫，惹人喜爱。妙姬身上穿的是穷人们的衣服，既不值钱，更谈不上入时，然而看上去那样干净、整洁，显得朴素、娴雅而大方。黛黛她们的打扮是那样炫目艳丽，令人生厌。

假如有人乍一看到黛黛这伙人，可能觉得她们是美的，可能一时间会被她们的这种美迷住，但这绝不会持久；当他看到妙姬那娴雅的形象时，必将被她那种朴素而自然的美永久地吸引。

伟大伯因为地里活很忙，不能在瑞温身边久待，第二天下午就让杜翁妙和妙姬留下照顾瑞温，自己回村子里去了。

（三）

在敏敏怡的家中，蕊蕊、黛黛都聚在敏敏怡的房里，三个人正窃窃私语。

“蕊，到我家里来的那个乡下姑娘，听说就是要嫁给瑞温的那个人。”黛黛开口说道。

“这么说跟敏抢情郎的是一个乡下人喽！敏，你若是抢不过一个乡巴佬呀，那才叫人笑掉大牙呢！”蕊蕊冲着敏敏怡说。

敏敏怡苦笑了一下，站起来挺了挺隆起的胸脯，扬了扬眉毛，撅了下丰腴的臀部，又举起手臂弯了两下，那样子活像缅甸小姐出场亮相时那样故意忸怩作态。

“你们仔细瞧瞧我吧，难道我身上没有能够迷住男人的魅力吗？”敏敏怡说。

“你长得不错，挺漂亮的。你比蕊蕊还要美。”黛黛捧了她几句。敏敏怡听了，脸上露出了得意的神色。

蕊蕊说：“你那么漂亮，可瑞温那家伙反而喜欢乡下姑娘，我真感到奇怪。”

“对这一点，我也很难过。我倒并不是非常爱他，或者没有他就活不成，而是总觉得他竟然不爱我这样一个漂亮姑娘，一个摩登女郎，偏偏爱上一个破乡下丫头。这口气，我真咽不下去。”敏敏怡不堪忍受地说。

“是啊，瑞温这家伙不也是乡下人吗？乡下人喜欢乡下人，这有什么可奇怪的呢？”蕊蕊说。

“你瞧，这人也太那个了。那时候，他好像离不开咱们似的，整天跟在咱们屁股后头转。现在却装疯卖傻了。”敏敏怡埋怨地说。

“这倒不是他的意思，我那位老公公可是个固执的老头子呢！瑞温倒是很迷恋敏的。看来是他父亲逼得他没办法，只能闭着眼睛服从了。你们想想，一边是城市姑娘，一边是乡下丫头，这两者怎么可能相提并论呢？瑞温又不是一头牛！”黛黛说出自己的看法。

敏敏怡说道：“都是黛姐牵线，我才喜欢上他的。本以为这样一来，我就可以跟亲爱的黛姐成为妯娌。而且，我想，他这样的乡下傻瓜，今后肯定会听我的话，我可以说了算。他要是当真不爱我，那也没什么遗憾的。比他好的小伙子，我不也都吹了好几个了吗？”

黛黛、蕊蕊、敏敏怡在一起的时候，三句话不离这类事情，而且总是津津乐道，没完没了，放肆极了。她们认为，只有这样大方才算得上时髦呢！

黛黛说：“是呀，你要是跟前一个情人不吹的话，我也不会像现在这样劝你了。”

蕊蕊插嘴说：“我说，黛，你自己也小心点吧！那天，我在街上可遇上你以前的情人了，还问我你现在怎么样了。你可千万别去跟他搭腔，要是哥昂钦闹误会了，那可就糟了！”

“哎，说正经事的时候，就是你会捣乱。过去的事已经过去了，就别再提它了。”黛黛不高兴地说。

“黛姐，就是一点，我很气不过。跟一个乡下丫头去争情人，我反而输了，真叫我咽不下这口气！”敏敏怡又回到主题上来。

“你别想他了。你要是跟这个人结婚了，又会怎么样呢？没嫁给他这个人，倒是你的幸运。你看吧！农业专科学校毕业后，明明可以弄个土地督察官当当，可是他却偏偏要去种地，多傻啊！你要真跟他结了婚，你也得去插秧，你知道吗？要是下了地，干上活，你会怎么样？你想过没有？乡下人简直太可怕了。粗鲁、野蛮，动不动就动手打人。”蕊蕊说着，直皱眉头，流露出一种非常厌恶的表情。

“过去，瑞温特别喜欢农村，现在这么一来，他就会讨厌农村的。”黛黛说出了她那尚存的一线希望。

蕊蕊笑眯眯地说：“这么说，有朝一日他会回心转意喽，是吗？”

敏敏怡好像不好意思地笑了笑，抬起眼皮看了看她问道：

“我还没有丑到不让男人喜欢的那个份上吧？”

“丑什么，你美极了！”蕊蕊回答。

“那他还是喜欢那个乡下丫头，我真觉得不可理解。我就是不服气、不甘心！”敏敏怡说着用她那洁白的上齿紧紧地咬住红红的下唇。

“敏，你再做一次努力，我也来帮你出把力。”黛黛又建议说。

“一个女孩子主动去追求人家，可有点不太好看。”敏敏怡好像害羞似的说道。

“这有什么不好？咱们现在处的时代，女的先爱就女的先追，男的先爱就男的先追，这就叫男女平等嘛！”黛黛做了总结性发言。于是，敏敏怡就把她的话奉若新时代的金科玉律，准备遵照执行了。

“这家伙要是能找到敏这样的姑娘，就不会去种地了。他一定会找个职业，体体面面地生活。以后做了土地督察官，敏当秘书，两个人的工资不是可以够你们俩尽情地享受了吗？”黛黛推波助澜地说，“我家里那位也非常赞成他弟弟跟敏好。瑞温是个老实人，可是老头子一拉，他又变了。其实，咱们这边的吸引力也很大呀，为什么不使劲呢？”

黛黛说完话后，这一次追情郎协商会议就结束了。余下的事情就是积极筹备，将她们的计划付诸实践。

第二天下午。

妙姬在后面的厨房里做准备，要到医院去看瑞温。她忙着把要给瑞温带去的东西装入篮子，这时，黛黛来到她的身边，讥讽地笑了笑。

“我说，貌瑞温跟你什么时候结婚哪？”黛黛凑近妙姬阴阳怪气地问。

妙姬抬头看了看黛黛说：

“姐，就在四月份以前吧！”

“你来的意思是想完全占有他吧？是不是因为你也知道了一些关于瑞温的情况，所以才跟来的？”

听了黛黛的话，妙姬感到莫名其妙。她不明白黛黛究竟说的是什么意思，疑惑地看着她摇摇头说：

“不，我什么也不知道。我是因为担心他的病情才赶来的。”

黛黛似笑非笑地说：

“那么，我问你一个问题，不过，你可不要生气。你心里是不是以为瑞温真的要娶你？”

一听到这话，妙姬抬起了头，挺起胸脯，眼睛瞪得圆圆的，对黛黛说：

“姐，你这是怎么说的？这事是我们俩和双方父母都同意了的。况且，对一些具体的事情都已做了安排……”

黛黛望着妙姬，在她的眼里，妙姬好像是一只可怜巴巴的小动物。她轻蔑地一笑，然后对妙姬说：

“你不是一个插秧姑娘吗？你见过这里的敏敏怡吗？”

妙姬没有回答，只是点了点头。

黛黛接着又说：

“她是个城里姑娘，又有学问。敏敏怡跟你相比，你看谁的条件更好些？”

“当然是人家的条件好喽！我是个笨人。可姐姐，这跟我又有什么关系？”妙姬态度生硬地回答，她有些生气了。

“是啊！敏敏怡也是瑞温的朋友。瑞温住在这里的时候，两个人就好上了。我可是可怜你才跟你讲的。你想想，真要是到了结婚的时候，谁不愿娶个条件更好的？”

妙姬听完黛黛的话，不由心中一阵剧跳。她那高高隆起的胸脯起伏不停，一对圆圆的眸子变红了，呼气也显得粗了起来，泪水顷刻夺眶而出。

“姐，你不能这么说。哥瑞温是个讲信义的人。我知道他是真心爱我的。”妙姬不满地回答。

“谁知道呢？如果他当真要娶你，那他为什么还跟敏敏怡好呢？这个，我可就不懂了。男人是很难让人相信的。其实，我也不赞成他这样脚踏两只船，瑞温是个有学问的人……”

“对，他是个有学问的，我是个白痴。所以你是想说我们俩根本不相配，对不对？”

妙姬再也抑制不住自己的感情了，她心中的怒火一下子爆发出来。

“妙姬！这孩子，你在哪呢？”

屋内传来了杜翁妙的喊声。

听到大妈的喊叫，妙姬拎起篮子走出了厨房，来到杜翁妙跟前，她强压着忧郁、愤怒的感情，笑着问道：

“大妈，今天您要是不去医院，哥瑞温会不会难过呢？”

“孩子，你跟他讲，我今天有些不舒服，明天再去看他。”

杜翁妙早晨起来就感到有些头疼，全身关节也酸痛。她想今天让妙姬一个人去医院照顾瑞温，自己留在家里休息一下。

“妈，您身体不好，还是休息休息吧。哥也可能会到医院里去的。”黛黛从屋里走出来说。

妙姬一个人从家里来到医院。在瑞温的病房里，还有一个人比妙姬来得更早，她便是敏敏怡。

瑞温看到敏敏怡能来探望他，觉得她很关心自己，所以他很感激。他看着敏敏怡问道：

“就你一个人来的吗？”

“是的，哥瑞温。黛姐说她今天没空，来不了，所以我就一个人来了。”敏敏怡说完轻轻地在瑞温的病床上坐了下来。

“太麻烦你了！”瑞温说。

“这有什么麻烦的！咱们是好朋友，我真为你着急，所以就来了。看到你现在这个样子，我难过极了。其实完全是你自己走错了一步棋。凭你的学问，到政府部门找个事干，有多省心，一般的人又不敢欺负你。可是现在……”敏敏怡说着说着，把斜坐着的身子向瑞温靠了过来。

瑞温没有吭声，他双目凝视着十分标致的敏敏怡，觉得她的手比以前更美了。瑞温不由得轻轻地叹了口气。他想抬起头来，敏敏怡一见，立刻乖巧地把她那娇嫩的手伸到瑞温的颈下，轻轻地把他扶起来。

“哥瑞温，你觉得怎么样了？”她用爱怜的眼光深情地看着瑞温问道。

“挺好，敏。”他只回答了三个字。

敏敏怡坐得离瑞温很近，两人几乎都挨上了。从敏敏怡身上散发出来的香气和她那美丽的容貌、温柔的举止，一时间完全把瑞温给迷住了。

敏敏怡拿起床头桌上的手帕，轻轻地替瑞温擦了擦头上的汗。

在瑞温的床脚和床旁挂着两块白布帘子。此时，妙姬正站在白布帘子外面，见此情景，她双手瑟瑟发抖，胸脯起伏不停，手中提的篮子几乎要掉到地上。本来，刚才黛黛的话已使她产生极大的不快，现在又看到这种场面，她的心就像被撕裂一样剧痛。眼泪又一次沾湿了她的衣裳，身子好像被一阵飓风袭击一样，左右摇摆，站立不稳。

“我可是一直惦记着你。你呢，哥瑞温，你想我吗？”敏敏怡凑近瑞温的脸，柔情似水地笑着问道。

“想……”瑞温低声回答。

这时，站在帘外的妙姬再也抑制不住满腔的怒火，嗵嗵嗵地奔到瑞温床边，砰的一声将手中的篮子丢在地上。

“好哇！你们这是什么意思？”她昂起头，挺起胸，咬牙切齿地责问道。然后，又用愤怒的目光紧紧地逼视着敏敏怡。

敏敏怡看了瑞温一眼，翻了翻白眼，又看了看妙姬，慢条斯理地说：

“你瞧瞧，哥瑞温，她那样子不是太粗鲁一点了吗？”

“妙姬，你怎么这个样子呢？”

瑞温的责备，更激起妙姬心中的怒火。她愤怒地冲着瑞温说：

“怎么？你以为我不知道你们的事情吗？告诉你，你是骗不了我的！”

妙姬说完，一把将坐在瑞温身旁的敏敏怡拉开，自己一屁股坐到敏敏怡原来坐的位置上。

“喂，妙姬，你也太过分了！”瑞温生气地说。

“哥瑞温，乡下来的野种就是这样的。”没等瑞温说完，敏敏怡气得咬牙切齿地说。

“什么过分？是谁过分？是我，还是欺骗我的人过分？你说呀，哥瑞温！”妙姬气得浑身发抖。

“喂！乡巴佬，你别太放肆！你要知道，我犯不上跟你吵，你不配……”敏敏怡愤愤地抢上前来说。

“啊！我不配！好，不配，你再说！”妙姬说着啪的一声扇了敏敏怡一个耳光。

敏敏怡的话使妙姬心中积聚的怒火，像火山一样，猛然间爆发出来。

病房内一阵沉默。三个人互相呆呆地望着，谁也没有再说话。敏敏怡一手抚摸着挨了打的脸，含着眼泪抽泣着，竭力控制自己的感情。妙姬双眼通红，噙着泪水，牙齿咬得咯嘣响。瑞温则以歉意的目光看了看敏敏怡，转而又愤怒地看了看妙姬。他们三个人都怕这事被旁边的病人知道，所以都克制着自己。可是在他们心里，愤怒的火焰随时都有可能爆发出来。

瑞温的病床是在阳台边上，离别的病床较远，而且还挂着布帘，所以其他人还不知道这里发生的事情。

“你太野了！妙姬，太野了！你这是欺人太甚嘛！”瑞温压着嗓子责怪妙姬。

“敏，这事太对不起你了！太抱歉了！请你原谅。”瑞温又向敏敏怡赔礼道歉。

妙姬自从听到黛黛的话，心里就不受用，现在又见瑞温这样，更是火冒三丈。她是那样深深地爱着瑞温，也正因为如此，一听到黛黛跟她说的那番话，心里就很气愤。现在，又看到他们那种样子，她无论如何也无法再容忍下去了。

“我碰她一下，你就心疼，是不是？哥瑞温，在这种事情上，我无法容忍。我们乡下姑娘要是爱上了一个人就会把整个身心全部交给他，关于这一点，你是应该知道的。现在，你这样左一个，右一个，我可不能答应！你不但不问问你自己，反倒来责怪我，你做得对吗？当然，这些都是怪我自己！”

妙姬说着，伤心地痛哭起来。

“妙姬，我是说你这样几次三番侮辱客人太粗野了，太过分了。”

“什么客人？是不是爬到自己爱人床上睡觉的客人？对这样的客人……”

“住口！你越来越不像话了！你不听话，就给我滚开，以后别再来！”

瑞温觉得实在对不起敏敏怡，很同情她的处境，所以狠狠地责备了妙姬一通。妙姬觉得瑞温越说越过分，心中非常生气。

敏敏怡很机灵，她看到这正是个下台阶的好机会，于是，擦了擦眼泪，改变了态度。

瑞温责怪妙姬粗野和过分，是指她对待人与人之间的关系而言。可是，妙姬却并不这样理解，因为，她深深地爱着瑞温。平时，别的姑娘多看瑞温几眼，她都会受不了，现在看到他们如此亲热，她怎么能心平气和呢？如果妙姬没有听到黛黛那番话，那么她还可能克制住自己；她听了黛黛的话以后，对此更不能容忍了。但是，自己所爱的人偏偏一个劲儿地责怪自己，这更使她痛心不已。

“你赶我走好了，哥瑞温，你赶好了。比起我这个乡下佬，你更喜欢城市姑娘，这有什么可奇怪的？所以你才忍心骂我是个不值钱的野丫头呢！”妙姬越说越伤心。

“我说妙姬，你应当知道你的所作所为实在太野了。你要向她道歉，人与人之间要讲礼貌。好了，妙姬，你向她赔个不是吧！”

“我向她道歉？向她赔不是？没门儿！我还想揍她几下子呢！”妙姬毫不掩饰地说。

瑞温用歉意和同情的目光看着敏敏怡，又用失望和愤恨的目光看了看妙姬，愤怒地吼道：

“真是！你什么人事都不懂！说你又不听，那你就从这里滚开吧！”

妙姬没有再说一句话，她擦掉了眼泪，伤心地看了他一眼，抽泣一声，便转过脸去，拖着无比沉重的步履离开了他们，离开了医院。

（四）

回到家里，妙姬独自坐在那儿，抽抽搭搭地哭了起来。

自从听到黛黛的话，妙姬真是心如刀绞。不必分析黛黛的话是真是假，她亲眼看到的情景，早已充分说明了瑞温是个脚踏两只船的男人。

“妙姬，我只爱你一个人。”妙姬不禁想起了他俩在村旁田头的竹丛下幽会时，瑞温说过的话。

她还记得她当时对瑞温是这样说的：

“哥瑞温，你说得挺怪，‘我只爱你一个人’，这话好像你还有另一个人可以爱似的……”

现在，黛黛跟她讲了，她也已经亲眼见到了。自己的情人瑞温，不仅愤怒地斥责她，而且还把她赶了出来。可以肯定，瑞温已经爱上了各方面都比自己强的城市姑娘了。

妙姬对瑞温讲过：“哥瑞温，我真怕离开你，要是离开了你，我就会坐立不安，也许心都会碎了呢！”妙姬如痴如醉地爱着瑞温，正因为如此，她特别担心他们会分离。

“妙姬，咱俩之间根本不会存在什么隔阂。”妙姬想起了过去瑞温对她说的话，禁不住自言自语地说：

“瑞温呀，瑞温，咱们现在不是产生了很大的隔阂了吗？”

妙姬深深地爱着瑞温，可是瑞温却当着另一个姑娘的面，尖刻地贬责她，这使她十分痛心。每当妙姬想到，瑞温竟忍心让那个姑娘留在身边，而把自己毫不留情地撵走时，心中便感到非常悲伤。是呀，黛黛不是说瑞温已经爱上比她强的敏敏怡了吗？妙姬越想越难过，越想越痛心，不由得痛哭起来。

翌日清晨，昂钦一家尚在睡梦之中，妙姬便拎着她的小包袱，走出了他们的家门。

妙姬独自来到永盛火车站，乘火车到了岱基。然后从岱基又坐马车，回到达耶羌村里。

她拖着沉重的步履走进村子。一到家，就一头扑倒在床上，失声痛哭起来。

“喂，妙姬，你怎么啦？”

妙姬的母亲坐到她身旁，诧异而不安地问道。妙姬没有回答，仍旧呜呜地哭着。

“哎，你快说呀！出了什么事啦？玛翁妙呢，她在哪儿？”

妙姬还是不回答。在母亲再三追问下，妙姬才说：“没出什么事，是我自己要回来的。”

“是你一个人回来的？”

“是的。”

“嗯？你说呀，你跟谁吵架了？是跟貌昂钦的女人合不来，还是她摆架子欺侮你？”

“没有，是我自己不想待在那儿，就回来的。”

妙姬的母亲没问出什么结果，只好跑到地里，把事情告诉了丈夫吴巴翁。吴巴翁又找来了伟大伯，赶回家里，一块儿问妙姬。但妙姬只是说：“没出什么事，是我不想住了。”此外，她什么都没说。

“一定是昂钦的媳妇黛黛摆臭架子，妙姬才不想在那儿住。我得去问问。”伟大伯肯定地说。

第二天，村里举行了农民群众大会，共有200多人出席。大家都知道，瑞温横遭波尼手下人的毒打，完全是地主波尼父子一手策划的结果，所以，出席会议的人们，群情激昂，怒不可遏。

一位年轻农民站起来，气愤地说：

“必须把这些坏蛋从田间赶出去！”

另一位农民表示支持：“对，必须把他们赶出去！”

“很明显，现在封建地主制度还没被消灭，只要这个制度存在一天，就会有欺凌，有压迫。”一位老农站起来，气愤地说。

人们争先恐后地发言。

“现在不是在重新检查土地分配中的不合理现象吗？可是，为什么吴巴昂父子仍分到那么多土地？”

“吴巴昂说他要自己种田，因此，他分得了一份土地。他的儿子波尼也说要自己种，又分得了一份。他们用这种办法多分了许多土地。另外，他们还弄虚作假，谎报名单，骗得不少土地。现在，他们不是又把这些土地倒手出租了吗？”

伟大伯听完大家的发言，站起来说：

“大家说得对，由于我们农民协会提出要求检查土地分配不合理现象，现在才派人来重新检查。检查倒是检查了，可不合理现象并没有得到任何纠正。据我所知，吴巴昂之流之所以能随心所欲而不受任何惩处，就是因为他们把钱塞进了土地委员会老爷们的腰包。”

群众议论纷纷：

“这怎么行呢？难道就没人敢追究他们的贪赃枉法行为吗？”

“现在地主又趾高气扬起来啦！”

伟大伯继续说：

“难哪！土地委员会委员是执政党任命的，也可以说是他们的亲信或者说是代理人。在这些人中，很少有真正愿意为农民利益服务的。他们都是些政客、伪君子、蛀虫，所以，这些牟取私利的人，他们甘心为地主效劳，成为地主压迫农民的工具，这并不奇怪。这种情况，上面有的知道，有的不知道。即便知道了，他们为了党派的利益，也只是睁一只眼闭一只眼……”

一位农民插话问道：

“那么，为什么又叫喊废除封建地主制度，进行土地改革呢？”

“是这样……只有像我们这样的乡村农协才真正是由农民组成的，到区、县一级的协会，不少被一些政客所控制。我们乡村农协，在一些地方也被某些游手好闲的家伙们操纵把持，所以，农民协会变得声名狼藉，被人称为‘滑头乡巴佬协会’。但是，我们坚信，这种状况总有一天会改变的。我们要继续战斗，把伪君子、政客从协会中统统赶出去，把地主分子赶出去……”

“清除伪君子、政客！彻底废除封建地主制度……”气愤的群众高呼口号。

正在这时，波尼和他的两个走卒，同一位区农民协会领导人走进了会场，要求和村农民协会委员商量问题。

“你想商量什么问题？”伟大伯问。

区农协领导人哥巴罕说：

“我是区农民协会委员，想来谈谈农民协会的问题。”

哥巴罕虽说是一位区农民协会领导人，但他不是农民，对种田一窍不通。起初，他是执政党里的一个无名小卒，后来，他才被提拔搞农民组织工作。

“你说你是区农民协会领导人，那你同地主一起来，是什么意思？”伟大伯直截了当地问。

“我们已经进行了土改，已经废除了封建地主制度，所以，地主已经不存在了……”

“哈……哈……哈……”哥巴罕话音未落，人们哄然大笑。

“好吧，那么你说说，你想商量什么问题？”

伟大伯以厌恶的目光，看了哥巴罕一眼，问道。

“哥波尼父子现在已经不是什么地主了，他们已经成为农民。他们自己耕种土地，自食其力，你们不该对他们有错误的看法和另眼相待，应同他们协商、合作，这样，对大家都有好处。对你们农协从财政收入一直到其他方面都会有莫大的帮助。”哥巴罕看了看大家，又接着说，“因为波尼他们已经成为农民，所以，他到区农民协会申请入会，我们批准了他的申请。为壮大农协力量，我们已任命他为区农协候补委员……”

哥巴罕是位擅长滔滔不绝讲话的人，他长于口才，娴于辞令。这对于一个政客来说，自然是非常必要的。

一个政客，即使没有水平，没有大公无私和为国献身的精神，但只要有一个三寸不烂之舌，就能吃得开。哥巴罕正是这种人。

“噢，这么说，吴波尼也成为我们全区农民协会领导人喽，是吗？”一位年轻的农民惊奇而又不满地问道。

“是的……我愿意同大家一起为提高农民的地位而努力，所以加入了协会。我也是个农民嘛！你们看，我还带来了区候补委员的委任状呐！”波尼一面说着，一面打开手提公文包，拿出一张证书给大家看。

“好啦！哥巴罕，你们真能干得出来呀！一位‘头面人物’直接跑到区里加入了协会，一下子便被任命为农民领导人。你们的区农协都已经成为地主的工具了！”伟大伯激愤地说。

哥巴罕对伟大伯说：

“你说得不对，封建地主制度已经被消灭了，我请你别再提什么地主地主的了。”

“你们尽管闭着眼睛，胡说什么封建地主制度已经被消灭了，可是今天的事实证明，封建地主制度依然存在。”伟大伯反驳说。

“喂，我说，你要知道，区农协可是你的顶头上司。你们必须按我们的指示办事！”

哥巴罕盛气凌人地说道。他这么讲，其实并不奇怪，因为官僚主义的组织路线在农民协会系统里，是由来已久，根深蒂固的。

“你们这次来，是想搞垮我们农民协会！”

一位农民高声叫喊道。

“请问，你手下的人打了哥瑞温，是不是你策划的？”一位青年站起来，指着波尼责问道。

“不是，这跟我毫无关系，是他们之间发生了口角打起来的。对这事，我也深感遗憾。以后，为了避免发生不必要的误会，我愿意同大家取得谅解，搞好团结……”波尼恬不知耻地说起漂亮话来。

“胡说！骗人，骗人……”

“就是这个家伙在暗算哥瑞温……”

“玛盛钦跳河自杀了，也是他害的……”

“现在，他又来这一套。他想耍花招把水搅浑……”正当大家你一言我一语，纷纷指责波尼的时候，哥巴罕伸开双臂，大声喊道：“你们静一静嘛！别这样随随便便地诬陷好人！我是领导，比你们有远见，你们听我说！”

人们并没有像哥巴罕期望的那样安静下来，反而喊得更厉害，有的人高声责问：“可敬的区领导哥巴罕先生，请问，吴波尼请你喝了多少酒，你才允许他入会当领导人的？地主请你喝了杯酒，就把你拉过去了，是不是？”

有的人说：“以后你们用钱的时候，还同往常一样，只要到吴波尼那儿去拿就行了，对吧？”

有的人高喊：“哼！到现在你们不知用了吴波尼多少钱呢！”

哥巴罕和波尼听后，狼狈不堪，顿时脸色刷白。

“打倒恶棍！清除伪君子……”

群众愤怒地站起来，高呼口号，如同围捕疯狗一样，扑向哥巴罕和波尼。他俩见势不妙，只好狼狈逃窜。

“喂，好啦，好啦，都请坐下吧！”伟大伯虽然尽力维持秩序，但仍有二三十个青年没有回来开会，一直向波尼的田间窝棚猛追过去。

“喂，年轻人，算了，别追了，快回来吧！”伟大伯紧跟在他们的后面跑着，竭力想把他们叫回来，但他没能阻止住义愤填膺的青年人。

“站住，别追啦！你们会上当的。”伟大伯追赶不上，累得上气不接下气。他又一次站在田埂上大声喊道，但仍旧无济于事。

波尼跑到他的田间窝棚时，累得几乎喘不上气来，哥巴罕也累得气喘吁吁。当激愤的人们追上来时，波尼躲进窝棚，取出双筒枪，向空中鸣枪，企图阻止人们前进。

“乒！乒！”

随着两声枪响，人们停住了脚步。但是，还未等波尼重新装上子弹，他们就蜂拥而上，把波尼手里的枪夺过来，“咔嚓”一声折断了。波尼和哥巴罕挣脱后，又狼狈逃窜了。

愤怒的人们一边追赶，一边用手中拿着的短棍、短棒，掷向波尼和哥巴罕。虽然他俩拼命逃窜，却也被打得遍体鳞伤。最后，人们放了一把火，把波尼的小窝棚给烧了。

（五）

一天傍晚，敏敏怡去探望瑞温，她对靠着床头，半卧着的瑞温说道：

“哥瑞温，我很抱歉……就是因为我才闹得你们不愉快的。我难过极了。妙姬是不是因为对咱们产生了误会才回去的？”

“发生这样的事，我感到很对不起你。”

“用不着这么客气，我是一个通情达理的人，是个宽宏大量的人……”敏敏怡含情脉脉地看着瑞温，边说边向床边走来。这时，与敏敏怡同来的黛黛说道：

“自然喽，在这方面谁文雅，谁野蛮，谁值得爱，谁不值得爱，不是很清楚的嘛。敏敏怡豁达大度，而妙姬的心胸多么狭窄呀！”

黛黛把敏敏怡吹捧、粉饰了一番，无形中却又踹了妙姬一脚。

瑞温默不作声，直喘粗气。

“哥瑞温住在医院里，无法去安慰自己的情人，这更使我感到遗憾。”敏敏怡好像诚恳又似讥讽地说。

黛黛挑拨地说：

“别担心，虽然哥瑞温不能亲自去安慰，家里那位老头子会去安慰她的，妙姬不是他选中的没过门的儿媳吗？我呀，倒是真同情哥瑞温……”

“我说……母亲今天能回去吗？”瑞温岔开话题问道。

“早晨就走了。我和你哥哥一直送她老人家到车站呢！我告诉她，说你现在已经好多了，我也会精心照顾你的，让她放心，所以，她也就放心地走了。”黛黛娓娓动听地说。

杜翁妙对不辞而别的妙姬是负有责任的，所以，妙姬走后三天，她也不得不赶回去。回到村里，她才知道妙姬已经回家，心里的石头才算落了地。杜翁妙看到现在瑞温的病已大有好转，况且有他哥哥昂钦照料，加上黛黛也说要亲自照看，所以就放心地回来了。可是瑞温虽说大有好转，可还不能很快出院，因此，昂钦和黛黛经常轮换去探望瑞温。每当黛黛去探望他时，敏敏怡和蕊蕊总是伴随她一起去。有时，蕊蕊不去，只有敏敏怡一个人跟着去；有时敏敏怡独自去医院探望瑞温，说是昂钦和黛黛都没有工夫。这时，瑞温深感敏敏怡对自己关怀备至，体贴入微，更是对她感激不尽。于是，两人的感情比以前更加深厚了。

像敏敏怡这样一位年轻美丽的姑娘跟自己如此亲近，瑞温一方面感到自豪，另一方面对敏敏怡也产生了一种怜爱之情。

“啊，她对我感情多深！她真心爱上我了。可惜，难办的是，我和妙姬已经不是一般的恋爱关系了，抛弃妙姬也是不行的……”瑞温自言自语、唉声叹气地说。

杜翁妙回到村里后，大家才知道妙姬为什么回来。

“妙姬呀，我的看法和你不一样。那个姑娘因为和黛黛是朋友才认识貌瑞温的。貌瑞温告诉我说，他们只是一般的朋友关系，是你闹误会了……”尽管杜翁妙进行了解释，妙姬依然不相信。

“我知道，大妈，我全知道。我亲眼看见的，再说，黛黛明确地告诉过我，说哥瑞温和那个浪荡女人谈恋爱呢！”妙姬不满地回答。

“嗒！[1]这女人怎么插进来捣乱呢！”

伟大伯愤恨地说道。

“孩子呀，你不要听她的……”杜翁妙劝解说。

“大妈，倒不是她一说，我就相信。我不仅听说了，而且又亲眼见到了，我怎么能不信呢？”妙姬悻悻地回答。

“瑞温他自己对你不是挺好的吗？再说，他从来也没有提起过不跟你结婚呀！”最后，伟大伯拿这样的理由来安慰妙姬，可是她反而更加痛哭起来。

“大伯，就是因为事情弄到了现在这个地步才糟了呢。要是当初，他拒绝倒也好了。谁知道临结婚了……我们已经发展到了不是一般的关系了……反而……哎，这下可糟了！”妙姬更加伤心地呜咽起来。

“嗯，这么说，我得到这小子那儿去问问清楚，这样下去可不行。他要是说他并没有抛弃你，而且同意一出院你们就结婚，这样你满意吗？你会相信他吗？”尽管伟大伯提出要让瑞温作出明确的答复，但是妙姬还是忧心忡忡。

“大伯，那也得看情况再说。我想他不会说这些话的。他当着那个女人的面斥责我，毫不留情地把我撵走，这已经很清楚地表明了他的态度。事实上，他已经爱上了比我强的城里人了。”

---

① 弹舌响的声音，以示愤怒和痛恨。

“明天我就去，一定把这件事情弄清楚。”

伟大伯是一位尊重事实的人，他决定去实地调查清楚。

妙姬十分伤心。她与瑞温青梅竹马，孩提时便对他有了深厚的感情。那时候，瑞温同其他小孩打架，妙姬虽说是个女孩子，可她也去帮助瑞温。妙姬如果有什么特别好吃的，从来也舍不得一个人吃，她会急忙跑到瑞温那里分一半给他。有一次，瑞温在妙姬家里玩，因为他非常淘气，把厨房里的两只饭碗打碎了。妙姬一家四口人，只有三只碗，有一个人要等前面的人吃完了再吃。在这种情况下，大人对打破两只碗的罪过怎么会轻易饶恕呢？妙姬暗想，如果父母知道是瑞温打碎的，那一定会去告诉他的父母，瑞温肯定会挨打，而且，父母以后也将禁止这样淘气的小孩再到家里来玩。

于是，妙姬让瑞温马上回去。妙姬母亲回家以后，看到碗被打碎，心疼得犹如撕碎了她的心。于是，她气愤地把妙姬叫过来，厉声问：“这碗是怎么打碎的？”说着便恨恨地照妙姬脑袋敲了一下。

“我玩的时候，不小心碰碎的。”妙姬怯生生地回答。

“死丫头，越穷你越淘气，还尽破财，真该死！”于是，妙姬遭到一顿鞭打，身上被打得一道道伤痕。妙姬对瑞温的感情是多么深呀！

有一年，伟大伯家种地收入微薄，生活很艰难，无力供给正在农校上学的瑞温以足够的零用钱。瑞温只有两条筒裙，其中一条已经破烂不堪。在瑞温假期快要结束准备返校时，妙姬到他家里玩，正好听到瑞温在为这事发牢骚，细心的姑娘便暗暗地记在心里。

到了插秧季节，妙姬外出做工，她把挣到的钱一部分补贴给家里，一部分积攒起来，自己却一个子儿也舍不得花。她用自己的血汗钱给瑞温买了一条新筒裙，另外，还送他 5 元零用钱。妙姬担心要是瑞温知道是她送的，说不定会拒绝接受，所以特地托别人捎去，并嘱咐那人说，这是瑞温的姐姐宁钦给他的。这件事，至今瑞温还不知道呢。生活拮据的瑞温能得到一定的帮助，这对妙姬来说实在是一种莫大的安慰。她的目的主要是为了帮助瑞温解决困难，而不是为了让对方知道是谁在帮助他，因此，至今她也没将此事告诉瑞温。

妙姬一直深深地爱着瑞温，她整天扳着指头计算瑞温什么时候能从学校回来。他们小时候就很要好，长大成人后就更加倾心，在这种情况下，妙姬要被迫与她热恋的情人分手，她怎能不悲戚呢？所以，每当她想到黛黛的话和在医院里看到的情景，以及瑞温贬责她、把她撵走这件事，她便怨恨起来："瑞温呀，你好狠心哪！"

"大伯，我希望您不要逼着他服从您。您不要这样问他了，由他自己去决定吧，大伯……随他的便吧……"妙姬哭泣着说。

"不，等我到了那儿，事情就会清楚了。"

伟大伯准备第二天就去见瑞温。

但是，就在当天下午，从田间传出一个令人震惊的消息。

“有关当局把组织自卫队的任务交给波尼了。波尼已经组织了自卫队，还发放了武器。”这个消息，迅速地传遍了整个村庄，传遍了广阔的田野，全村几乎没有一个人不知道。此外还听说，原来村联防团的一点武器也必须移交给以波尼为首的自卫队。

“唉，走错了一步棋，就导致了今天这样的结果。”伟大伯心里充满着失望、悔恨和厌恶的情绪，哀叹地说道。他想，这肯定是波尼和哥巴罕借口前天群众闹事而玩弄的鬼把戏。建立乡村自卫队，发放武器，当时是由执政党及其下属的县、区农协领导人负责的。

伟大伯心里很清楚，之所以发生今天这样的事，肯定是因为哥巴罕借口波尼的安全得不到保障，而由哥巴罕领导的区农民协会出面搞的鬼。

这时，伟大伯耳边仿佛又响起了那位“农民领导人”哥巴罕的话：“封建地主制度已经废除了，地主已经不复存在了。”

“唉！他们也真干得出来啊！”伟大伯失望地说。

消息传来几小时以后，伟大伯就被警察传到村长家里，只见被传的人不仅有他，还有吴巴翁和前天捣毁波尼窝棚的 20 多名青年人。从区里来的警长和警察已经在村长家里，警官向所有被传来的人宣布：“由于那天闹事，我宣布，你们被捕了。”说完便把伟大伯、吴巴翁等 30 来人押上汽车。在警察的押送下，先被送往岱基警察局，第二天又把他们送到永盛监狱关押起来。

那天，伟大伯曾进行过阻止，并再三提醒人们说，那样做会上当的。但是，他没能也根本无法阻止住被激怒了的群众。

伟大伯和吴巴翁不但没有参与闹事，相反，还进行了劝阻。然而，哥巴罕等人认为，在闹事中，作为农民领导人是负有责任的。此外，波尼和哥巴罕对伟大伯在那天的会议上顶撞他们一直耿耿于怀，心怀不满，于是就把罪过强加到他头上，乘机把他也逮捕起来。

这对妙姬来说，真是祸不单行。她正在为婚姻大事忧伤之际，父亲和非常喜欢她的伟大伯又遭逮捕，伤心事接踵而来，真是破船偏遇顶头浪，屋破又遭连夜雨呀！同样，杜翁妙也因为瑞温尚未出院，丈夫又被逮捕，心中十分焦急，不知如何是好。收割黄麻的季节快要到了，在被捕的人当中，有许多人要参加收割黄麻。看样子，黄麻的收割将要被耽误了。

现在正在犁田，不久就要插秧，30 来人被捕，出现了劳力不足的困难局面。伟大伯耕种的土地，也由于他的被捕，瑞温又没出院等原因，难以继续耕种下去。

然而，困难更大的却是妙姬母女俩。妙姬的父亲吴巴翁准备从今年开始开垦荒地。他只有从农业促进委员会赊购的那一对牛。虽说有每英亩 8 元钱的农贷，但是，耕种费还是远远不够。由于缺少耙把、耙齿和耙杆，还需要再借钱购买这些农具。另外，为了耕种还得做些准备工作。在这种情况下，吴巴翁被捕，妙姬母女俩再也无法指望耕种那些土地了。

刚刚组织起来的农业互助组，由于领导人和许多积极分子被捕，也相继解散了。

原先，在农田里，热火朝天，充满了欢声笑语，洋溢着一片喜气洋洋的景象。现在早已烟消云散，只落得冷冷清清和死气沉沉，一片萧条。凡是到过田里的人，无不流露出悲伤和忧郁的情绪，一个个脸上挂着灰心丧气的神色。

现在，整个田野，只有波尼在横行霸道。他现在既是地主，又是自卫队的头头，在武装走卒的护卫下称王称霸，摆出了一副十足的封建地主的派头。

波尼又可以随心所欲地出租土地了。这么多土地，是以他们父子的名义分得的，还有通过贿赂土地委员会的老爷们，假借各种名义弄到手的。从土地分配委员会那儿分到土地的农民，又一次遭到波尼的欺压，波尼又开始向他们征收佃租。此外，他还以秋后交粮的高利贷形式放贷，对农民进行重利盘剥。不仅如此，他还征收各种苛捐杂税，什么武器费、防卫税，等等。就这样，封建地主以另一种形式，再次欺压农民，统治了整个农村。

波尼之流，就是这样以自己耕种土地为名，以“农民领袖”自居，胡作非为。一些土地委员会委员不只是受地主影响，实际已成为他们的傀儡。名义上，土地委员会是农民组织，实际上成了封建地主的工具。执政的党派组织所建立的部队，一方面直接为他们党派的利益服务，另一方面，它也成了封建地主的武装。于是，封建地主势力在农村重新抬头，当权者和地主互相勾结，沆瀣一气，狼狈为奸。

从前，法律保护地主的利益。现在，法律在一定程度上规定了保护农民的利益，然而这不过是纸面上的条文。在现实生活中，地主用自己的武装力量直接压迫农民，这种事例活生生地呈现在人们面前。

天空黑沉沉的，布满了乌云。妙姬祸不单行，她仰望着天空，正在经受着心如火燎的折磨。

天是黑沉沉的，妙姬的心中也是沉甸甸的。在昏暗的天空下，妙姬母女俩显得疲惫不堪，她们正在走向围有高墙的阴森森的监狱。监狱，这个不祥之地，她们从前从未见过，现在一看到它，不由得感到毛骨悚然，禁不住打了一个冷战。妙姬心头一酸，眼圈模糊，眼泪便涌了出来。同她们母女一起来探监的其他被捕者家属，也同样感到无限惆怅，无限悲伤。

所有被捕者都是根据治安法条例被捕入狱的。他们的妻子、儿女想见见他们，顺便送些吃的来。人们领到探监证以后，在监狱铁门前，坐的坐，站的站，等待着探监。

不久，便有人在狱门前叫名字放人进去。

“吴巴翁，探监者——杜纽、玛妙姬……”

“貌拉，探监者——玛葵……”

“貌瓦，探监者——玛腊波……”

于是，杜纽和妙姬同怀抱着9个月男孩的玛葵，领着3岁女孩的玛腊波一起，带着买来的食品和烟卷，从监狱大门旁的小门，进到监狱里面。

当他们一看到铁栅栏里面的吴巴翁、貌拉及貌瓦时，眼泪禁不住唰唰地流了下来。刚会说话不久的玛腊波的女儿，用困惑的目光瞧着爸爸，娇声娇气地问："爸爸，您不回家吗？爸爸，您在这儿干什么呀？"

"哥巴翁呀，你不在家，我们母女俩可怎么耕种这些地呀？"杜纽绝望地问道。

"这些地靠你们母女俩是没法种的。干脆把牛借给别人，你们像往常一样，去找些拔秧、插秧、收割的活干，挣口饭吃吧！"吴巴翁只好这样无可奈何地回答。

"种不成那些地，到时候怎么还牛钱和农贷呢？"杜纽提出了一个实际的问题。

"这又不是我们不想干。现在被捕了，那又有什么办法呢？等以后再说吧！"对于吴巴翁来说，除此以外，还能说什么呢？妙姬站在旁边，以爱怜的眼光含泪瞧着父亲。

此时此刻，杜翁妙正在医院探望瑞温。她说：

"妙姬她们娘俩，也来探望哥巴翁了。我让她们住到昂钦家，她们不肯，说当天就回去。现在已经去监狱了……"

瑞温急忙问道："这么说，她们现在还在监狱门口，是吗？"

"嗯，在那儿呢。"

"我想见见他们，也想看看父亲。现在我已经能够走动走动了，虽然不会答应我出院，可有事请假出去一会儿，还是可以的。”瑞温说着，便慢慢地下了病床，同杜翁妙轻轻地向医生的房间走去。

一得到医生的允许，他们立即乘三轮车去监狱。瑞温决定见到妙姬后，向她讲明白她不应该对自己产生误解。关于那天在医院的事，他准备向妙姬解释说：那些姑娘跟男朋友交往时，总是那么亲热、随便。当时由于妙姬急躁，说错了话，自己感到对不起一位来探病的客人，所以才狠狠地说了她几句。

瑞温一到监狱，就急忙去找妙姬。但是，连人影儿也没见到。他看到监狱门口放有妙姬的探监许可证，以为她还在监狱里。于是，他从监狱的铁栅栏缝中，向守大门的看守询问。

“刚刚出去……”看守回头瞥了一眼一只胳膊打着石膏，缠着绷带，脑袋上还包扎着的瑞温，回答说。瑞温听到这个回答，急得几乎喘不过气来。

“咳！”瑞温深深地叹了一口气，回头对母亲说：“不知在什么地方走岔了路？”母亲很理解儿子的心情，说：“快到车站去找找吧，以后再来看你爹。”于是，母子俩急忙拍着手，招呼已经离去的三轮车回来。他们上了三轮车，让车夫火速往城里蹬去。

三轮车夫使出全身力气蹬车，累得他气喘吁吁，可是瑞温还嫌太慢，使劲喊：“师傅，快蹬呀！”说完，他想到自己如此性急，也感到不好意思了。

瑞温在永盛市内没找到妙姬，他追到市场，又追到火车站，都未找到她们的踪影。

原来，探监的时间仅有20分钟。妙姬母女俩从监狱出来后，便和玛葵、玛腊波步行到中心村，从那儿等搭便车回陶坚、毛篦、岱基，所以瑞温没有碰上她们。

“只好等出院后回村再解释了……”瑞温失望地嘟哝道。然后，他同杜翁妙去领探望伟大伯的许可证……

（六）

“妙姬，大哥我为你感到难过啊。想当初，我不是说过了吗？我是非常同情你们的。正因为不听我的话，你父亲才落到今天这个地步。不过……你别着急，我来照应你们好了。我一定尽全力去争取让你父亲获释……”

波尼在两个背着来复枪的走卒陪同下，来到妙姬家里，对妙姬说道。波尼穿着短短的筒裙，腰间别着一把左轮手枪。

“用不着！我们有胳膊有腿，自己能干！”妙姬瞪了他一眼，十分厌恶地说。波尼尴尬地笑着说：

“我已经听说你们的情况了。瑞温这小子爱上了城市姑娘，你很难过，对吗？我最不喜欢这种不忠诚的人。”波尼说着，露出一副馋涎欲滴的饿狼面孔，目光紧紧盯着妙姬，身子一点点凑近她。

“噢……这跟你没关系。”妙姬坐在地板上，见波尼靠近自己，忙往后挪了挪身子，回答说。

“他抛弃了你，这没关系，还有我呢！我想你一定会察觉到，以前我就对你很有感情嘛……”

“嗳，别胡说八道！你快走吧，我家里没大人。”

波尼趁妙姬的母亲外出之机，溜到妙姬家里。妙姬一再撵他走，他不但不走，反而嬉皮笑脸，更加逼近妙姬，并对他的两个走卒说：“喂，你们俩在这儿，她有点不好意思，快到外面去，离得远一点儿！”两个走卒应了一声出去了。

“妙姬，大哥我早就爱上你了……只因为你和那家伙有关系，我才始终没吭声。现在，你该知道那小子是最没出息的了吧。来，今天，我要把埋藏在内心对你的爱，全部倾泻给你。妙姬，你就爱我吧……”波尼不仅动嘴，而且还动起手来，上前搂抱妙姬。

“放开我！放开我！你把我当成什么样的人啦?！”妙姬猛地一推，波尼向后趔趄了一下。

“嘿……嘿……像我这样的人，难道不值得你爱吗？”

波尼说着，又想扑上去搂抱她。妙姬见势，敏捷地从屋门跳了出去，沿小路逃跑了。

大白天，村里人稀静谧。成年人下地干活去了，只有一些小孩和老人留在村里。人们对腰里别着手枪，随心所欲、胡作非为的波尼，非常厌恶，谁也不想看到他。一见到他进村，就都悄悄地躲在自己家里，生怕惹出是非。

妙姬正沿小路逃跑的时候，迎面碰上了杜纽，她急忙扑到母亲怀里，抽抽搭搭地哭起来。

“孩子，你怎么啦？发生什么事啦？”

“妈，那……那个哥波尼……到咱们家来了，还对我动手动脚的……”

杜纽长叹了一声，脸色立刻变得阴沉，眼圈也湿润了。

“孩子，真不好办啊，你和瑞温闹别扭，你爸爸又被关进监狱，咱能不受欺侮吗？要是你大哥觉当现在还活着，咱们就有依靠了……”杜纽伤心地说着。然后，她扶着妙姬的肩膀，走进附近一户人家。

这户人家里，只有一位老太太。

“让我们在这儿稍坐一会儿吧！”杜纽请求道。

“坐吧。”征得主人同意后，母女俩便在地板上坐了下来。

“看来，咱娘儿俩在这个村子是住不下去了……”杜纽难过地说。

“住在这里，总有一天要倒霉的。可我们到哪儿去呢？”妙姬悲戚地说。

“孩子，不能再住这儿了。咱们搬到别的村子去吧……”

杜纽和妙姬决定逃离波尼所管辖的地区。第二天，妙姬头顶小筐，身背挎包；杜纽头顶包袱，手牵两头牛，天刚蒙蒙亮，就离开了村子。亲友们偷偷地把她们送到村外，伤心地同她们告别。

一周以后，瑞温出院了，他来到昂钦家，母亲杜翁妙也正在那儿。

“孩子，现在不是回村子的时候。你爹就是在狱中还不死心……可是我，孩子，我可不希望你再去种那些倒霉的地了。”杜翁妙伤感地说。

“瑞温呀，你一个人回村会倒霉的。我的意思是，你还是争取在农业部门找个工作吧！”昂钦也极力劝说道。

“你找个工作，挣了工资，就可以赡养父母，生活也不用发愁了。再说，儿女都有了工作，老人也可以轮着住嘛……”黛黛也在一旁敲边鼓。这时，瑞温抬出父亲的话说：

“爹一直动员我毕业后回农村开展工作呢。”

“你对爹讲，他年纪大了，别去受累了。危险的事，以后别再干了。”昂钦建议说。

“可是有一件，我们像现在这样挨了整，就放弃自己的事业，那不等于说我们向地主屈服了吗？”瑞温问道。

杜翁妙把村里情况做了介绍：

“他们各方面都占优势……现在波尼拿着枪，在村里耀武扬威，横行霸道。你这时候回去不合适。”

“这不是什么屈服。不过是在形势不利的时候，暂时避一避锋芒。如果你能在农业部门找到工作，不是也能弄个一官半职的吗？到那时，再为你所热爱的农业服务，那也不晚嘛！”

瑞温听了昂钦这番话，觉得似乎有道理。他犹豫片刻，说：“让我再考虑考虑。可我得先回村子去看一看。”

杜翁妙提醒他说：“你要回村也不能待太久，你可千万要小心呀！”

次日，瑞温悄悄回到村子里。当他一踏进村子，就感到形势与以前大不相同，心情感到十分沉重。他发现不仅是他，就是全村的人都有这种感受。从前，村子里欢声笑语，热热闹闹。现在却是鸦雀无声，冷冷清清。当他走到田间时，发现人们虽然在地里劳动，但却心不在焉，人人显出忧心忡忡的样子。整个村子犹如被暴风雨袭击过似的，一片荒凉，毫无生机。

瑞温来到妙姬家，但没有见到她们母女俩，很失望。他向别人打听，人们也只知道她们往艾格朗—波康方向去了，那儿她们有亲戚。但没有一个人知道她们确切的地址。

瑞温想到妙姬她们可能是因为害怕波尼的缘故，所以没有留下确切的地址。要是让波尼知道她们的住处，那波尼不就会又去找她们的麻烦吗？妙姬母女俩，现在一定是把牛租了出去，自己给别人插秧、割稻，以此维持生活。

瑞温猜想，狱中的吴巴翁肯定知道女儿妙姬的去向，他可以让父亲打听她们的地址。

瑞温在村里住了一两天。他找来一些伙伴，商量要把尚未收割的黄麻割完。然而，第二天却发现黄麻已经被人毁掉了。瑞温和他的伙伴看着被毁的黄麻地，怒上心头，痛恨至极。但是，又有什么办法呢?

“这个仇以后一定要报！”他们异口同声地说。

第三天，一些青年农民伙伴把要回永盛的瑞温送到村外，并嘱咐说:“瑞温，等狱中的人放出来后，你就和他们一块回来吧！现在你待在村里是不行的。”

还有一些人满怀期望地说:

“盼着你们在形势稍有好转的时候回来。”于是，瑞温悲怆地瞧着前来送行的人们，心痛地看了看他寄予无限希望的土地，依依不舍地离开了村子。

（七）

在村子上空和田野里横扫过去的暴风雨，不仅毁坏了村庄和田园，而且使许多家庭妻离子散。

这场暴风雨袭击了伟大伯一家、吴巴翁一家，也袭击了瑞温和妙姬的爱情，同时，也把其他家庭推向痛苦的深渊。这是一场破坏性的暴风雨。

然而，伟大伯一家，还遭到另一场风暴的袭击。

这场风暴不是别的，而是高级职员昂钦因玩忽职守，制造假单据进行贪污而被捕入狱。

昂钦所接触的社会，是一个讲吃穿、比挥霍的社会。昂钦的爱妻，受到这种歪风的侵蚀，也讲究起吃穿来。昂钦为了满足她的欲望，工资不够花时，便不择手段地想方设法去弄钱。

昂钦认为通过非法手段弄到的钱，既能满足妻子吃喝玩乐的欲望，又能在比虚荣讲排场的社会里扬眉吐气。他认为这是一种幸福，然而却丝毫没有意识到，这一切早晚有一天会毁掉自己的。

当他们想把瑞温拉入这样一个天地的时候，黛黛曾经自豪地说过："我们的生活多么舒服呀！在农村怎么能找得到这样的愉快和幸福呢？"当时昂钦听了这话，还觉得很有道理呢！

现在昂钦手握着监狱的铁栏杆，感慨万分地说道："是呀，在农村确实找不到这种幸福。同样，在农村也见不到这种卑鄙肮脏的事啊！"

昂钦在警察总局只待了两天，便被押到总监狱，来到了他父亲所在的监狱。

"嘿？孩子，你怎么也到这里来啦？"伟大伯用惊异的目光瞧着儿子，昂钦羞愧而沮丧地站在父亲身旁，一句话也说不出来。

"说呀，孩子，你怎么啦？"

昂钦用失神的眼光，呆呆地望着父亲，只见他嘴唇颤抖着，难以启齿。

“孩子，快说呀……你为什么到这儿来啦？好，先坐下吧！”

伟大伯拽着昂钦的胳膊，把他带到自己住的地方。他让昂钦先坐下，并无限同情地看着儿子忧郁的面孔。

“我……我被捕了……”昂钦怯生生地说。

“为什么被捕的？”

听到父亲这样问，昂钦不禁眼圈一红，眼泪唰唰地流了下来。

“虽说我们都被捕了，可爸爸您被捕是光彩的，因为您是为了多数人的利益……”

昂钦痛苦地说。

“哎呀，你真是……快说呀！”

“是的，爸，我犯的罪是见不得人的。可是，我来到监狱后，看到您，我再也不那么孤独了，不那么绝望了。”

对于一个从未进过监狱的人来说，一旦被关进监狱，总会有孤独绝望之感。可是昂钦在监狱里遇到父亲后，受到很大鼓舞。在这种地方，别说见到父亲，就是见到一般相识的人，也会感到莫大的慰藉的，更何况是自己亲生父亲？此时此刻，昂钦才充分意识到父亲的巨大作用。

伟大伯说：“孩子，别难过，我不是也在这个监狱里嘛！不仅我，还有我的许多同志，谁也不敢欺侮你。”伟大伯说完，只见昂钦的眼泪又扑簌簌地流了下来。

昂钦一面擦眼泪，一面用颤抖嘶哑的声音，感慨万分地说：

“在这赤日炎炎的沙漠里，我竟还能回到您这棵大树底下乘凉！”

“孩子，爸早就料到你跟那种人结婚，总有一天要倒霉的。你所接触的人，光知道互相比阔气，把吃喝玩乐看成是一种荣耀。其实，你是把罪恶之草错当成香花看了。”

“爸，您说得对呀……我现在才真正明白这个道理。就是因为我采了这棵罪恶之草，才落到今天这个下场。”

伟大伯说：“你看，多丢人呀！一些人不以讲吃讲穿、摆排场比阔气为耻，反以为荣，一味地追求穿着打扮、吃喝玩乐。可是，我们大多数贫困的农民生活又怎样呢？我们过的是衣不遮体、食不果腹的非人生活。在这种情况下，那些只顾个人享乐的人，真可说是不知道羞耻的人。”

伟大伯说的话使昂钦受到了很大的教育，明白了不少道理。

坦荡正直的伟大伯说：

“嗯……如果自己犯了罪，就要如实招供，别再去辩解了，该判多少年就判多少年。服完刑后，你要下定决心改邪归正，重新做人，那还是有出路的。”

昂钦到了总监狱后的第二天，一些以违反治安法被捕的囚犯被送往密铁拉监狱，其中就有伟大伯和吴巴翁。伟大伯父子虽然在监狱里见了面，可又要立即分开了。

送往密铁拉去的15名囚犯被叫到监狱门口的时候，昂钦悲伤地向父亲告别。

“我走了，孩子，别难过！人没有不犯错误的，重要的是知错就改。男子汉嘛，别难过了……”伟大伯平静地对昂钦说道。

昂钦回答说：“是，爸，我一定认罪服罪，一定改邪归正……”

伟大伯亲切地望着儿子，微笑着说：“嗯……同你分开我虽然难过，可听你这么一说，我也就放心了。”

囚犯被带到狱外，上了囚车。然后，囚车先开往警察局，因为要把那里的两名违反治安法的囚犯一起带到密铁拉监狱。

囚车停在警察局院内。伟大伯从囚车铁丝网眼里，无意中看到囚车上一位值班警官正往警察局走去，这时一位身穿崭新警服的警官正从里面出来，警察纷纷向他敬礼。伟大伯感到此人很面熟。

“喂，年轻人，这位警官是谁呀？”伟大伯问坐在车后的一个警察。警察还没来得及回答，见那位警官已到，也急忙跳下车去，向那位警官敬礼。

等到那位警官上了吉普车开走之后，伟大伯再次问回到车上来的警察：“刚才那位警官是谁？”

“是温纳觉廷[1]吴妙貌。大前天刚调来的县警察局局长。现在正视察工作呢！”

伟大伯说：“噢，原来如此！”

吴巴翁问：“你认识他？”

---

① 缅甸勋衔的一种，意思是“利民”。

伟大伯答:“你不认识他?他就是战前在岱基当警察局股长的哥妙貌嘛。他还是小时候那个模样儿，所以，我还认得出他。”

伟大伯接着说:“英国统治时期，我们被捕的时候，就是他对我们说:‘谁给你们撑腰，你们竟搞起政治来啦?你们还敢反对英国政府?’另外，你不记得吗?他还打过我，还让我自己将脑袋往墙上撞……”

“噢，是他呀!他现在还得到了什么勋衔呢?”

“不仅得了勋衔，还当上了警察局局长。嗯，独立对他们这些人来说才真正有利。你看吧，在英国统治下，缅甸人很难当上警察局局长，这种职务只有英国人才能担任。现在他们托独立的福，当上了这么大的官……”

吴巴翁接茬说:“只有他们这些人才真正得到了独立的好处。”

伟大伯两手抓住囚车铁丝网，深深地叹了一口气，说:“是的，实际上，靠独立捞到好处的人，恰恰就是这些人。正是他们，曾经压迫为独立而战斗的广大人民群众。我们曾经期望国家独立后，农民生活就会有所改善和提高，因此，我们不怕牺牲，为独立而进行战斗。可是，我们的生活至今却仍然十分贫困……”

吴巴翁说:“哥妙貌从那时起就跟吴巴昂关系很密切，是吗?”

“是的，所以波尼他们更要上天了……”

这时，两名囚犯已被押上车。车向仰光火车站疾驶而去。

Chapter 4

第四章

（一）

在妙姬母女第二次探监之前，吴巴翁和伟大伯已被转移到了密铁拉监狱，所以，瑞温想通过吴巴翁了解妙姬住址的希望落了空。

然而，瑞温认为妙姬居住的村子就在附近，不会太远，总有一天可以打听到她们的消息。

瑞温和杜翁妙，一则因为现在不便回村，二则因为昂钦也被关进监狱，而且伟大伯被转移到了遥远的地方，所以他们母子俩决定留在永盛和黛黛住在一起。

黛黛一直动员瑞温找个工作，因为他们母子现在既种不了地，又没有任何收入，黛黛负担不起他们的生活费用，而且她也不愿意负担。

不久，瑞温决定找个工作做。其原因不只是因为黛黛一再动员，而是他自己深深感到，要想维持生活，非得找点事做不可。瑞温想现在去种地不太可能，打算找个有月薪的工作，于是便到农业部门提出了申请。

这时，昂钦坦白了自己的罪行，被判处一年徒刑。黛黛提出她一个人支付不起房租，准备搬到她姑姑家住，杜翁妙劝阻说："等瑞温找到工作，我们就可以付一半房费。况且，儿子不在，我有责任照看你，别搬了，咱们就在一块住吧！"于是黛黛和杜翁妙母子又在原来的房子继续住了下来。

不久，瑞温在农业部门找到了工作。从此，他不必再为生活发愁了，而且很巧，瑞温的工作单位就在永盛县内，不用到外地去，所以仍同黛黛住在一起。瑞温母子还负担一些生活费用，并尽量照顾因离开丈夫而感到怅然的黛黛。

虽然父亲在密铁拉监狱，哥哥又被关押在永盛监狱，但瑞温由于谋到了一官半职，脸上终于露出了笑容。黛黛也为小叔找到了工作而感到光荣，受到莫大鼓舞。

敏敏怡是黛黛的好友，经常出入黛黛家。当她知道瑞温远离妙姬时，心中暗自欢喜，便更加频繁地与瑞温接触起来。

瑞温作为农业部门的一位职员，经常有机会到各地农村去。凡是他所到之处，都要打听妙姬的消息。可是，妙姬仍然杳无音信。

瑞温独自哀叹道："唉，虽说她是怕波尼而逃跑的，可是我想也许她对我有误解，伤透了心才躲起来的。"

不管怎么样，瑞温还是抱着一线希望。他想，妙姬母女还不知道吴巴翁已经转移到密铁拉监狱，她们肯定还会到永盛监狱探监的吧？

瑞温左思右想：如果我在监狱门口告诉她们吴巴翁已经转狱的消息，那她们是否会不理我回头就走呢？生我气的妙姬不肯到家里来，难道杜纽也不来看看我的母亲吗？

瑞温想，在他回到村里的时候，听说妙姬往莱敏河岸边的艾格朗一波康村方向去了，尽管他不知道确切的地址，但他还是打算到那一片地区去寻找。一天，他来到艾格朗，可又不认识谁是妙姬的亲戚，寻找妙姬的确很困难。

瑞温在艾格朗和波康村挨家挨户询问，结果，没有一个人知道她们的下落。然而瑞温坚信，来日方长，总有一天会重逢，他期待着那一天的到来。

许多意料不到的事情，就在这么短暂的时间里发生。绝大部分稻田现在已经插完秧，剩下一小部分还正在插。

妙姬母女说是到艾格朗去，实际上，她们越过艾格朗，穿过西部广阔的农田，来到永盛县西部和兴实塔县东部交界处的一个小村茵达亚。从她们本村出发到艾格朗需要半天时间，从艾格朗步行到茵达亚村，需要一个早晨。虽说到这儿路程不算远，但那儿是偏僻之乡，交通又不方便。这里，夏天可通马车；到了雨季，人们只能在田埂上慢慢行走。

杜纽在茵达亚村有一个堂妹叫杜纬梦。杜纽来到她的堂妹家准备住上一段时间，并打算安置好之后，立即去永盛监狱探望吴巴翁。在第一次探监时，吴巴翁曾嘱咐说：“别为我担心，你们要好好劳动，自己养活自己。你们别经常来看我，来一趟很不容易。我不知道什么时候能获释，等我出狱那一天，我会马上回到你们身边。”但是，她们想把在村里待不下去，已经搬了家的情况告诉吴巴翁，所以杜纽决定再去永盛监狱探望一次。

杜纽娘俩刚到村里，要安排好生活，还要安排一下工作。妙姬每天得下地插秧，所以没能马上去探望吴巴翁。对她们来说，劳动是头等重要的事，只有劳动才能活下去。过了一个月，她们才有时间考虑第二次去永盛监狱探望吴巴翁。可是，很不幸，杜纽突然病倒，动身的计划只好延期。杜纽病愈后，妙姬想，还是让母亲恢复健康后再走。于是妙姬一边继续下地干活，一边尽力照料好自己的母亲。

在乡下，一个人得了病，通常只能用缅甸草药治疗，有治好的，也有治不好的，治不好的也就只有一命呜呼了。杜纽的病情尽管不太重，可是好像已经转成了慢性病，在短时间内不会好转，看来十天半个月还是去不了永盛。于是，杜纽给了杜纬梦的儿子昂基一些路费，打发他去永盛一趟。然而，昂基带回来的消息是吴巴翁他们已经不在永盛监狱，早转移到密铁拉监狱了。

杜纽家境贫困，能到永盛这样的地方走一趟实属不易，要是到路途遥远的密铁拉，就更不胜负担了。杜纽手头拮据，在密铁拉又无亲无故，加上她自己身体还未恢复健康，所以她们不敢奢望到密铁拉去探监，只好在茵达亚村继续住下去。

（二）

周围一片阴沉沉，昏暗暗。

妙姬在稻田泥浆里，弯着腰，一棵一棵地插着秧。她抬头望着乌云密布的天空，心里一酸，不由自主地两眼涌出了泪水，差一点失声痛哭起来。妙姬竭力想控制自己，但她一望见天上的乌云，便情不自禁地流下了伤心的眼泪。虽说她痛恨瑞温，可又感到跟他情丝未断，时时思情萦怀，一些往事常常涌上她的心头。

有一次，她像现在这样正在插秧，瑞温来到她的身边，当时她感到十分兴奋和愉快。然而现在密布的阴云只能催她泪下，她伤心地想，此情此景与往日相比是多么不同啊！

远处一位插秧姑娘正在唱着歌，歌声荡漾在广阔平坦的田野上。这悦耳的歌声令人心旷神怡，可是它却勾起了妙姬痛苦的思念之情。

插秧姑娘唱的是《怀念啊，情郎哥》，这怀念的歌声在妙姬听来更令人心碎，她的眼泪一阵阵往上涌。为了不让别人察觉到自己的痛苦，她尽力控制自己，可是适得其反，越是想控制住自己的感情，那种悲哀的抽泣声越难控制，就像地雷要爆炸一般，在她胸中迸发出来。

妙姬一根一根地往地里插着秧，就像一台没有灵魂的机器，各个关节都在机械地转动着。

妙姬插了一阵儿秧后，心情十分忧伤，身体又感到不适想呕吐，几次努力克制自己，最后还是哗哗地吐了出来。

妙姬说她身体不太好，便回到了家里。

病得虚弱无力的杜纽，颤颤巍巍地挪动着身子，挨到痛哭流涕的妙姬身旁，心疼地抚摸着妙姬的后背，爱怜地瞧着她，哆哆嗦嗦地问道：

“孩子，你怎么啦？……怎么那么伤心呀？为什么？跟妈妈讲讲吧！”

“妈妈，我真不想活了，我真想去死……”妙姬趴在那儿没有抬头，放声大哭起来。

“孩子，你跟妈妈讲啊……怎么回事？告诉妈妈。”杜纽时断时续吃力地问道。

妙姬慢慢地抬起头，泪眼汪汪地瞧了一下母亲，又趴下身去伤心地哭了起来。

杜纽着急地催问：“孩子，你快说呀，究竟为什么？孩子，我都憋得透不过气来了……”这时，妙姬说：“我……妈妈，怎么说呢……”妙姬还没有说完，又伤心地哭了起来。

“说吧，孩子，跟妈妈说不要紧。”

“我……我……我已经有了……”

“是吗？孩子，那可怎么办哪？天哪！”

杜纽直愣愣地望着妙姬，屋里一片沉静。除了妙姬的抽泣声外，从不远的地方还传来了沉闷的笛声，使妙姬母女更加的心烦意乱。

沉静了片刻后，杜纽伤心地说：

“孩子，你们两个人的关系都已经到了这个地步，瑞温竟然把你抛弃，实在太不应该了。”

“妈妈，别说了。他以前对我那个样子已经叫我够伤心的了，可事情越发糟糕了……”

“那怎么办呢？这么下去可不行……非得把你的情况告诉他，让他来跟你解决问题。”妙姬哽咽着说：“妈妈，他要能体谅我就好了，可他现在已经爱上了别的姑娘，想让他回心转意是办不到的。现在也不知他俩的关系发展到了什么程度。”

“不行，不行！咱们不能在什么事情上都忍着，什么事情上都屈服！”

“哎呀，妈妈，我才不屈服呢！我还打了那个小骚货一个嘴巴呢！要不是他袒护呀……”

“他爱谁咱们不管，可他得跟你解决问题。不然，孩子，咱们的脸往哪儿搁呀？”接着又是一阵沉默，妙姬和杜纽都陷入沉思之中。

杜纽决定要同妙姬到永盛去，她便努力争取早日恢复健康。

听人说能吃才有劲儿，她就挣扎着吃些东西；人们说哪种土药方能治好病，她就坚持吃那种药；她还经常活动活动，洗洗澡，使自己的精神振奋起来。

然而，杜纽的胃，已不能很好地消化食物了。尽管她每天坚持吃些东西，但身体还是越来越虚弱，越来越无力，因而也就更加不思饮食了。

最后，杜纽不但没有能够恢复健康，反而一病不起。这对妙姬来说，真是祸不单行，沉重的灾难一个接着一个地落到了她的头上。

大家抱着一线希望为杜纽治病，但是，她的病却日益恶化，治了 20 多天仍不见效。一天，她终于向悲惨的世界投降了，永远地离开了人间……

“妈呀……您真狠心哪！怎么把我这个多灾多难的女儿孤零零地扔下呢？为什么不把我也带走啊！带走我也能逃脱这苦海呀……”妙姬抱着母亲的尸体放声大哭，人们听到她悲怆的恸哭声，无不感到凄凉和悲伤。

瑞温根本不知道妙姬这些不幸的遭遇，他已经有很久没见到妙姬。瑞温有时也确实想起妙姬，但俗话说，“漆离火远就会变硬”，他因远离妙姬，所以对她的感情也就渐渐淡薄了。

瑞温并不是一个冷酷无情的人，可是因为刚参加工作，上班时，他得把精力用在工作上；空闲时，他在城市里能找到感情寄托的地方，所以他根本没想到妙姬会落到什么地步。假如瑞温和妙姬能始终在一起，他就会像火旁的火漆一样，也许他的心会始终向着妙姬，不会变得冰冷。然而现在，他的心已经变成了远离热火的火漆了。

瑞温想，即使每天能跟妙姬见面，形影不离，在吴巴翁和伟大伯被捕的不幸日子里，也不可能按原先的安排给他们完婚，婚期必将推延。因此，他便按下了自己急着成亲的情绪，根本没有考虑他对妙姬的“爱”会产生什么后果。

一个星期天，黛黛和杜翁妙从监狱里探望昂钦回来。

“貌瑞温呀，今天我去看电影，你也跟我一块去吧！”黛黛一到家里便迫不及待地说。“嫂子，哥哥不在家，你应该少去寻欢作乐……”瑞温不客气地说道。

“老忧愁会影响身体健康的，人必须学会使自己愉快。一遇到不顺心的事就愁眉苦脸，那样容易衰老，所以，要想法使自己心情舒畅些。我已经跟你哥哥讲啦，我说因为你哥哥的事我心情不好，想出去看看电影，消遣消遣，跟朋友一块玩玩，散散心。我问你哥哥是不是同意我出去玩，他点头答应了。连你哥哥都同意，难道你还反对吗？”黛黛狡辩道。

“噢，我的意见是不是合适，你应该考虑一下……”

“你不是也因为你父亲和哥哥被捕而感到心烦吗？消遣消遣，散散心嘛！你也跟我们一块去吧！”

正说着，事先已经相约的敏敏怡和蕊蕊来了，瑞温自然也就不再拒绝了。

敏敏怡等人对已经得到一官半职的瑞温比从前更加多情，更加敬重了。当他们遇到女友时，便自豪地介绍说：“这是农业督察官哥瑞温。”碰到男友时，他们也是如此介绍。于是瑞温认识的人渐渐地多起来。他容貌英俊，一表人才，又有职位，越来越多的人愿意接近他，和他交朋友。瑞温自己也颇感得意，觉得这种生活比在乡下要快活得多。

“这就是我的朋友哥瑞温……是位农业督察官。”

一天，当瑞温同黛黛、蕊蕊一起到大湖游玩时，遇到一位年轻美貌的姑娘，敏敏怡向她介绍完后，又向瑞温介绍说：“这位是乃丽俭，跟我在一个办公室工作。”

“噢……是哥瑞温呀，认识你很高兴，有空到我那儿去玩吧。我可不会客气，咱们见面就熟啦！”乃丽俭笑眯眯地一面同瑞温握手一面说道。

“好，有空一定去。”瑞温一边回答，一边不知不觉地在欣赏令人陶醉的乃丽俭的笑脸。

“有空一定到我们那儿去玩啊！”乃丽俭说完，迈着轻盈的步子去追赶同伴了。瑞温呆呆地望着乃丽俭的背影，这时，敏敏怡斜睨了瑞温一眼，说：“刚才我可是没办法才把她介绍给你的，你可别让我吃醋呀！”

“为什么？”

“为什么？我把我的朋友介绍给她，她可倒好，马上就如饥似渴地邀请你去玩，我怎能不嫉妒呢？”敏敏怡抬起头，睁大眼睛，深情地看着瑞温。

当敏敏怡迷人的眼睛同瑞温的眼睛相遇时，他的心激烈地跳动起来。当他们经常见面，近近乎乎、亲亲热热的时候，瑞温的心确实有点动了。妙姬离瑞温很远，吸引力渐渐减弱了。俗话说“干柴烈火”，近者易燃嘛！

“敏，你对我是不是已经很有感情了？”瑞温终于忍不住，主动问。

到这个地方来，不只他俩，除了黛黛和蕊蕊外，还有跟她们很亲近的两个轻浮的男青年。他们围坐在湖边树荫下，尽情地玩着。

“噢，你现在才知道我对你有感情呀？不过，现在知道了，我也感到很高兴。”

“说实话，我也对你有感情了。不，不是有感情，而是爱上你了，只是因为以前……”

“现在呢？”敏敏怡更加贴近瑞温，她扬起长长的睫毛，用明亮的眼睛，盯着瑞温问道。

“现在就像导火线点燃了火药桶，埋藏在内心的爱，一下爆发出来了。”

敏敏怡把脸转到一边，两手十指交叉，不断地搓着她那留有又尖又长手指甲的手指，然后走向树荫下的长凳，慢慢地坐了下来。

瑞温仍旧站在原地，直瞪瞪地望着敏敏怡。敏敏怡又斜睨了瑞温一眼，噘着嘴把身子背了过去。这时，犹如铁屑被磁石吸过去一样，瑞温猛地跑到敏敏怡的身边，紧紧挨着她坐了下来。

瑞温慢慢地抓起敏敏怡的一只柔软细嫩的手抚摸着，敏敏怡也欣然接受了这种爱抚。瑞温一边抚摸着敏敏怡洁白细嫩的手，一边好像在想着什么。敏敏怡的指甲尖尖的，染得红红的，当瑞温搓着她柔软的手时，敏敏怡脸上泛出了红光。瑞温感触到敏敏怡的手是那样的细嫩，这时，他耳边仿佛响起了妙姬的声音：“哥瑞温的手真细嫩呀……我的手可比你的粗呢！”瑞温想到这里，轻轻地把敏敏怡的手放开了。

“我知道，一开始我就知道，我理解你的处境……有的人不能掌握自己的命运，任凭别人摆布，这种人实在太可怜了。”

敏敏怡穿着薄如蝉翼的白尼龙上衣，洁白的脊背明显可见，她轻轻地依在椅子的靠背上，扬起头，眯着眼睛说道。

“有的人竟自己骗自己……”敏敏怡继续说。

“敏，你说什么呀？”

“不知道自己喜欢谁，也不知道自己不喜欢谁，任凭别人操纵，那不成了机器人了吗？”

“你讲得真深刻！”

敏敏怡微微一笑，身子转向瑞温试探着问：“你说，那时候你爱不爱我？说呀！”

“爱倒是爱的……”

“所以，我说嘛，你明明爱我，却要听别人摆布，不是吗？……

那么，现在呢？你说你真正爱我吗？”

“爱。”

“我就喜欢直截了当，干干脆脆。你说吧，你以前的朋友和我，你究竟爱谁？你说呀！”敏敏怡进一步逼问道。

“你呀，别谈这个了，好吗？”瑞温阻止道。

“怎么？你可别既跟她不断，又跟我不离。你只有跟她断绝关系，我才能跟你谈恋爱，你知道吗？不然，咱们就吹！好，你说吧，你究竟爱谁？”敏敏怡再三要求瑞温明确答复，瑞温感到很为难，不知如何回答才好。

“喂，回答呀，别支支吾吾的！”

瑞温觉得难以直接回答，便想出个主意，反问她道：

“你呢？你以前有过男朋友吗？”

“怎么，你是不是听黛黛说的？有，我谈过恋爱。可是，跟以前的朋友比较，我更喜欢你，所以我接受了你的爱情……这有什么奇怪的呢？我需要的是真正的爱情嘛，对吗？”

瑞温听了敏敏怡的话，好像吃了一只苍蝇，心里很不是滋味。

“哎，你回答我的问题呀！”

“我不是说过了吗，我爱你。”瑞温说完，站了起来。敏敏怡好像还不满足似的，霍地站了起来，和瑞温并排站着，噘着嘴瞪了瑞温一眼说：“你可别再游移啊！”

“敏，来，来，咱们到那边去！”瑞温说完，拉起敏的一只手，她只好悻悻地跟着走了。

（三）

“纬梦大婶，我在这儿生，人们会笑话我的。我本来怕哥波尼斯侮才逃到这儿来的，现在人们都将猜测，我是没结婚偷着出来生孩子的。这样一来，也连累了您，让别人耻笑。”现在，妙姬除了杜纬梦外，再也没有依靠了，所以凡事她都毫无顾忌地跟杜纬梦讲，跟她商量。

“对我来说没什么，可是为了挽回你的面子，你不好把事情挑明吗？当时你们订婚大家都知道嘛！你老是躲躲闪闪，自己什么事都忍着，这怎么行呢？”杜纬梦劝导说。

“大婶呀，人家根本没有同情心，让一个没有同情心的人去同情别人，哪管什么用呢？他结识的人越多越使我难过。”

“至少你有责任把事情讲清楚，起码也应该告诉他的父母。我跟你一块去说。”

“大婶，明知他已变心，还去告诉他们能起什么作用呢？反正我也不想要孩子的抚养费……”妙姬对瑞温已经伤透了心，她再也不想见到瑞温了。

“要不就这么办吧，让昂基写封信，把情况告诉他母亲。如果她能设身处地为你想想，也许会拿出个解决的办法。”

“哎，大婶，别写了，别因为我的事麻烦你们了。”

“这事可得这么办，起码也应该这样做呀！他们就这样不管你啦？怎么能说得过去呢？”于是，杜纬梦把情况讲述了一遍，让她的儿子昂基写了一封信，内容如下：

伯母：

我现在在茵达亚村。我想告诉你一件事，就是哥瑞温已经变心，可我跟他已经有了孩子。

我对已爱上了城里姑娘的哥瑞温，不再抱有什么希望。只怨我自己，自作自受。但是想通知伯母，我有义务公开孩子的爸爸。

妙姬

信写完后，杜纬梦让儿子到永盛把信交给杜翁妙。妙姬把杜翁妙的住址告诉了昂基。

昂基到了永盛后，好不容易才找到黛黛家。

“哥昂钦和玛黛黛住在这儿吗？”

“是的，有什么事？”黛黛问。

“你就是玛黛黛吧？杜翁妙也住这儿吗？我想交给她一封信。”昂基回答说。

“是呀，我就是黛黛。杜翁妙去守戒了，她的儿子貌瑞温上班去了。把信交给我吧！哪儿来的信呀？”

“是妙姬给的。”

“噢，是妙姬的信呀！给我，给我吧。”黛黛说话和蔼热情，昂基打量着黛黛，琢磨是否应把信交给她。

“最好我能见到杜翁妙。再说，我还想看看是不是能从杜翁妙那儿打听到妙姬父亲的情况。”

“她守戒的地方离这儿可远啦！天黑才能回来。她是我的婆婆，我一定把信交给她。另外，也没听说被捕的人有什么消息。”黛黛这么一说，昂基也只好把信交给了她。

“请你跟她讲，妙姬已经怀孕了，她真可怜……要想个办法别让她丢人才好。”昂基说完，向黛黛辞别，离开了她的家。昂基一走，黛黛急忙跑到自己房间里拆开信封，看完信后，划着一根火柴，信立即变成了灰烬。

雨季之初插的秧，现已呈金黄色，农民已经开镰收割粒粒饱满的稻子了。这些稻子中，有妙姬插的秧苗，这时也结出了丰硕的果实，稻穗也黄澄澄的了。

英语中有句成语："耕种必有收获。"农民正在收割自己劳动的果实。

瑞温和妙姬耕种的爱情之苗，也茁壮成长，而且结出了果实。稻子结籽后，到时候会变成干枯的稻草，但它却结出了宝贵的稻谷，供人们食用，而稻草却喂了牛。瑞温播种的爱情之苗，不仅结了果实，而且也已经成熟，然而，瑞温对此却一无所知。大地——万物之母，她将成熟后掉在地上的一切果实和种子以及凋落的各种枯叶都收入自己的怀抱；而瑞温播种后结出的果实，却只有妙姬独自抱着了。

妙姬看到写信把自己怀孕一事告诉杜翁妙后，没有引起任何反应，觉得已没有什么指望，不必再等什么消息了。足月后，她在杜纬梦家里凄凉地分娩了。

稻子已收割完，地里已经干了，稻茬倒在地里，田间的大车路上尘土飞扬。这时，伟大伯、吴巴翁和所有被捕的人，从监狱释放出来了。

“你是怎么想的？为什么干这个工作？是谁鼓动你的？”伟大伯一到家就问瑞温。

瑞温怯生生地回答说：

“因为您不在家，我又不会干别的活。再说，在农业部门找个工作，也能为农民服务嘛……”

“那你们就把村子扔下不管了？”

“当时根据村里的情况，我也不便在村里住着。”

瑞温说到这里，杜翁妙接茬说：“你在监狱里根本不知道村里的情况，当时在村里是没法待下去的。”

“嗯，这么说，是你在操纵这小子，是吗？你真行，真行啊！你们要知道，作为一个领导人，抛弃群众自己逃跑了，这种领导狗屁不值！”伟大伯生气地说。

“你别逃跑好了，谁像你那么蠢！”杜翁妙反驳说。

“得，昂钦、瑞温，你们都是我的儿子，可你们一个也没有走我的路，都是些废物！”伟大伯责骂说。

“爸，我又不是什么领导人，领导人是您呀！”

“我不在，村里能留下你们这样能干的人，不是也能为大家办点事吗？咱们的牛和鸡怎么样啦？”

杜翁妙回答说：

“牛和犁借出去了。鸡因为没法养，全卖了。”

“哎呀，真没法说你们，你们都来拆我的台。那么，妙姬呢？”

“妙姬母女俩，因为不敢在村里住，搬到别处去了，也不知究竟到了什么地方。听说往艾格朗那边去了，瑞温去找过，可是没找着。”杜翁妙回答说。

“这么说，她们现在不在村里了，是吗？”吴巴翁问道。

“是的。”

“那么，后来再也没有见到过妙姬？瑞温呀，你太不在意了，怎么能找不着呢？起码，也该知道她们在哪儿住呀！难道妙姬能不告诉你地址吗？”伟大伯说。黛黛听到他们的谈话脸色都变了。

“爸，我确实是什么消息也没听到。”

伟大伯很生气，他用愤怒的目光盯着冷冰冰的瑞温，长长地叹了一口气。

“好，咱们都回村去。你们也都跟我回去，瑞温去把工作辞掉！”伟大伯的决定，使瑞温、杜翁妙以及黛黛吃惊得瞪圆了眼睛。

“爸爸，别让我辞职吧！”

伟大伯听瑞温这么说，眼里充满了怒气，声色俱厉地问道：

“你说什么？别辞职，是吗？现在我已经回来啦！你刚才不是说因为我不在才去找事的吗？”伟大伯提高了嗓门嚷了起来。瑞温无言以对，用求援的眼光瞧着母亲。

“哥波伟呀，你还是让孩子干下去吧！干那工作挺体面的，为什么非要把自己的儿子往泥坑里推呢？”杜翁妙站在儿子一边替他说情。伟大伯苦笑了一下说：

“我并不是把他往泥坑里推。你看看昂钦那小子吧，他自己往泥坑里跳，结果怎么样？我真奇怪，你明明知道这些情况，却为什么还要让另一个孩子走这条路呢？”

“哥波伟呀，连你也算上，现在回村子可不是时候啊！还是好好想想再做决定吧！”

“嗯，我跟你们不同的就在这儿，知道吗？我因为被捕了才离开了田间，不然的话，我怎么也不会离开。即使我人死了，我的灵魂也会在田间转悠，知道吗？好吧，你们不想回去算了，我回去。”

伟大伯说完，便和吴巴翁离开了黛黛的家。

（四）

伟大伯及伙伴们一回到村里，便准备开展工作。

仗着枪杆子在村里横行霸道的波尼一伙，听说伟大伯回到村里，大为震惊。波尼并不怀疑他还可以继续维护他自己的统治，但是他很清楚，由于伟大伯回来，他还要像从前那样为所欲为，可就不那么容易了。

“喂，咱们得密切注意这老家伙的行动，知道吗？”波尼提醒他的走卒们说。

“听说这老头子正在和他的一伙人商量开展什么工作呢！可是他的儿子瑞温再也不会回到村里来了。看样子这小子害怕了，所以在城里找了个工作。”一个走卒说道。

“他肯定要发动群众，鼓动抗缴佃租。他们只按政府规定的比例交付佃租，如果您不同意，他们就可能起来闹事。”另一个走卒接着说道。

波尼拿起一支靠在墙上的枪，轻蔑地一笑，叫嚣说：

“你们看，这是什么，这是枪！别忘了，这儿可是咱们的地盘！”

吴巴翁一回到村里，马上到各处去寻找妻子和女儿。凡是有他亲戚的村子，他都挨个去打听。后来，吴巴翁想起杜纬梦住在茵达亚，于是他又马上来到茵达亚。

吴巴翁一到杜纬梦家就见到了妙姬。当他得知妙姬母女俩的整个遭遇之后，无限悲伤地说：“天哪，多么不幸啊！”

吴巴翁伤心地问：

“妙姬啊，瑞温这小子心这么狠呀！你没告诉他你跟他有孩子了吗？”

“我让我儿子写了一封信送去，可他们母子也真行，连理都没理我们。不知他们还有没有一点人性！”杜纬梦说完后，吴巴翁问：

“去送信的时候，见到谁了？”

“见到她的儿媳了，跟她说得好好的，让她把信交给杜翁妙。”

“这么说，他们太不像话了。瑞温这小子找到了工作，就好像了不起啦。好吧，妙姬，跟我一块回去！”

第二天下午，妙姬同吴巴翁一起回到了村里。见到妙姬的人们，都用同情的目光瞧着她，热情地跟她打招呼。可是抱着小孩的妙姬却不敢抬头见人，她面容憔悴，迈着沉重的步履，显得非常疲惫虚弱。凡是听到妙姬母女不幸遭遇的人们，无不感到难过。有的人责怪瑞温，也有的人议论说，全是因为波尼，妙姬才落到这个地步。

妙姬曾经同母亲一起离开自己的村子，现在她却把母亲抛在他乡，抱着一个孩子回来了。

伟大伯叫妙姬一块到永盛去，可她说什么也不肯。最后，伟大伯决定不再拖延时间，在两三天之内，一个人到永盛去一趟。

正在这时，永盛的黛黛家里，发生了一场不愉快的争吵。

“你是我的儿媳，所以该说的，我也就不客气地提出来。”杜翁妙语调温和，好像是在劝说黛黛。黛黛面带愠色，睨视着她。

“孩子呀，你丈夫不在家，你的言行不检点些，人家会笑话的呀！”杜翁妙继续说。

“妈，你老想管着我，限制我，我自己的父母都管不着我这么多。”黛黛不满地说。

“我不是限制你，我是让你检点一些。要是自己的丈夫在跟前，你可以随便，可现在这样就不合适了。下了班以后，希望你少往外跑，老老实实待在家里吧！”

“哼，说吧，你还想说什么？说吧！”黛黛哼鼻子歪嘴地说。

“你一有空儿，就往外跑。另外，丈夫不在家，你的穿着打扮也得注意点，穿得那么漂亮，玩起来也没个时辰，深更半夜才回来，这不好！”

“你总是用老眼光看现在。现在，像我们这样的城里人，怎么能待在家里呢？谁还没有个亲朋好友的呀？你这样干涉我，让我怎么受得了呢？”

“我不是无缘无故地说你的呀……当婆婆的，该说的就应该说嘛！”

“一开始我就想到咱们住在一起是不行的，肯定合不来，俗话说：‘气味不投难成一家’。你根本不了解我们城里人的习惯。不管什么事，连人家生活，你也要用乡巴佬的观点去看。所以，我早就料到，咱们根本不可能在一起长久住下去。”

黛黛撇着嘴说，接着便气呼呼地“噔噔噔”走进她的房间。杜翁妙望着她的背影，无可奈何地叹了口气。

“合不来，我也不在这儿住了。等瑞温下乡回来，你告诉他一声吧！”杜翁妙说完，把她的衣服和零碎东西收拾好，不等儿子回来，便独自走出了黛黛的家门。

杜翁妙好像是一个赔了本钱的商贩一样，脸色阴沉地回到村里。伟大伯一见到她便问：“怎么，你回来啦？出什么事啦？”杜翁妙不回答，放下包袱，一个劲儿地唉声叹气。

“怎么啦？脸色那么难看，发生什么事了？”

伟大伯看到疲惫不堪、心情沉重的杜翁妙，再一次地问道。然而，杜翁妙仍然坐在那儿，一句话也不说。伟大伯又问：“瑞温呢？”

“貌瑞温出差到乡下去了。”这时杜翁妙才回答一句。

“这么说，瑞温不知道你回来喽！你是不是因为不放心我才回来的？”嘴上这么说，但机灵的伟大伯已经预料到一定是发生了什么事情，她是不得已才回来的。

“让儿媳妇把我赶出来了！”杜翁妙不好遮掩，只能直说了。

这时，伟大伯禁不住微微一笑，略带讥讽地说：“噢，原来你不是因为挂念我才回来的呀！要是不赶你，你还不会回来呢，是吗？”

“得啦，别说了！”

“嗯，不管什么原因，咱们家里的人，第一个回到我身边的还是你呀。所以，我还是热烈地欢迎你呀！我也感到很高兴。”伟大伯确实由衷地感到高兴，他面带笑容地说道。

“回来就得让人家照个面，来，跟我来！”

伟大伯一边说着，一边扯着杜翁妙的一只胳膊，杜翁妙不知所措地跟着走出了家门。

他们夫妻俩来到妙姬家。杜翁妙看到妙姬在哄着怀抱中的婴儿，惊奇地瞪大了眼睛，情不自禁地“哟”了一声。

“既叫人高兴，又叫人痛心哪！瞧，这是你的小孙子！”伟大伯用手指着妙姬抱着的小孩说。这时，杜翁妙惊得目瞪口呆，不由得用右手紧紧捺着胸口，好像怕心跳出来似的。

“纽姐也死了……你们根本没想到她们母女俩的灾难吧？”

“哎呀，我的天哪！纽姐死了，是吗？”

妙姬抬头看了一眼杜翁妙，然后又低下头。

“妙姬不是写信把情况告诉你了吗？你就这样忍心不管呀？你是不是因为到了城里就变成了铁石心肠？”伟大伯的声音，由于激动变得那么生硬和嘶哑。

"我的天哪，我怎么什么也不知道呀！"

"送信的人说，确实把信交到了你儿媳手里。"

"哥波伟呀，我什么也不知道。送信的事，我现在才听说。"杜翁妙用悲伤的目光看着妙姬，然后坐到妙姬的身旁，从她手里接过孩子，把孩子抱在怀里，伤心地说："姑娘，你婶子真是一点都不知道啊！你去探监的时候，我和瑞温还去追过你哪！因为走岔道了才没碰上。"

"看来是你儿媳妇捣的鬼。我本来打算明天到你那儿见见瑞温，可现在瑞温还没回来，去了也没用。他什么时候回来？"伟大伯问道。

"他说要十来天才能回来。"

伟大伯决定，等瑞温回来后再到永盛去。同时，他们夫妻俩安慰了妙姬一番，叫她不要伤心。

七天之后，又有一个家庭成员回到了伟大伯家里，她就是宁钦。

"嘿，宁钦，怎么一个人回来啦？"杜翁妙迎上去问。

宁钦的眼泪夺眶而出，泪水顺着她的面颊滚落下来。

"妈，哥觉貌在战斗中牺牲了……"

"哎呀，天哪！我的女儿年纪轻轻的就成了寡妇……"杜翁妙伤感地说着，爱怜地抱住了宁钦。

"这么说，你这次彻底回来了，是吗？"伟大伯问。

“是的，爸，现在只有父母是我的依靠了。这次我打算永远不离开你们，和你们过一辈子。虽然我跟觉貌走了，可时间一长，我就想念家乡。唉，到了异乡才知道思念家乡的滋味。”

“不管什么原因，自己的女儿回来，我总是欢迎的。孩子，每个背井离乡的人回来，村里的人都不会不欢迎的。对所有回来的人，都会高高兴兴地欢迎他们。就连那些田地也会欢迎的。”伟大伯热情洋溢地说。

在宁钦回到家的第二天，昂钦也回到了家里。

“貌昂钦，你出狱啦？”伟大伯满脸喜悦地问。昂钦颔首微笑，走进屋里。

“就你一个人来啦？”杜翁妙问。

“怎么没跟嫂子一块回来呢？”宁钦也上前问道。

“我一个人回来了，而且这次回来再也不走了。”昂钦轻松愉快地回答说。

“那黛黛呢？”杜翁妙惊奇地问。

“妈，我们已经离婚了。我出狱后，不是再也找不到工作了嘛，我知道因为这个原因她对我的态度变了。我也知道她的作风不好，可是还没等我开口，她就到监狱找我，提出要离婚。我痛快地同意给她写了离婚书。”昂钦叙述了黛黛把他抛弃的经过。

伟大伯说：“嗯，我早料到会有这么一天的！”

昂钦解释说：“快要出狱的时候，提出离婚，这算她聪明。

不然的话，我一出来，她不是要对她的不良行为负责吗？所以，她怕闹得满城风雨，丢自己的丑，才在我快要出狱的时候提出离婚。这样，她就什么事也没有了。”伟大伯、杜翁妙和宁钦听后，不约而同地长叹一口气。

“妈，我虽然被判一年徒刑，去掉减刑的日子，在监狱里只待了9个月。在这9个月里，我还得到10天特别奖励，所以比原来的刑期提前10天被放了出来。我一出狱，就直接回到村里来了。”

伟大伯吧嗒吧嗒地抽着烟，满心喜悦地瞧着妻子儿女三个人一个接着一个回来，兴奋地说：

“嗯，不管谁，也不管什么原因，只要回来，咱们的农村都会欢迎的。那些田地，不管什么时候也会欢迎游子归来的。就像父母对儿女的感情永远不会消失一样，大地这位母亲对儿女的感情也永远不会消失，她随时准备哺育她的儿女。”伟大伯继续激动地说，“你们认为整天跟大地母亲打交道下贱，于是离弃她到了别处。你们以为她会对你们这种行为耿耿于怀吗？不，正像我不计较你们一样，大地母亲也是永远不会计较的呀！不信，你们下地试试看，她会毫不吝啬地给你们所需要的粮食。大地这位母亲，对子女极为深情，为了哺育她的儿女，她的甜甜的乳汁是永远不会枯竭的。”

昂钦也激动地说：“爸，这一次我决定同父母、同故乡和大地永远不分离，要永远在一起！”

宁钦说："爸，我也不再离开你们了，我决心在咱村里，跟乡亲们齐心协力，按照您的意愿，去干我力所能及的事。"

伟大伯说："嗯，我高兴，我很高兴。你们又回到田间，可能现在只有瑞温离开农村还没有回来，我还不能完全彻底地高兴。瑞温这孩子真别扭，要是他回到农村来的话，那咱们全家就能在田间重新相聚。这一天，对我来说，就是最快乐的一天，最如愿的一天。"

正在这时，村里许多人都来看望杜翁妙、昂钦和宁钦，热情而愉快地向他们表示问候。此时，伟大伯的脸上漾起了美滋滋的笑容。

"瞧，我不是说过嘛，我们的田地，我们的农村，随时都欢迎游子归来的吗？"伟大伯满意地说。

（五）

瑞温出差到乡下还没回来，黛黛家里已发生了不小的变化。杜翁妙走了之后，黛黛便到一位据说是她的堂婶的家里住。然而，这位堂婶，处处都听从黛黛的安排。

一辆斯柯达小轿车停在黛黛家门前，车上下来一位潇洒的中年人。他上身穿着长袖衬衣，系着领带，下身穿着长裤，手里拎着一个提包，迈着轻快的步子，走进黛黛家里。他笑嘻嘻地叫了声黛黛。

“请坐呀，哥钦貌伦。”黛黛满面春风热情地让哥钦貌伦坐下。他在黛黛对面的一把椅子上坐了下来，说：“我来给你们送点珍贵的礼物。”

“什么呀？哥钦貌伦。”

哥钦貌伦从提包里掏出一个小包递给黛黛，黛黛不知是什么，她用急切的目光瞧着小包，轻轻地把它接了过去。

“哥钦貌伦，究竟是什么呀？”黛黛一边说着，一边从小包里取出一个小盒子。她打开一看，原来是一对珍贵的小耳坠。这种小耳坠，是西方人常戴的，在缅甸只有那些洋化了的阔小姐、阔太太们才买得起。黛黛一见，眼珠立刻亮了起来，她的脸上绽开了微笑的花朵。

“这个是给你的……另一个是给敏敏怡的。”哥钦貌伦说着，又取出一个同样的小包递到黛黛手里。

“这是什么？”

“是一样的。”

“这个值多少钱呀，哥钦貌伦？这是很贵重的，是吗？”

“不贵，每个才300元。”

“哎，哥钦貌伦，这多不好意思呀，太麻烦你了……”黛黛嘴上是这么说的，可她那贪婪的目光，却一直盯着那对小礼物。

“黛黛，我想求你办点事……”哥钦貌伦打开金光闪闪的烟盒，取出一支烟，一边说着一边瞧着黛黛。

“什么事？你说说看，是不是跟我想的一样？”

“黛黛，你已经猜透我的心思了，是吗？大概就像你所想的。那天敏敏怡跟哥昂都基、你和我一块看电影，嘿嘿，一见到她，我就……嘿嘿……不说你也知道了嘛，我就求你办这件事……”钦貌伦连说带笑，点燃一支烟抽了起来。

“噢，原来你这是送给媒人的礼物呀……”黛黛睁大了眼睛，扬了扬眉毛，笑吟吟地说道。

“你可别这么认为，咱们关系不错，我才送给你的嘛。这点礼物，就把它当成是朋友之间相互感谢的表示吧！你的大恩，我永远忘不了，你就费心给操办吧！”

“我可是从来没给别人做过媒，这件事不好办。婚姻之事，不是马到成功的事，这种事跟人心有关，不那么简单……”

“哎，帮助还是需要的，俗话不是说‘有人送才能到达目的地’。只要你美言几句，创造接触的机会，那不就……”

“好吧，我尽力而为。”黛黛应承了下来。钦貌伦的脸上泛出了希望之光。当他甜言蜜语地讲了些感激之类的话走了以后，黛黛拿着珍贵的礼物，高兴得连蹦带跳地跑到了梳妆台前。

第二天中午，黛黛和敏敏怡一块出去看电影。她俩在宽阔的马路旁走着，不一会儿，便到了公共汽车站。敏敏怡刚要抬腿上车，黛黛一把拉住了她的胳膊。敏敏怡说：“黛姐，车里人不多，等下一辆车还要很长时间，快上车吧！”

“咱们不坐公共汽车。等一会儿哥昂都基他们的车会来的……”敏敏怡听到黛黛的话，笑眯眯地看着黛黛的脸。

“黛姐，你虽说离过婚，可有很多人喜欢你哪！嗯，因为你长得漂亮呀……”敏敏怡靠近黛黛悄悄地说。黛黛得意地微笑着瞟了她一眼。“哎，不光是我，你也是一个很讨人喜欢的姑娘嘛！”黛黛说完，低头看了一下手表，然后向马路上张望。

售票员喊：“大姐，请上车吧！车上还有很多座位！”黛黛摇摇头。“这么宽松的车都不坐，自己去买一辆私人小轿车得了！”售票员嘟嘟囔囔，不满地喊：“师傅，开车！”车子从她们身旁使劲地开了过去。

“黛姐，你又来这一套了，你知道吗？我真的爱上了哥瑞温，除了他，我谁也不爱。”正在这时，一辆蓝色斯柯达小轿车停在了她们的跟前。刚才售票员生气地说，让她们自己买一辆私人小轿车，尽管她们买不起，可现在私人小轿车却及时地来接她们了。

哥昂都基是黛黛机关里的一位官员，他经常约黛黛一起去看电影，而哥钦貌伦是一位花钱如流水的阔少，他也是哥昂都基的朋友。

“敏，上车吧！”先上车坐在后面的黛黛叫道。

“哎呀，我还以为就咱俩去呢！”敏敏怡羞答答地说着，不得不上了车。

此时，在田野中的一个小村里，伟大伯、吴巴翁、杜翁妙、昂钦、宁钦，还有妙姬，正在一起议论一件重要的事情。

“弄到这个地步，实际是我的过错。”昂钦开始讲起他的过去。他说：“当时妙姬在医院闹翻了的时候，瑞温对妙姬并没有变心。是由于那个姑娘的轻浮和黛黛设的圈套才造成了妙姬的误解……”昂钦说到这里，其他人眼里都闪现出希望的光芒，只有妙姬显得很悲伤，眼睛已失去了神采。

昂钦又继续说：“当时，爸爸拉瑞温，我和黛黛也在拉他。我们希望他找个工作，住在城里，找一个城里姑娘，过上美满舒适的生活，所以我们就想方设法创造机会让瑞温跟那姑娘接近。尽管这么做，瑞温却并没有爱她。”

“那么，现在呢？现在爱上了，是吗？”宁钦问。

妙姬在一旁，一声不吭。圆圆的眼睛一直注视着昂钦。

“妙姬的信，可能让黛黛毁了。她打算让他们俩经常接近，渐渐、渐渐地……”

妙姬听到这话，眼圈里含着泪水。

“在这件事上，不仅昂钦两口子有责任，你当时也在嘛，怎么能让他们这样呢？你真是废物！咳，要是我啊，可就不客气了！”伟大伯用尖锐的目光看着杜翁妙，责备说。

“哎哟，你怎么把过错都推到我的身上啦？我怎么知道呢？当时我自己的事都顾不过来哪！”杜翁妙说完后，伟大伯才默不作声，又去仔细听昂钦讲话。

“瑞温不是那种铁石心肠的人。他主要是因为经常跟敏敏怡在一起，又贪图玩乐才不想回来。如果他真的知道妙姬已经跟他有了孩子，我想他是不会无动于衷的。他和妙姬的关系已经到了这种地步，和那个姑娘的关系还没到这种程度。所以，我们一块去看看，好吗？”昂钦说。

“他已经倒向那边去了，再去看也没用。我自己心里痛苦就算了，我不愿再看到别人痛苦。再说，我根本不喜欢朝三暮四的人。”妙姬说话不仅颤抖，而且啜泣起来。

“嗯，开始是我把瑞温拉到这个圈子里去的。可我从这个圈子里出来了，而他还留在那里。现在看来，还得由我把他拉回来。”

“那我们大家一块去吧！妙姬抱着孩子就更起作用了。”伟大伯说。

“别让我去了。”妙姬推辞说。

杜翁妙对妙姬说：“你真傻，你这样怎么行呢？”

最后，他们决定带着妙姬一起去找瑞温。

（六）

“全亏了黛姐你牵线，我和哥瑞温相爱了。可这个时候，你和哥昂钦却离了婚。要是现在大家都在一起，那该有多快活呀！”

第二天，在黛黛家，敏敏怡和黛黛并排坐着聊天。黛黛不以为然，冷冷地问敏敏怡：“你已经决定和瑞温结婚啦？”

敏敏怡一听这话，立刻瞪大了眼睛，惊讶地望着黛黛问道：

“黛姐，不是你动员我跟他结婚的吗？”

“是哥昂钦想让他弟弟跟你结婚，在他鼓动下，你也有点愿意，我不过是给你们搭个桥罢了！”

“哥昂钦如愿以偿了，可你和哥昂钦却离了婚，实在叫我难过呀，黛姐。”

连给自己牵线搭桥的夫妻都离了婚，这不能不使敏敏怡感到怅然。

“敏呀，你难过是多余的。一个蹲过监狱的人，再也找不到正式工作了。如果再继续跟他生活在一起，又有什么好处呢？

现在离了婚，我想将来我可以再找一个比他更好的呢！”

敏敏怡听了黛黛的这番话，不由得感到和这种人交往很可怕。

“黛姐，你跟哥昂都基的关系怎么样啦？你和自己的一位上级官员这样来往，真够可以的了。黛姐，他诚心实意地跟你好吗？”敏敏怡担心地问。

“他倒是有爱人，可他说他的家庭不和睦。不过，等他彻底跟他那女人离了婚我才嫁给他。现在，我注意观察他，加点小心就是了……”敏敏怡听后，发出了一声无可奈何的喟叹。

“黛姐，你为什么问我是不是已经决定和瑞温结婚？”敏敏怡反问道。

“噢，因为恋爱结婚可不是一件简单的事情，它是需要认真考虑的一件终身大事，你说是吗？”

“黛姐，到这时候你才讲这话，我感到很惊讶。一个姑娘接受一个男子的爱情，难道不是真的要嫁给他才接受他的爱情吗？谈恋爱不是为了消遣闹着玩的。怎么？你跟哥昂钦离了婚，想把我们也拆开吗？”敏敏怡不满地说。

“我倒不是这个意思。不过，在还来得及纠正的时候，再认真考虑考虑，也没有错嘛！貌瑞温好倒是好，可他家里的人都是些乡巴佬，跟他的亲人来往有多别扭，有时候，我甚至感到羞耻。”

黛黛亮明了和以前截然不同的态度，努力想改编她从前导演的剧。但是，敏敏怡却说明了自己的决心：

“不，我已经爱上了哥瑞温。他脾气好，像个男子汉。再说，像他这种老实巴交的人，我叫他往东，他不会往西，叫他打狗，他不会去骂鸡。另外，我只想跟哥瑞温结婚，也是为了争口气，战胜那个打我嘴巴的乡下姑娘，只有战胜她我才会心满意足。”

“如果有条件比瑞温更好的呢？”

她们两个人的谈论，逐渐火热起来，各自津津有味地阐明自己的看法。

“条件好不好是一回事，爱不爱又是一回事，能竞争过那个乡巴佬姑娘，对我来说，更加重要。”

“你想竞争过她，就决定嫁给瑞温是不对的。现在的你不是胜利了吗？我想你的竞争心应该比对瑞温的感情更强烈。依我看呀，在还来得及的时候，如果遇到有比瑞温更强的人，你就争取嫁给他。敏呀，哥钦貌伦可是位阔少啊！他已经爱上你啦！要是你嫁给他呀，你可以坐小汽车，不愁吃，不愁穿，肯定能享清福！他已经给你带来了一份珍贵的礼物。那天我就想给你，但是我担心你感到太突然，怕你想到别处去，就没有给你。现在，我把它交给你吧。”黛黛说完便站了起来，急忙跑到她房间里。

黛黛从房间出来时，拿出了前天哥钦貌伦为求爱而给敏敏怡的东西。

“你看，价值300多元！要是嫁给这样的人，那你可就抖起来了。”黛黛说着，便把一对样式新颖美观的小耳坠塞到了敏敏怡的手里。敏敏怡用惊奇的眼光瞧着这个珍贵的礼物。

“噢，貌瑞温回来了。”

黛黛看到门口走进来的瑞温说。这时，敏敏怡悄悄地把耳坠还给了黛黛。

“噢。敏也在这儿呀！”旅途劳累的瑞温见到自己的情人，顿时消除了疲劳。

“是呀，这次哥瑞温出差时间可真长啊！”敏敏怡好像久别重逢一样，依恋地说。

“嫂子，妈妈呢？”

瑞温在屋里没看到自己的母亲便问道。这时，黛黛和敏敏怡的脸色阴郁下来，似乎难以启齿。

“你妈回乡下去了。”

“啊，为什么？”

“貌瑞温，你爸不是已经回到农村了吗？她当然也想回去啦！可是，你妈妈可不怎样，自己不说自己想回去，还要态度。”

瑞温感到事情不妙，有些心慌意乱，连忙问：“怎么啦？发生什么事啦？”

敏敏怡为了让瑞温察觉到出现的新形势，便说：“你母亲跟黛黛吵架了，哥昂钦从监狱里放出来……”

“我哥被放出来了，是吗？他在哪儿？”

当瑞温提出这么个问题，敏敏怡和黛黛面面相觑。而后，不约而同地看了瑞温一眼。少顷，她俩又相互看看，黛黛的眼睛似乎在说："还是你讲吧！"于是，敏敏怡又看了瑞温一眼，悲伤地说：

"黛姐和哥昂钦已经离婚了……"

"啊？"

瑞温只"啊"了一声便低头默不作声了。过了好久，瑞温心情沉重地抬起头，说："这么说，我不能再在这个家住下去了，妈妈回去了，我哥也不在这儿，我当然也不能继续待下去了。我得马上回农村一趟。"

然后，他又温情地看了一下敏敏怡："敏，我向你请个假，回农村一趟，好吗？等我回来后咱们再谈吧。到那时，我也要安排一下我的生活。"瑞温说完，立刻去收拾东西。这时黛黛一声不吭，走进自己的房间。

在瑞温收拾东西的时候，敏敏怡凑到他跟前，悄悄地说：

"你别马上走，行不行？先商量商量咱们的事吧！"

"商量什么呢？"

"我和你结婚的事呀。现在咱们就结婚，好吗？这样，也就不需要再为你的生活做什么特别的安排了。我家只有母亲和一个弟弟，咱们可以住在一起。"根据出现的新情况，敏敏怡提出了一个解决的办法。

"你的意思是马上结婚？"瑞温惊讶地问。敏敏怡深情地看着他，点了点头。

这时，瑞温不由得长长地叹了一口气。敏敏怡一提起结婚，在他眼前就出现了妙姬的形象。

瑞温心想："不知妙姬现在在什么地方？她对我的误解就够她难过的了，如果她知道我和敏结了婚，那她不是更加伤心了吗？"敏敏怡不眨眼地瞧着瑞温，等着他的回答。但是瑞温直发愣，这使她心里有些不愉快。

"你说，你为什么不吱声？为什么不高兴？你说呀！"敏敏怡摇动瑞温的肩膀，急切地问道。

"没什么，因为突然听说要结婚感到有些意外。"瑞温回答说。

难呀，真难啊！现在，问题明确地提了出来，他不能不作出回答。

瑞温现在才体会到，曾经是模糊不清的事情，随着时间的流逝，不可避免地会清楚地展现出来。

"喂，怎么样？"敏敏怡急切地要求瑞温作出答复。

"敏，等我从农村回来后再说吧。现在我还是应该先回去一趟。"

"你回到农村，再跟她好上了，那不是害了我吗？"当敏敏怡毫无保留地吐露出她心中的疑虑时，正在打开衣箱的瑞温又愣住了。他爱怜地瞧着敏敏怡，吁了一口气，心中油然地产生了对她的恻隐之情。但是，他的胸口仿佛被什么堵住似的，呼吸感到十分困难。

妙姬在哪儿呢？瑞温一想到妙姬，心里就不由得产生不忍之心。

就在这时，妙姬同昂钦、宁钦、伟大伯、吴巴翁和杜翁妙一起，正坐在开往仰光方向的公共汽车上，妙姬怀里抱着三个月大的儿子。车在行驶着，妙姬低着头看着孩子，心中在说：“孩子呀，看到你那薄情的爸爸，你将说些什么呢？”他们乘坐的汽车，不久便在甘马育路口停了下来。

他们下了车，走过甘马育路，准备到昂钦的一个亲戚家里住下，第二天，他们再去找瑞温。

黛黛走出房间，又站到瑞温和敏敏怡的身边。

“你们真的打算结婚？”黛黛问。

“是的。”敏敏怡答道。

“你们结婚我当然高兴啦。不过，貌瑞温不能违抗他父亲的旨意，如果再回农村种地，那你怎么办呢？这个，你们可得好好考虑考虑呀！”

“哎，哥瑞温已经有工作了嘛！怎么还能再回农村呢？”

瑞温木然地听着黛黛和敏敏怡的谈话。

“是啊，我不过是提醒你们事先认真考虑。貌瑞温，你的意见呢？”黛黛转向瑞温问道。

“嫂子，这事让我们自己冷静地考虑考虑吧！”瑞温对黛黛过分干预深感不满。黛黛冷笑一声，生气地说：“噢，现在你们反过来踹我了，是吗？”敏敏怡打断她的话说：“黛姐，以后的事再说吧！”

这时，只听得门前传来讲话的声音。他们的目光不约而同地投向门外。

“正好，瑞温回来啦！”伟大伯的声音首先传到屋里，随着话音，伟大伯和昂钦走进屋里。

伟大伯回过头喊：“来呀，进来吧！”他们三人不知还有谁来了，一齐向门外望去。

“喂，快进来呀！”伟大伯又喊。

“哎，不是让你们快进吗？”昂钦说完，宁钦才走进屋里。接着妙姬抱着孩子，怯生生地低着头也跟着走了进来。

瑞温、黛黛和敏敏怡一看到妙姬，他们三对眼睛瞪得圆圆的，看到妙姬怀里还抱着孩子，犹如晴天霹雳，受到极大的震动。

妙姬的心在急促地跳动，抱着自己孩子的手，禁不住地颤抖着。她竭力咬住颤动着的嘴唇，用红肿的眼睛怨恨地盯着敏敏怡。妙姬一句话没说，她努力克制自己的感情，只是眼里渗出了泪水。

敏敏怡也呆若木鸡，站在那儿一动不动。但是，她的心在剧烈地跳动。她那呆滞的眼睛里也渗出了泪水。

在所有的人当中，心情最不平静的是瑞温。他瞧瞧妙姬，又看看敏敏怡，然后把目光从她们身上移开。他的脸上好像聚起了乌云，在雷电闪光下，突然亮了一下，又阴沉下去了。在这一瞬间，他似乎停止了呼吸，眼前时暗时明，时明时暗，似乎无法平静下来。

昂钦和黛黛的目光相遇，两人同时把脸转向一边。伟大伯和宁钦两人感到很尴尬，呆呆地望着他们。笼罩他们的是难以忍受、令人窒息的沉默。

开始打破沉寂空气的还是伟大伯：

“你妈妈和妙姬的父亲也来了。他们暂时住在别人家里。”听到伟大伯缓慢的讲话声，谁也没有做出反应。

“我想你已经知道我们为什么要来了。”伟大伯接着说，“这个小孩是谁的亲骨肉，你自己当然很清楚。”

瑞温使自己镇静下来，他望了一眼在妙姬怀里直蹬腿的孩子，不禁叹了一口气。然后，转过脸来看了一眼敏敏怡。瑞温的额头渗出了汗珠，连脖子上也直往下淌汗。

敏敏怡现在才开始啜泣起来，她泪眼汪汪地瞧着瑞温。在这场爱情的竞争中，只有瑞温才是做出最后裁决的法官。所以，她怀着期望和紧张的心情，注视着瑞温。

妙姬低头看了一眼怀中的孩子，抬起泪眼，悲愤地望着瑞温。大家好像都在等待着瑞温的决定，他已成为人们注视的焦点。

昂钦语调温和地说：

“说实在的，这都是我的过错。不过，妙姬的情况大家都亲眼看到了。我只请求敏敏怡能够谅解，希望你宽宏大量！”

敏敏怡一听昂钦的话，在她的泪眼中立即升起了愤怒的烈火，她气愤地说：

“什么，你说什么？哥昂钦，你好哇！你们都来欺侮我！”

瑞温转过脸，看看敏敏怡。当敏敏怡抬头与瑞温的目光相遇时，敏敏怡迫不及待地问道："哥瑞温，这事怎么解决，你说呀，快说呀！"

这时的瑞温早被弄得茫然不知所措，他没有答复，只是唉声叹气。敏敏怡感到痛心，说："哎，说呀，怎么办？哥瑞温，你可别让我遭难哪！"

"唉，没想到在这儿碰到这姑娘，真糟糕。"伟大伯哀叹道。

妙姬除了焦急地等待瑞温的决定外，一句话也没讲。对她来说，还有什么可讲的呢？

瑞温的目光移到妙姬身上。他用两只手擦着额上和脖子上的汗珠，长长地叹了一口气。

"不知道，不知道！我也不知道怎么办！"

走投无路的瑞温，用嘶哑的声音大声喊叫着。两只手遮住了他那被汗水濡湿了的面孔，向前迈了一步。然后，他蓦地将手放下，迈着大步急速地走出了家门。

大家一时不知所措，都愣在那儿看着瑞温走出去。妙姬和敏敏怡也像木头人似的愣着，谁也没去阻拦。然而，所有的眼睛都继续注视着猛地走到路上的瑞温的背影。只见瑞温快步横过离家不远的柏油马路时，正碰上一辆疾驶而来的汽车，大家认为车速太快，来不及刹车，已到车前的瑞温肯定躲不及了，所以他们都"哎呀"一声惊叫起来。

司机急刹车，只听见“吱——”的一声，由于车速太快，车子向左右摇摆着，没能立刻停下来。人们吓得闭上了眼睛，情不自禁地惊叫：“哎呀！”“天哪！”

大家以为肯定发生了一场惨不忍睹的车祸。但是，当他们睁开眼睛的时候，出乎意料，横过马路的瑞温迅速走到对面，而车子也沿着马路继续向前开走了。大家看到瑞温安然无恙的时候，才松了一口气。

瑞温感到无法解决面临的问题，他躲开了。大家只知道他请了10天假，但谁也不知道他到哪儿去了。他既没有回农村，也没有返回黛黛家；他既没有去见敏敏怡，也没有到妙姬那里去。他到一个朋友家躲了起来。

（七）

300多人聚集在干涸的田野里。一个腰鼓队和一个象脚鼓队轮流吹打着，欢跳着。

人们整齐地排列在田间大路的两旁。不久，一辆参加比赛的牛车，在其他5辆车的陪伴下来到路上，群众报以热烈的掌声，表示欢迎。之后，又有一辆车在5辆车的跟随下走进场地，这时又爆发出一阵热烈的掌声。

在他们村，像这样的牛车比赛，几乎每年都举行一次。不仅本村人对这项活动非常感兴趣，就是邻近的村民也兴致勃勃地赶来观看、助兴。

在掌声停下来的时候，伟大伯和另外两位农民走到了人群中间。

“这次举行的牛车比赛，和往年大不相同。今年是一次特别的竞赛。”伟大伯声音洪亮地说，观众立刻静下来，都聚精会神地倾听他的讲话。

这时，波尼腰里别着一支左轮手枪，四个走卒扛着大枪，大摇大摆地走进了人群。人们一见到他们都感到极度的不快，脸色顿时阴沉下来。看他们5个人那副模样，就知道他们都已经喝醉了酒。

伟大伯只看了他们一眼，照常讲下去：

“往年在这样的牛车比赛中赌博盛行，可是这一次，大家一致主张不搞任何形式的赌博。我们两个邻近的村子举行牛车比赛的目的是为了增进友谊。我们两个村土地相连，我们的事业也是互相联系着的……”

来观看比赛的群众怀着极大的兴趣认真地听着。但是，波尼一伙却以嘲笑的神情看着伟大伯。

“我们这两个村有许多事情还可以进行合作。无论在土地分配问题上，还是在发展农业生产上都可以互相帮助。所以，我们今天的比赛是为了增进友谊，特别要求大家不要进行赌博！”伟大伯讲话刚一结束，便响起了热烈的掌声。

掌声刚停，有一处又响起了掌声。大家闻声望去，原来是波尼一伙在使劲地鼓掌。他们是在鼓倒掌，是在讥讽伟大伯。

波尼高声叫喊道：“哈……哈……哈，不让赌博，那比赛怎么能热闹呢？”

“我们想赌……我们要赌！你们村谁敢来？我押那边的村子，150元。有打赌的人请站出来。我宣布：大家完全有权利进行赌博！”

波尼走到路中间，挑衅地说。观众看着他，脸色郁郁不乐；其他农民领导人都和伟大伯一样，不满地瞧着波尼；昂钦气得咬牙切齿，宁钦也被激怒了。

“我下令，人人都可以自由赌博。”波尼再次大声叫喊，但却没有一个人理他。所有的观众都不悦地静静地站在那里。

伟大伯向前走了几步，叉着腰站到波尼旁边说：“貌波尼，比赛的车要从这条路经过，请你让开，老老实实站到一边去！”

波尼用讥讽的目光看着伟大伯，冷笑一声，说：“你说什么？请问，在这一带你是头，还是我是头？哈……哈……”

“谁是头，这并不重要。可是这比赛是我们举办的，希望你不要捣乱！”

观众兴奋地看着伟大伯严肃地阻止仗着有枪而蛮不讲理的

波尼。

“你给我靠后站！”波尼嚷道。

伟大伯仍然沉着地站在原地不动。波尼挺一挺胸，翘起食指，“瞧，我可不是别人……是波尼，是波尼呀，是用武装力量保卫你们的波尼呀！”他一边用手指指着自己的脸，一边歪鼻子斜眼地说道。

“我来主持这个比赛的仪式……这次比赛我来发令。”伟大伯说着，把脸转向正在准备出发的两辆竞赛车，喊道：“喂，你们听着，只有我发令你们才能出发，知道吗？”

群众对波尼的捣乱愤愤不平。但他们还不能跟手握枪杆的人对着干，只能暗中咬牙切齿。

昂钦从人群中走了出来，对站在伟大伯身边的波尼说：

“朋友，你好像在故意跟大家过不去！请你在一旁老老实实地观看，不行吗？”

波尼满脸不高兴，瞪着两只红红的眼睛，对昂钦大发脾气：

“嘿，你们父子俩是什么东西？你们不知道吗？在这一带，谁敢不用正眼看我波尼！不行，不行！非按我的意见办不可。”波尼说着，取下腰间的左轮手枪，乒的一声，向空中放了一枪。

“大家静一静！我们这个比赛不管怎样也要进行下去，绝不允许遭到破坏。”伟大伯向群众喊道。

这时，波尼的四个走卒，一起站到了波尼的身边。同样，达英基和吴巴翁等其他 7 位农民一起也站到了伟大伯和昂钦的身边。

“喂，咱们一定让他们赛不成！”主子一声令下，这四个坏家伙马上进行瞄准。观众有些骚动。但由于他们渴望进行这场比赛，所以人群并没有散开。

一个走卒刚要朝天开枪，动作敏捷的昂钦一个箭步跑过去抱住他，把他手中的枪夺了下来。达英基跑上前抱住另一个走卒，其他青年农民也随着一拥而上，一起夺下了他们手中的枪。

伟大伯他们事先虽然并未商量好，但是，他们都是贫苦的农民，正像俗话所说，“一人上，百人帮”，大家不约而同地采取了统一的行动。

缴了几个人的械后，波尼的一个走卒仍然和达英基撕打。站在一旁的宁钦，忍不住跑上前去把枪夺了下来。而后，人们用拴牛的绳把这些嚣张的家伙绑在一起，并把夺过来的枪堆放在一边。

“你们这些家伙，只有把你们绑起来才能老实。好，你们就这样老老实实观看吧！我们这场比赛是举行定了。”伟大伯说。

昂钦说：“爸，我到濑泽那边把情况告诉警察所。我昨天看到有一位军官和一些士兵到那边去了。如果可能的话，我就把他们叫来，让他们亲眼看看波尼一伙无法无天的卑鄙行径。现在在场的观众不都是证人吗？不然，我们是要负责任的。”

“好吧，你去吧。”伟大伯赞同地说。

“等等，咱们一起抢他们的枪犯法吗？”一位农民问道。

“这些自卫队不像警察和军队，警察和军队是合法建立的，我们是群众自发起来阻止他们无法无天的行为。我想如果了解实际情况，我们是不会构成犯罪的。”昂钦解释完后，便乘三辆比赛会上备用的牛车出发了。

牛车比赛开始了。

道路两旁整齐地站满了人群，当腰鼓队打起腰鼓的时候，人们个个兴高采烈。而波尼及其同伙，被绑在路旁，一个个垂头丧气。赛车会开始时，人们都笑嘻嘻地瞧着他们这一伙人。

腰鼓、象脚鼓声在空中回荡，观众兴奋异常。

参加比赛的两辆牛车，车尾上翘，显得很威风、轻便，它们并排停着正准备出发。每辆车套着一对魁梧健壮的小牛，滚瓜溜圆的小牛精神抖擞，傲然挺立。小牛的胸袋一晃动，系在脖子上的铃铛发出了“叮铃铃”清脆悦耳的响声。比赛号令一响，它们猛地冲出去，奋力向前奔跑。站在车上的赶车人松开缰绳，挥舞藤鞭，大声地吆喝着，全力赶车快跑。腰鼓声、象脚鼓声此起彼伏，两辆竞赛车互不相让，疾驶飞奔。

伟大伯同观众一样，非常兴奋。而波尼一伙，像被用绳子拴住的公山羊，呼哧呼哧直喘气，很是难受。比赛还在进行，观众的加油声，喊得更加响亮，而波尼一伙越发难以忍受。比赛争夺得非常激烈，观众不时发出惋惜的感叹声。最后，邻村的车首先到达终点，但是，两个村的农民一起为双方的精彩表演报以热烈的掌声，对胜利者表示由衷的祝贺。

在第二场比赛将要开始的时候，去濑泽的三辆车回来了。在最前面的一辆车上，同昂钦一起坐着一名上尉、一名中士和一名士兵。在第二辆车上坐着一名警官、一名警察和一名士兵。在第三辆车上坐着两名士兵和一名警察。观众很高兴，热烈欢迎他们的到来。

上尉军官、士兵和警察从车上下来后，伟大伯和广大群众详细地向他们陈述了刚才波尼无法无天的行为。很明显，波尼蛮横无理的行为是非法的。

“我们早就听说这伙人横行霸道的行径了，正在考虑解散自卫队，收缴他们的武器。现在发生这样的事，正好，干脆解除他们的全部武装。”群众听到上尉的话，人人脸上露出满意的笑容。

一位警长接着说：“光收缴他们的武器还不行，我们警察亲眼见到波尼所犯的罪行，要把他逮捕法办。”这时，波尼一伙吓得战战兢兢，脸色煞白。

随后，警察们把没收的枪支装上车，把波尼一伙也抓起来带走了。围观的村民脸上犹如拨开乌云的天空，分外晴朗、明亮。

（八）

黛黛走进敏敏怡的家时，敏敏怡的母亲杜盛丁满脸不快地站起来走开了，既不跟黛黛打招呼，也不跟黛黛说话。很明显，她对黛黛很不欢迎。但是，由于黛黛经常出入敏敏怡家，所以黛黛径直走到敏敏怡坐的地方。

“敏，你身体好些了吗？”黛黛开口问道。敏敏怡冷冰冰地点了点头。

“敏呀，你在想什么呢？”黛黛说着，便坐到她的身旁。这时的黛黛看上去已不同往常了，她眼窝凹陷，颧骨突起，显得无精打采，像一朵枯萎的花朵，发蔫了。

“黛姐，我还能想什么呢？我去争夺别人的情人遭受这样的痛苦，也是活该！不管我怎么讲，人家都已经有孩子，瑞温肯定更倾心于她，你说是吗？”敏敏怡说。

黛黛装成同情的样子，瞧着敏敏怡，劝解道：“所以我说嘛，你要不迷恋他的话，那就不会像现在这么痛苦。你以前也失恋过嘛，你要想得开。貌瑞温还是留恋你的，所以他至今游移不定。

可是啊，他跟妙姬已经有了孩子，到时候他还是会跟妙姬结婚的。所以，你还是把他忘掉算了！”

黛黛说完。敏敏怡用悲愤的目光盯着她，非常伤心地倾诉对她的不满：“我现在的痛苦实际上都是你害的，是你促成我们两个人好，给我们俩创造接触的机会。不说这个，就拿妙姬来信告诉她怀孕的事来说吧，你就该把这事如实地告诉我。如果当时我知道这种情况，不管我怎样想在情场上战胜妙姬，但是知道他们的关系已经发展到那种程度，我自然会退出。现在可好，到我在感情上离不开他时才知道这事！”

“妹妹，你努力把他忘掉吧！你又不是第一次失恋，你们的关系还没发展到不可收拾的地步，还可以重打锣鼓另开张嘛！”

“你说什么？嗯？怎么另开张？”敏敏怡用红肿的泪眼，望着她气愤地问道。

“好吧，来，咱们一块看电影去。不去想这些心情就会好些。”黛黛又约她去看电影。以前黛黛约她，她每次都欣然同意，兴高采烈地跟她一块去，但这次敏敏怡却说：

“不去，我不想看电影。”

黛黛茫然地看着敏敏怡，“妹妹，走吧！我也心烦得很。”黛黛说着，便从手提包里拿出哥钦貌伦送的礼物，小耳坠。她继续劝说敏敏怡：

“敏，你换上这个好不好嘛，你戴上耳坠肯定非常漂亮。戴上后再去换衣服，好吗？”

尽管黛黛这样劝说，敏敏怡还是没有动心，反而把黛黛手中的耳坠一下夺了过去，咬牙切齿地看着她，说：

“算了，黛姐，算了！你掉进陷阱，别把我也拉进去。妈妈也不让我跟你来往了，我也怕你了。我虽然伤心，可时间还来得及，我要挽救我自己，不至于陷得太深。你别再来我家了，以后我也不去你家了。喏，给你！”敏敏怡说着，把耳坠还给了黛黛，并站起身走进自己的房间。这时黛黛感到十分狼狈，只得离开她家。

一个月过去了。黛黛一反常态，整天闭门在家。不少人感到很奇怪，不久，人们才知道其中的奥妙。

一天，据说是黛黛的堂婶，拿着一封信找到敏敏怡，把信交给了她。信中写道：

敏：

我知道你不愿同我交往，但在我身处逆境之际，还是恳求你来看我一次。敏呀，我现在已经卧床不起了。我感到非常孤独、寂寞，多么盼望你能看望我一次啊！

你和蕊蕊都不理我，我现在没有朋友，也无人照看，感到特别孤单、凄凉……

黛

敏敏怡读完信，才知道黛黛之所以不像从前那样常来她家，是因为已经病倒了。她想既然如此，最好还是去探望一下，于是便来到了黛黛家。

敏敏怡看到躺在床上的黛黛，不禁大吃一惊，感到可怕。黛黛的样子完全变了，同从前判若两人。她脸色苍白，瘦得只剩皮包骨头。敏敏怡看到黛黛受折磨的可怜相，不禁动了恻隐之心。

“黛姐，我不知道你现在竟变成了这个样子。”敏敏怡坐到黛黛的床边说道。

“妹妹，我这次可倒霉了。”黛黛用泪眼瞧着敏敏怡，说着泪水便顺着她那面黄肌瘦的面颊不住地流了下来。

“你成了这个样子，没找大夫看看吗？”

“找了，可是不见好哇，妹妹。”

敏敏怡凝视着黛黛好一会儿，目光转到了她床旁的桌上放着的药瓶。然后，她又把目光转移到了小桌底下的一个药瓶上。她走近一看，瓶上写着“避孕药……孕妇禁忌，能导致流产”等字样。敏敏怡惊得瞪大了眼睛，不由得“嗯”了一声。

“我遭殃就是因为吃了这个……”黛黛伤心地说。

“黛姐，你为什么吃这个？”

“就是因为那个哥昂都基啊，你已经知道我和他的关系了，当我沉醉在幸福、欢乐之中的时候，我没有想到会遭受到今天这样的痛苦。当时我虽然知道他有妻子儿女，可我相信了他的甜言蜜语，认为他们家庭不和睦，总有一天会离婚，所以，我把身心都交给了他。我和哥昂钦结婚后没怀孕，可是跟他却有了孩子。真是不希望发生的事，偏偏发生了。”黛黛说着，便伤心地哭了起来。

“那他不想办法解决这个问题吗？黛姐。”

“到了实在包不住的时候，我多次向他提出让他解决问题，但是他总是躲躲闪闪，不予理睬。他曾经说过他要和他的妻子离婚，可是实际上完全不是那回事。不离婚也行，我又退让了一步，求他娶我做小……”

“那他的意见呢？”

“哎，反正死猪不怕开水烫了，我已落到这个地步，也不在乎当人家的小老婆了。可是，就这样，他还不同意娶我。实际上，他不过是想玩弄我罢了。哎，敏呀，这都怪我有虚荣心，羡慕当官的才受这个罪的。实在没办法，最后我只好服这种药了。虽然流产了，可我的身体也一下子垮了。”黛黛有气无力地说着。

“叫大夫看过后，好些了吗？”

“不见好，大夫建议说，像这种病最好到达妇林医院去治疗。可我这种病只能偷偷治，所以我就没去。现在，我的钱已用光。哎，我这一辈子从没像现在这样悲观孤独。”

“那你需要我帮助什么呢？”

“敏，你愿意帮助我？我太高兴了，我就求你这一次。我现在非常想见哥昂钦，我要向他承认错误。如果他能原谅我，就是死在他怀里，我也瞑目了。”

“黛姐，太可怕啦。事情到了这种地步对男子来说没什么，可对我们女人来说，不是一辈子都完了吗？谁都应该设身处地想想呀！”

敏敏怡出于女人间的同情心，无意中讲出这种话。但，这话似乎突然触动了敏敏怡和黛黛的某根神经。

她俩睁大了眼睛互相看着，默不作声，一个人的形象却清晰地浮现在她们的脑海里。过了良久，黛黛哭泣着说：“唉，我大概得到报应了，是在妙姬的问题上得到报应了。”敏敏怡也眼泪汪汪地说：“今后，我再也不想战胜妙姬了。”

“敏，你想帮助我，是吗？”黛黛问。

“需要什么帮助，你说吧，我尽量去办。”

“我很想见到哥昂钦。我已经写好了一封信，向他承认错误，希望你到登枝市场旁边的车站，乘开往他们村子的车，把信送去。另外，我在仰光有个表姐，你把这封信交给她，我在信里告诉她，我急等钱用。我家堂婶不认路，只好拜托你了。”

“哎，没关系，我可以帮忙。另外，在经济上，我也尽量帮助你。”

敏敏怡见黛黛处境如此狼狈，深为同情，她决定尽全力帮助她。她走出了黛黛的家，为她办事去了。

正当敏敏怡独自走向永盛到仰光的汽车站时，一个人正从行驶的斯柯达牌蓝色小汽车的窗口里向她张望。之后，这辆小车减慢了速度，转过弯来，直接开到她的跟前，停了下来。

“敏，到哪儿去？来，我送你。”

这个献殷勤的人不是别人，正是阔少爷钦貌伦。

“来吧，敏，请上车。你到哪儿？我送你去，好吗？”

“算了，我自己乘公共汽车去。”

敏敏怡转脸看了钦貌伦一眼，说完继续往前走。但是，钦貌伦却慢慢地开着车，尾随着她。

“那我送你到仙人渡去吧！来呀，请快上车。”

“我不是说了我不坐嘛！”

敏敏怡为了躲避紧追不放的钦貌伦，急忙走到马路另一边。但她不知不觉已走过了汽车站，不得不漫无目的地向前走着。过了一会儿，她惊恐地回头望了一眼，发现钦貌伦的小汽车仍然停在马路的一边，她不得不继续向前走。当她发现自己已离火车站不远的时候，便决定乘郊区火车。于是她急匆匆地向永盛火车站走去。

钦貌伦并不灰心，紧紧地跟着敏敏怡。当敏敏怡走进火车站时，他把车停在车站外面自己走下了车。

敏敏怡进了车站，到了月台上，静静地站在那里。这时，紧追不放的钦貌伦又站到了她的身边。敏敏怡无可奈何地向后退了几步，但他还是寸步不离。

“你为什么老追着我不放呢？”敏敏怡忍无可忍，愤愤地大声斥责说。

“我又不是流氓，咱们不是不认识，咱们一起看过电影，一起玩过嘛！难道你还把我当成陌生人看待？你这样对待我可不太合适吧？”

“嗯？难道你这样对待我就对吗？”敏敏怡气愤地问。

“敏，我有什么过分的地方呢？你把我的好意看成了恶意了吧？你该知道我对你是多么好……我给你的小礼物想必收到了吧？”

钦貌伦想表白一下自己的善意。但敏敏怡却非常厌恶，对他嗤之以鼻。

这时，他们并没有发现，身穿工人服，头戴无边帽的一位青年从他们的身边走过。这位青年一看见敏敏怡，便急忙靠着月台的铁栏杆站在那里。虽说背对着他们，离他们又远，但他却不时地瞟向他们，并仔细地听他们的谈话。

“你的礼物不管多么珍贵，我都不要。你要知道，我实在怕你的‘好意’。我不能接受你的礼物，你以为我不知道你们这伙人的德行吗？你们用金钱诱骗、糟蹋女人。天真的姑娘上了你们的当，被你们侮辱的，不知有多少。这些你以为我都不知道吗？”

尽管敏敏怡严肃地说了一通，钦貌伦仍然嬉皮笑脸，若无其事似的。

“敏，我是真心爱你的。请相信我吧！得到像我这样人的爱情，对你来说，应该感到幸运。”

“知道……我知道你有钱有势，吃得好，穿得好，可我知道你们的心是黑的。正因为我理解这一点，所以黛姐想找机会让我跟你接近，我生气，跟她断绝了来往，我的话全讲完了。”即使敏敏怡把话讲到这个地步，厚颜无耻的钦貌伦还是不想退缩。

“你怎么把我说得那么坏呢？”他温和地说。

“噢，你以为我不知道吗？由于你的朋友哥昂都基的好意，黛姐遭受多么大的痛苦啊！算了吧，你别纠缠我了，快走开！”

“哎，听我说……”钦貌伦正要继续讲下去，话就被打断了。“朋友，我想你该闭上嘴巴了！”说话的是一位身穿深蓝色上衣和裤子的青年。青年人站到了他们的身边，钦貌伦不满地瞧着他。

敏敏怡一看到这位青年，极为惊讶。

“你为什么这样纠缠一位年轻姑娘呢？你已经把话说完了，姑娘的态度你也知道了，就该知趣些，赶快收场吧！”青年严肃地说。

钦貌伦脸上一阵发烧，但他斥责说：“我们俩谈话，跟你有什么关系？”

青年人不以为然地笑了起来。

“哥丁伦……”敏敏怡睁大了眼睛，诧异地望着这位青年工人叫道。“敏……”这位年轻人也亲切地向敏敏怡打招呼。这时，钦貌伦觉得事情不妙，便溜走了。

“敏，你说的话，我全听见了，看来，你还真能沉得住气呀！认识水平也提高啦。”

青年工人哥丁伦说完，敏敏怡激动得说不出一句话来，只是用悲伤的眼光看着他。哥丁伦也以明亮的目光凝视着敏敏怡。

“哥丁伦，我是一个在比阔气讲排场的圈子里长大的。那时候，我的觉悟太低了。你是我的同学，也是我最亲密的朋友，咱们确实也曾相爱过。但是，就因为你没有像我所期望的那样去做，我就瞧不起你，和你一刀两断了……”

敏敏怡过去曾对爱过她的哥丁伦感到极度的失望和痛心，这次两人不期而遇。当听到哥丁伦说她“认识水平也提高啦”的时候，她才讲了上面的话。

“现在我就在火车站当领班。你虽然忍心把我甩开，可我始终爱着你，心里常常为此而感到痛苦。”丁伦说完，敏敏怡用深沉的目光看着他。

“现在，你的认识有了很大的进步。”丁伦又说道。

“现在比以前长点见识了。”敏敏怡回答说。

“那么，你对我的态度呢？能来个变化吗？”哥丁伦深情地看着敏敏怡问道。

敏敏怡用失神的眼睛，难过地望着丁伦，反问道：

“哥丁伦，你还能爱我吗？”她看了一下周围，见附近来了一些乘客，便朝远处走去。

丁伦赶上去和她并排走着。“你为什么这么问呢？”丁伦问道。

“过去，我瞧不起你。当时。你没弄到一官半职，只能在铁路上当工人，我觉得嫁给你丢人，所以把你抛弃了。不仅如此，在这期间我还爱上了另一个人。可我们的关系并不顺利，所以才这么问你。”敏敏怡说完，丁伦叉着腰，站在她的身旁，低着头，轻轻地踢着月台上的石子，思忖了一会儿，说：

“我想，一个人最主要的是要诚恳。既然你已幡然悔悟，回心转意，那我还有什么可说呢？就我来说，我是深深地爱着你的，所以一直怀念着你呀！”仰望着丁伦的敏敏怡，眼里流露出喜悦的光芒。

“敏，工人不再是被人看不起的低贱卑劣的人了。你知道现政府是怎么说的吗？现在公开宣布，必须尊重体力劳动者。不仅如此，未来的社会是属于工人阶级的。还有一点，我确实曾痛恨过你，不过，刚才听你讲的话，我又重新对你产生了好感。我还想说一点，我虽然没有财产，不像刚才那个人那么阔气，但我的心是纯洁的。”

“看，火车来了。”丁伦刚一说完，敏敏怡便指着已进站的火车说道，“好，我走了，以后再见吧！你能到我这儿来吗？”敏敏怡接着问道。丁伦高兴地点点头。

敏敏怡上了火车，她从车窗探出头来，含笑向丁伦告别，而丁伦也微笑着向她挥手示意……

（九）

缅历十二月和正月，经常是多云天气。

暮色昏沉，然而，田间的火光却通红通红。火光的上空翻滚着黑色的烟柱。

大地时而披上绿装，时而覆盖着金黄色的地毯，现在又罩上了通红的火光。这是地里干涸后，燃烧稻茬时发出的熊熊烈火。

在缅历二三月里，经常是乌云密布、阴霾笼罩的天气，还时不时下点雨，大地又湿润了。这意味着备耕的季节已经来到。

波尼以藐视法律、横行霸道罪被依法逮捕后，他的父亲大地主吴巴昂，还像往年一样，到田间搭窝棚。然而，吴巴昂刚搭上的窝棚不久就被拆掉了。由于窝棚被拆，他脸上总挂着不悦的神色。

但是，伟大伯和其他农民的脸上却堆满了笑容。原因是土地分配中的不合理现象已经得到纠正，吴巴昂用种种欺骗手段弄到的土地也被没收，并把这些土地分给了真正无地的农民。

新政府执政期间，应该说有效地揭露了吴巴昂和某些土地委员会委员们的骗局，追查出了不少问题。但是，还不能说无地的农民都分到了土地，更不能说完全消除了地主的压迫。

无论如何，历史的车轮在前进，封建地主制度也正在被碾碎。所以，当农民看到吴巴昂父子从田里离开的时候，无不拍手称快。伟大伯又开始热烈地谈论起农业问题了。

“听说现在的革命政府将首先进行土地改革……”

“还说要实现农业现代化呢！”

“而且还鼓励人们进行套种。”

“政府还号召发展集体农业。”

“就像幻想小说里那样。”

“是的……”大家七嘴八舌地议论起来。然后，按预定的计划，就农民互助、集体耕种、农业现代化、套种、饲养业的问题，还有建立菜园、发展农村教育、卫生、福利事业以及如何更加有效地利用劳动力等问题，展开了热烈的讨论。

“嗯，前景是非常美好的，可是达到这些目标可不容易啊。”一位农民说。

“对，要建立美好幸福的农民新生活，必须做艰苦的努力。农民当然要花力气，可政府也应该给予有效的帮助，只有这样才行。”伟大伯说。

“合着干要比单干强，咱们还需要培养集体主义精神！”

“光靠合着干还不行，还要搞现代化农业才能发展。”

“仅仅把农民组织起来，他们还是买不起拖拉机、抽水机一类农业机械，还需要把集体耕地很好地安排起来，尤其需要政府给予农民有效的帮助。”

“一英亩土地只给 8 元钱农贷，我们农民还摆脱不了高利贷的盘剥，还需要贷给我们足够的农业资金。”

“在发放农贷的时候，应尽量多给钱。另外，要是能把种子、肥料、犁、牛、拖拉机等以农贷的形式贷给我们，效果会更好些。”

“还应该提高稻谷的收购价格。”

“另一方面，农民自己也要努力增产，把单种改为复种。同时要发展菜园，兼搞饲养业。”他们争先恐后地发言，进行了非常热烈的讨论。最后决定在现有的条件下，把能做到的先做起来。

就这样，他们建立起农民互助组织，组织集体耕地。村与村之间在共同的事业上互相帮助。于是，到了耕种的季节，出现了集体劳动的景象。

人们都在愉快地耕着地。伟大伯在集体犁地的许多扶犁手之间，欢快地高声唱着他经常唱的那支歌。腰鼓声、象脚鼓声响彻云霄。

一天，到永盛去的昂钦回到了村里。他背着一个书包，手里拎着一个书包。回到家后，他把书包往地上一放，便慢慢地坐了下来。伟大伯、杜翁妙和宁钦坐到他的身旁，准备听他从城里带回来的消息。

杜翁妙首先开口问：“怎么样，貌昂钦？”

“妈，黛黛死了。她真惨，临死才醒悟过来。到头来，她只落得个孤苦伶仃，举目无亲的境地。她想起我了，她找我，我就去了。妈，她见了我，就说这下她死了也可以瞑目了。”昂钦悲伤地说道。

“哎呀，我的天哪！”杜翁妙用手捺住胸口痛苦地叹息道。

“黛黛说，如果她在你们两位老人跟前有什么过错，请求你们原谅。”

“那自然，一定原谅。”

“她说，她以前认为你们、宁钦、妙姬都是乡巴佬，很瞧不起。从穿着到谈吐一看就知道你们是乡下人，觉得和你们在一起走路都感到丢人。她说，现在她已经明白了乡下农民，虽然穿得破旧一些，可心地善良。她自己穿着虽然阔气，但内心世界却是肮脏的。”

“哎，这么说来，她还真可怜呢！她是因为贪图享乐，爱慕虚荣才把自己的命给葬送掉的。”伟大伯说。

“她死后，我和她的一些亲戚把她葬了，然后我才回来。”

“是啊，在这种时候应该这样做。”伟大伯说。

讲完了黛黛的事之后，昂钦从书包里把书拿了出来。

“哥哥，什么书呀？那么多！”宁钦问。

昂钦笑着看看伟大伯说：“爸爸说的话非常正确。”

“什么，什么正确？”

“这些都是有关农业方面的书籍，我在仰光买的。现在我明白了，农业是一门科学。有人认为农业只是那些没知识的人干的事，但爸爸的实践已充分说明，农业是一门自然科学。我要钻研这些书，实际应用这些知识。我想这样才能促使农业更快地发展。”

昂钦说完，伟大伯满意地笑了。他拿过昂钦带回来的书翻看着。

“那么，貌瑞温呢？你听到他的消息了吗？”杜翁妙问。

“听说瑞温已经把工作辞了，可我没能找到他。”昂钦说着，从衣袋里取出一张报纸，继续说：“这张报纸刊登了一条消息，与瑞温有关系。”

“什么呀？”

“就是那个敏敏怡呀。她和铁路局工程队领班貌丁伦在法院登记结婚了！”

昂钦将貌丁伦和敏敏怡结婚的消息念给大家听，他们的脸上露出了欣喜的笑容。

地已经犁完了一部分，还有一些地正在犁，在犁过的田里已经开始插秧了。

地里的农民全部集合起来了，准备参加以互助组为主体而举行的集体插秧表演和插秧比赛。

出席比赛仪式的有部队的一名军官和有关方面的工作人员。

军官波拉英正在和农民领导人聊天。

“关于发展农业的问题，我很想听听你的意见。”波拉英对伟大伯说。

“你真想听的话，我可有一大堆话要说。”伟大伯回答说。

“好，你讲吧！”

“我一生就是在土地革命运动中过来的。我们农民所走过的路程是十分艰难的，一会儿要拿起镰刀，一会儿又要拿起枪杆。农民身受种种压迫，生活贫困，他们渴望获得自由。实际上，这个国家的建立凝结着我们农民的血汗。我这么说，是从农民的角度讲的。当然也有工人和其他人的血汗。”

伟大伯停了一下又接着说：“现在应该重视农业，要优先发展农业，要搞集体农业，搞农业现代化。好，这个目标很好。可是，这样做的时候，应该知道我们的实际生活水平。还需要真正了解我们在农业生产上，过去遇到过什么困难和障碍，以后可能遇到什么困难。”

“好，继续讲下去！”波拉英插话说。

“要我讲，我就是希望你们了解今后我们需要什么。人们只有知道经过努力才能得到实惠，那他们才会积极肯干。我虽说是一个地道的农民，但我参加过历次革命运动，多少有点见识。要建设社会主义国家，的确需要增加劳力，提高劳动效益。可是，增加劳力单靠延长工时也不行。要多劳多得，才真正符合社会主义原则。”

“好，你讲讲，现在发展农业需要做些什么？”

“现在农民农业资金不够。因为发放的农贷和所需要的资金相差悬殊，农民仍然受高利贷者的剥削。所以，今后应该多发放一些农业贷款。还有，农民打下稻谷卖掉后，手里一个钱也剩不下来，他们种田不合算，所以应该提高稻谷的收购价格。另外，发展集体农业经济是会提高农业生产的，可是，要筹备足够的资金，搞农业现代化，单靠农民自己的力量是办不到的，还需要政府给予有效的帮助。”

“如果搞复种，增加稻谷生产，不就能增加收入了吗？”

“当然，这方面我们也要努力去做，这是农民应该做的。可农民也还需要收到实效，他们的生活才有保证。”

就在伟大伯和波拉英这样交谈的时候，参加集体插秧表演和插秧比赛的人越来越多，人们欢快地敲打着腰鼓和象脚鼓。

此时，准备参加插秧比赛的妙姬给孩子喂完奶，走出家门。她抱着孩子，一会儿就走进了村里办的托儿所。把全村的儿童集中在一起照看，对下地劳动的妇女是一个极大的支持。这个托儿所现在由宁钦负责，另外还有两名阿姨。

宁钦愉快地担当起托儿所和教育孩子的任务。这个任务是全村发展农业的一个重要措施。

“宁姐，我把孩子放在这儿。”妙姬说着，便把孩子交给了宁钦。宁钦接过孩子，说:“好，好，你放心，把孩子放在这儿吧！祝你比赛成功！”妙姬轻快地向村外走去。

在饲养场负责饲养鸡鸭的达英基，高高兴兴地走出鸡场。当他走到托儿所时，便停住脚步向里面张望，傻呵呵地笑了笑，走进了托儿所。

“哥达英基，你从哪儿来？怎么不去看插秧比赛？”宁钦迎上去问。

“我从鸡场来，等一会儿再去看。”

达英基笑眯眯地答道。

“你为什么到这儿来？”

“玛宁钦，你不知道吗？自从你回到我们村，我就一直很高兴。”达英基用深情的目光看着宁钦，宁钦羞答答地斜睨了他一眼，说：“我回村你高兴什么呀？”

达英基走到宁钦身旁，对另外两位阿姨说：“喂，钦蕊，腊梅，你们不去看插秧比赛吗？”钦蕊回答说：“我们正在照看孩子，怎么能去呢？”

“这样吧，你们去看，我来帮你们照看孩子。”达英基说着，在30多个小孩中，抱起一个正在淘气的两岁小孩。

“好，你们走吧，走吧！”达英基再次动员她们。“这么说，我们真去啦！可我们去，你给我们点什么呢？”腊梅笑嘻嘻地问道。

“我帮你们干事，该你们给我点什么才是呢！”

“噢，你以为我们不知道啊？我们躲开了就应该你给我们东西！”腊梅调皮地说。

"哎，你们呀！"宁钦羞涩地说。

钦蕊和腊梅欢跳着跑了出去。

"你来干什么，想说什么呢？"宁钦看了一眼达英基说。

"你知道，我一直在等着你。我想这次可以满足我的愿望了。"

"我是回来了，可我是个寡妇，你能谅解我吗？"宁钦不好意思地笑了笑。

"玛宁钦，你父亲不是说过吗？"

"什么呀？"

"不管什么原因，凡是回村里来的人我们都欢迎。"达英基说完，宁钦脸上泛出了喜悦、幸福的笑容。

地边鼓声喧天。观看插秧比赛的人们高喊着熟悉的名字，给她们加油。

妙姬手拿秧苗一棵一棵飞快地插着，她动作敏捷、熟练，插的秧苗横竖一条线。对妙姬这个插秧能手，不仅吴巴翁、伟大伯和宁钦，就是波拉英和那些农业工作人员也都满意地点头称赞。

有很多插秧能手跟妙姬不相上下，她们激烈地争夺着。但妙姬不慌不忙，轻松、迅速地插着。

正在这时，宁钦望见有一个人走进村子。她走出去打算仔细看看，可那人已朝托儿所这边走了过来。

"瑞温！瑞温……"宁钦高兴地向瑞温喊道。

"宁姐！"

瑞温听见有人叫他，转过脸看是宁钦，便来到了托儿所。

“貌瑞温，你刚到？”达英基走过来向瑞温打招呼，瑞温点了点头。

“你这次回来不走了吧？”宁钦问。

“是的，这次回来，准备在村里长期待下去了。”瑞温说完，看了一下托儿所里的小孩，又看了宁钦一眼。宁钦解释说：“这是托儿所，我是负责人。”宁钦边说边把怀里的6个月小孩交给了瑞温。

“这是妙姬的儿子，你的亲骨肉！”

这时，瑞温第一次抱起自己的孩子，亲昵地吻了一下。

“妙姬正在参加插秧比赛呢！你听，那就是插秧比赛的象脚鼓声。爸爸、哥哥都在那儿哪！你也去看看吧！”瑞温听宁钦这么一说，抱着儿子便向田间走去。

瑞温来到插秧比赛现场，抱着孩子站在人群外面一棵杜梨紫葳树下，从人缝里向里面观望。

“第一名，妙姬！”宣布比赛结果的话音刚一落，顿时响起了热烈的掌声和铜鼓声。这时，瑞温的心里感到热乎乎的。

瑞温站在杜梨紫葳树下，呆呆地望着。不一会儿，妙姬出来接受波拉英颁发的一等奖，人群中爆发出一阵热烈的掌声。瑞温仍旧抱着孩子在原地站着。

当妙姬领完奖，同吴巴翁、伟大伯、昂钦和其他两位女伴一起从人群中走出来的时候，瑞温心里七上八下，不知如何是好。

在树下刚向前跨了几步，又退了回去。

一群人已走近瑞温站着的树前，获奖的妙姬被围在人群中间。

“妙姬……”

瑞温喊了一声，人们不约而同地向杜梨紫葳树下望去。

大家没想到在这里见到了瑞温，都用惊奇目光注视着他。同样，妙姬也用伤感的眼光凝视着他。

“妙姬……我回来了……”瑞温走到她跟前说。

“哥瑞温！”妙姬叫了一声哥瑞温，不由得泪水涌上眼眶。

“孩子，你回来啦！”伟大伯说。

“嗯，我早料到你会回来的！”昂钦说。

“是的，这次回来准备在农村待一辈子了！”

“嗯，瑞温回来了，今天是咱们全家在田间团聚的一天，最如愿的一天。嘿，真叫人高兴。另外，今天是我们为开创农民的新生活而开始集体插秧的一天，也是我儿媳妇妙姬在插秧比赛中获得第一名的一天。所以，今天，对我来说是最快乐的一天，是最如愿的一天。”

伟大伯挥动着一只胳膊兴奋地说，他高兴得几乎要跳起来。

瑞温走到妙姬跟前，把怀里的孩子交给了妙姬。妙姬瞅了他一眼，接过孩子。

“今天不仅对哥波伟，而且对我们大家来说都是最快乐的一天，最如愿的一天。”吴巴翁也高兴地说。

另一位农民说：

“今天对全村农民来说，也是最快乐的一天。像貌瑞温、貌昂钦这样有知识的人留在农村，用他们所学的知识为农业服务，我们的事业一定会兴旺起来。所以，我们也都非常高兴！”

“你们说在这里谁最高兴呀？是妙姬！妙姬！”杜翁妙说。

杜翁妙的话，羞得妙姬低下了头。

“嗯，反正对妙姬、对我、对大家，今天都是最快乐的一天，最如愿的一天。”伟大伯说完，妙姬和瑞温在人群中间走出来，高高兴兴地向村里走去。

锣鼓声还是没有停息，人们还在欢快地敲打着。

土地革命的灯塔放射着灿烂的光辉，任何力量也无法将它熄灭。

农民们向往的新生活，不久将出现在人们的眼前。他们个个兴高采烈，从他们的神情里，人们可以清楚地看到，他们满怀着必胜的信心。在前进的道路上无论遇到什么困难，他们必将能以革命的传统，不屈不挠的战斗精神去克服一切障碍，使革命的航船最终到达胜利的彼岸！

主要人物名称对照表

伟大伯	ဘကြီးငွေ
杜翁妙	ဒေါ်အုန်းမြ
昂　钦	အောင်ခင်
宁　钦	နှင်းခင်
瑞　温	ရွှေဝင်း
吴巴翁	ဦးဘအုန်း
杜　纽	ဒေါ်ညို
妙　姬	မမြကြည်
黛　黛	သက်သက်
敏敏怡	မြင့်မြင့်ရီ
吴巴昂	ဦးဘအောင်
波　尼	ဘိုနီ

地名对照表

仰光市	ရန်ကုန်
卑谬市	ပြည်မြို့
岱基镇	တိုက်ကြီး
毛篦镇	မှော်ဘီ
永盛镇	အင်းစိန်
陶坚镇	ထောက်ကြံ့
勃固市	ပဲခူး
密铁拉市	မိတ္ထီလာ
达耶羌村	သရက်ချောင်းရွာ
艾格朗村	အိုင်ကလောင်ရွာ
波康村	ဖိုးခေါင်ရွာ
兴实塔县	ဟင်္သာတခရိုင်
茵达亚村	အင်းတရာရွာ